U0092586

對存在的勘探與編碼

——敬文東小說論集

認識大陸作家系列

敬文東 著

目次

從野史的角度看

開始

　　本文的目的，是想不自量力地為拿著長筒望遠鏡偵察文學的當代文學觀察家，提供一種源自本土文化的視角。自然，任何一種「視角」都不可能是全方位的。「視角」一詞業已表明，從「我」的角度能看到什麼，也就同時強調了「我」還不能看到什麼。[1]這是筆者在行文過程中時時謹記的一條戒律。本文絲毫沒有「復古」或回到「古已有之」的企圖——敬請「簡體字國學家」不要在這方面對這篇粗陋的小文抱任何希望——，它只想摸一摸新潮批評界的綠林好漢們在衝鋒陷陣和行俠仗義時，暫時忘記或者看不上眼、看不順眼的東西。也就是說，「西」瓜已被高明者揀走，我抱住的僅僅是個也許還長有疾病的「東」（冬）瓜。這就註定本文提出的看法不過是一擔倒土不洋的雜貨，值不了幾文錢。

　　顧准先生在艱難的歲月裏給他弟弟寫過一封信，簡約但深刻地指出了中國文化是一種史官文化，「所謂史官文化者，以政治權威為無上權威。」[2]文學作為文化的組成部分，在這方面當然也不可能成為漏網之魚。但顧准考察得更多的也許是中國的主體文化，對潛在於民間的下層文化多少有些忽視。事實上，與史官文化（正史文化）相對應、對立、始終互滲卻又始終相對獨立的，還有民間的野史文化。也許，正是野史文化在正史文化大一統的天窗上鑿開了一個小孔，使中

---

[1]　這可以參閱巴赫金的對話理論，見巴赫金《陀思托耶夫斯基的詩學問題》，白春仁譯，貴州人民出版社，1994 年，第 13-40 頁。

[2]　《顧准文集》，貴州人民出版社，1994 年，第 224 頁。

國人的性靈、肉體有了一個苟延殘喘的呼吸道。我認為，中國文學（尤其是中國的小說、戲劇）更主要是從野史文化發展出來的。這是一個對我來說過於艱難的課題，且讓我們從正史文化與野史文化各自的理論支柱──儒道互補與楊墨互補──處開始。

一、儒道與楊墨／正史與野史

儒道互補是長期以來被人們經常談論、引證或用以說明中國文化特色的命題，在學術界佔有相當大的市場份額。它最直白的涵義是，兩種文化在不同的人生際遇中可以互為補充、發明並發揮各自的威力，以使國人不致於把價值關懷都給弄丟了。「達則兼濟」鼓勵國人要勇於入世、建功立業、不「悔教夫婿覓封侯」，而是「大丈夫處世兮立功名」（儒家）；「不達則獨善」則承認國人有權嘯傲山林、放浪隱逸或任性無為（道家）。事實的確如此。比如老頑童李太白就能把「仰天大笑出門去」和「明朝散髮弄扁舟」毫不矛盾地搓成一團。然而，有一點卻可以指出：儒也好、道也好、儒道互補也罷，在下層百姓（即「愚民」、「群氓」、「刁民」、「草民」……）那裏從來都影響低微，它充其量在上流社會、文人士大夫階層有那麼點一鱗半爪的跡象。[3] 比如古時發蒙的必讀書《增廣賢文》就大談什麼「知人知面不知心」、「逢人只說三分話」、「人為財死，鳥為食亡」……恐怕就既不合儒家「誠意」、「正心」的標準，也不合道家率性自然的宗旨。不過，我等小民恰好是在諸如此類的賢文、格言的言傳身教中長大成人的。那是我們的胎教。話說回來，假如儒家「格物、致知、誠意、正心、修身、齊家、治國、平天下」的思想真的已經深入民間，掌握了群眾，歷朝歷代的統治者也就不需反覆強調教化，不須花大力氣表彰烈女、節士，也不須朱老夫子高喊「革盡人欲，復盡天理」了。比如說，多出卿相、名儒、文人學士的地區，應該算得上儒術禮教的風水寶地了吧？但出

---

[3] 參閱王以仁《阿Q與韋小寶》，載《文史知識》1992 年第 1 期。

了一大幫理學名臣的江西，其風俗有悖於禮教的就不在少數，《文武庫》揭發說，通省則「少壯者不務稼穡，出營四方，至棄妻子而禮教俗日壞，奸宄間出」，活活搧了該風水寶地的耳光；各府如南昌「薄義而喜爭」，建昌「性悍好爭訟」，瑞州「樂鬥輕死，尊巫淫祀……」[4]孟軻先生的仁義大道被棄若敝帚，道家的清靜無為也早絕蹤跡，更不用說「獨善」什麼「其身」了。江西如此，其他蠻夷之地似乎更可想見。

所謂的儒道互補並不屬於民間下層百姓，它只是陳思和所謂的「廟堂」文化，與庶民百姓瓜葛不大。我們的學者在這裏也許又會錯了意、表錯了情。反過來說，民間文化也絕不是什麼儒道互補，應該另有淵源；[5]仿照「儒道互補」的提法，不妨先提出個「楊墨互補」與之相對應。[6]魯迅曾說「楊朱無書」。因為作書就是「利他」，有違「為我」本意——楊朱顯然是個「說到做到，不放空炮」的主了。孟子揭發說：「楊子取為我，拔一毛而利天下，不為也；」[7]韓非則控訴道：「畏死遠難，降北之民也，而世尊之曰貴生；」[8]除此之外，韓法家還不依不饒地指著楊朱的鼻子鄙夷地說：「今有人於此，義不入危城，不處軍旅，不以天下大利易其脛一毛。」[9]從這些「楊朱無書」後其他各家所載的隻言片語來看，說楊朱的核心思想是「為我」，即今人所謂極端的個人主義，就不算冤枉楊朱。

4　參閱譚其驤《中國文化的時代差異與地區差異》，見《中國文化傳統的再估計》，上海人民出版社，1987年，第38頁。

5　但這裏有一個悖論：本文所找到的民間文化（即楊墨互補或稱野史文化）依然是精英文化。這裏顯然有一個過渡：由於歷史記載的和文化傳播的原因，我們始終缺乏對老百姓行為和生活的細節描寫。本文將楊墨互補看作老百姓的文化基於如下事實：首先，它是對人性的內在描述，是現象學的，它當然屬於包括精英階層在內的所有人，但精英階層還有著超驗的東西（比如儒道互補）作為支撐；其次，楊墨互補確實在下層百姓那裏有著更大的市場，按照儒道互補的一貫口氣，當然就是因為缺乏教化了。

6　這個提法是王以仁先生的創舉，參見王先生的《阿Q與韋小寶》一文。

7　《孟子·盡心上》。

8　《韓非·六反》。

9　《韓非·顯學》。

「為我」直白地承認了人對財、物存有私心是合理的、合人性的，「人為財死，鳥為食亡」，恰是其寫照；也暗示了個人的不可替代性。後一點似乎更為重要：既然「個人」不可替代，「貴生」也就顯而易見。「貴生」之「生」的確切意思，從孟、韓等人的說法裏推測起來，大約既有「生命」的涵義，也有「肉（身）體」的意思。因此，「貴生」不僅反證了「為我」的私心的合理性，也為放縱感官、抒發肉體開了後門，江西瑞州人的「尊巫淫祀」恰可參證。而放縱了肉體，也就滿足了私心的「為我」，也就從另一個更為隱秘的角度和更為私秘的部位實現了「貴生」。道家墮落為仙道後，雖也強調肉體享樂，但那是出乎採陰補陽的考慮，算不得純粹的放縱。[10]孟子對楊朱的批判，韓非站在法家（？）立場的鸚鵡學舌，看起來都算摸準了脈搏。因此，從另一個稍大一點的角度歸納起來，我們不妨說，以家族血緣關係為主要組織形式的中國民間，它主要的思想就是「為我」，放大一點則是「為我的家族」。證之於史、證之於我們半夜才敢掏出來的人性和心窩子，怕是沒有疑義了吧。

墨家的主要思想與楊朱較為相反。孟子說，「墨子兼愛，是為無父。」所謂兼愛，就是平等的、無秩序的愛。這就突破了家庭血緣的「為我」之私愛。孟子破口大罵墨家，從他的立場上不能說輸理。但他也不得不承認：「天下之言不歸於楊即歸於墨。」[11]可見「為我」、「貴生」的私心與渴求「兼愛」的觀念，是多麼深入人心。

楊、墨的思想看起來相反，實則相成。一方面，自私之心，人皆有之，西諺說「人的事業從惡開始」，這個「惡」怕就是「為我」之私使然。但要想滿足私慾，必須要使自私的「為我」具有攻擊行為和攻擊能力。康羅‧洛倫茲（Konrad Lorenz）從動物行為學的角度突然說到了人：攻擊行為就像其他屬人的行為一樣，像動物的行為一樣，

---

[10] 採陰補陽一向是道教仙術的常用方法，強調的是在男女交合過程中運用意念，在神秘的交感下採女性之「陰」而補男人之「陽」。講究「九淺一深」、「久而不洩」。有關這一點可參見《醫心方‧房內》、《抱樸子》（內篇）等章節。

[11] 《孟子‧滕文公下》。

也是一種本能，在自然情況下，它也和其他本能一樣，對個性和種類的生存有很大幫助。[12]攻擊行為是「為我」的極端化。另一方面，當「個我」、家庭的利益受到來自別的攻擊行為的侵害時，在個人與個人之間、家族與家族之間，有可能互相幫助以抵抗外在的攻擊力量，這就是墨子所謂「順天意者，兼相愛，交相利，必得賞」。[13]所以，自私和它的極端化的攻擊行為不僅表徵著自私的「為我」，也表徵著為我的「兼愛」——墨子說得好，「兼相愛」就是為了「交相利」。這是一種「雙贏」的策略。不過，楊朱思想中暗含的放縱感官與墨子的「兼愛」雖不相互排斥，但也不相互制約。楊墨互補正是在這一點上錯了位、相互撲了個空，以致於為放縱感官甚至於為「肉體的盛宴」開了文化邏輯上的後門。除此之外，看起來形同水火，貌同胡越的兩種觀念，實際上正是合則肝膽、離則兩傷、相反相成、缺一不可的統一體。

至遲從百家爭鳴時代算起，儒道互補與楊墨互補的對立共存局面就已經形成了，它們分別成為所謂精英（上層）文化與民眾（底層）文化的主導思想。統治階級的目的是要以儒道互補來證明統治的合理性，它要求一部分人（比如文人士大夫）勇於入世卻又要限制在一定的範圍內；另一方面，在這部分人不為統治階級所看重時，則打發他們主動出世，遁入山林去當一個清靜無為的隱士。至於「清靜」是否就一定「無為」，以致於不會妨礙統治階級的「與民同樂」和「太平盛世」，事實上雖然不敢保證，理論上至少如此。底層百姓的目的是要讓楊墨互補來為他們平安甚至放縱的日子作保證。楊墨互補既能給小老百姓平安放縱的生活作辯護律師，也能為他們平安放縱生活的達成，指出一條合乎內心願望的隱蔽路徑；另一方面，楊墨互補還能使我等草民有力量保護自己平安放縱的生活不受外來攻擊的侵害，在一種「兼愛」的烏托邦假想中，實現自私的「為我」。

儒道互補與楊墨互補的雙邊關係中既有相互容忍的一面，也有相互對立的一面。它們始終在談判、鬥爭，在更多的時候也在草簽和平

12　康羅・洛倫茲《攻擊與人性》，王守珍等譯，作家出版社，1987 年，第 2 頁。
13　《墨子・天志上》。

共處的協議。當儒道互補承認楊墨互補處於一定限度內，以致於能讓老百姓都成為順民時，則對其放任不管，所謂「與民休息」；否則，就斥之為「刁民」、「流寇」，予以強行教化、血腥鎮壓。當楊墨互補承認儒道互補處於一定限度內，以致於可以讓民眾過上相對平安放縱的生活時，則同意它對自己進行統治，所謂真龍天子出，河清海晏；反之，則哪裡有壓迫哪裡就有反抗，起義成風、革命上癮就是自然的事情，所謂「予與汝偕亡」。更重要的是，廟堂與民間也有可能相互走向對方。如果說儒道互補更多是從統治和政權穩定的角度對人進行外在約束，具有濃厚超驗的特性，楊墨互補更主要的卻是從「人」的本性出發對人進行內在的描述，在更大的程度上，它是心靈的現象學。因此，精英階層在高談和大做儒道互補的「文明戲」時，也不妨切切實實暗唱楊墨互補的花臉。比如朱熹就曾放縱肉體，三妻四妾之外，還與兒媳成姦，也曾為打擊政敵不惜嚴刑逼供和栽贓。這就很難說是「正心」、「誠意」、「天理」以及「盡滅人欲」了。兩者的複雜關係還體現在另一面上。比如唐朝清官李涉博士一曲「他日不用相回避，世上如今半是君」，居然使打劫強人躬身退去。[14]與其說李涉急中生智，不如說強盜與李彼此惺惺相惜，互相愛重。而小百姓要想更好放縱自己以致於能高高在上地「兼愛」，廁身廟堂的打算也就應運而生，此即所謂「公門之內好修行」和「三年清知府，十萬白花銀」的對舉。因此，如果一定要說中國文化是什麼互補，說儒道與楊墨互補也許更加合情合理。一部二十四史，何處不可為此作證！

儒道互補是正史文化（史官文化）的理論支柱，因為它給統治者的政治權威找到了上好理由；楊墨互補是下層民眾的「野史文化」的理論依據，因為它給老百姓平安放縱的日子找到了有效的辯護辭。正史文化與野史文化是兩種有區別的看待世界的思維方式。我們也必須要把正史文化與野史文化理解為相互不同的觀察世界的角度。野史角度只有與正史角度相聯繫才能成立，也才能顯出它的意義。巴赫金

---

[14]　參閱《唐詩紀事》卷四十六「李涉」條。

說，一切人類行為（包括思維）都是對話。放在此處的語境裏，我們也可以說，所謂野史角度，就是和為統治階級說話的正史角度相對立、相對應、始終互滲卻又始終相對獨立的一種觀察世界的特殊角度，它首先表達的是小老百姓從自身立場出發對世界的種種看法。正史角度從統治階級的立場出發觀察世界獲得的結論，從過程上看，乃是統治者對「王者皇也，王者方也，王者匡也，王者黃也，王者往也」[15]的回憶錄；從呈現的狀態看，則是對儒道互補理念的注釋，其保守、空間的狹促顯而易見。野史角度提供了另一種觀察人生、歷史與生活的角度，它也建立起了一套評價體系。它不斷和正史角度對話，或完全反駁，或有條件地認可，它不斷徵引自己的評價體系，不斷在實踐中為自己的原初理論體系作注腳，甚至超出原初理論體系本身，或盡力接納新的思想，以便更好地「為我」、「兼愛」和「貴生」。

二、正史話語與野史話語

文學歸根到底是一種在特定的觀察世界的角度統攝下進行言說的話語方式；支撐它的核心思想固然重要，更重要的卻是它表現出來的話語形式。現代話語理論告訴我們，話語是指語言在特定歷史條件和主導思想的限制下，不同社會階層的群體表現方式。「話語是沒有單個作者的，它是一種隱匿在人們意識之下，卻又暗中支配各個群體不同的言語、思想、行為方式的潛在邏輯」[16]話語歸根到底是一種語義政治學。由於正史角度和野史角度各自的思想底蘊決定了各自的「視界」，從正史角度和野史角度出發，也就有了各自的話語方式。我們不妨分別名之為正史話語和野史話語。任何話語都至少應該包括三種要素：文體形式以及文體形式顯現出的時間、空間形式。既然話

---

[15] 《春秋繁露‧深察名號》第三五。

[16] 關於這一點，蜜雪兒‧拜肖（Michael Pecheux）在《語言、語義學與意識形態》中講得最清楚，參閱趙一凡《歐美新學賞析》，中央編譯出版社，1996年，第 92 頁。

語本質上難逃「語義政治學」之囚牢，文體形式及其時、空方式就既是群體的，又是有「階級性」的。

正史話語的文體形式主要是詩、文和官史（比如《史記》、《通鑒》）。「文以載道，」這很好理解；官史更是為統治階級說話的文體，梁任公直接指斥說，所謂二十四史，不過是帝王將相的家譜。「為親者諱，為尊者諱，為賢者諱」的編撰旨趣很誠實地道破了天機：有悖統治集團利益的言論一概都在被「諱」之列。《左傳》說得好極了：「《春秋》之稱，微而顯，志而晦，婉而成章。」[17]這當然都是「諱」的苦心孤詣了。好像是不過癮似的，《左傳》還意猶未盡地說：「征惡而勸善，非聖人孰能為之！」[18]這充分說明了修史的目的。「孔子著《春秋》，亂臣賊子懼，」也是這個意思。官史也因而絕好地坐實了正史話語。

詩的情況要特殊一些。人們常說「詩言志」，就在幻覺中以為真的可以「我手寫我口」了；最晚從陶淵明算起，由於道家入詩，更讓許多天真的哥們以為詩真的純粹在抒發靈性。如同文載道、詩言志只是文體功能的區別，文與詩也是互為補充，同屬正史話語；而道家入詩，似乎恰好是儒道互補的具體表現。更重要的不在這裏。按理說，既然詩的任務是「言」個人之「志」，詩也就有了走入野史話語大聯唱的可能，但問題的關鍵不在於詩表達了什麼，更在於後人對它作怎樣的解釋。一般情況下，掌握了統治權的階級，也能建立起符合自身利益和需要的話語規範。福柯認為，只有掌握了話語權利才算真正掌握了歷史權利。所謂溫柔敦厚的「詩教」，所謂「發乎情，止乎禮儀」、「詩無邪」的宗旨，註定「詩」只是「文」的茶餘飯後，載道之外的閒情逸志，剛好外合於道是儒的「偏師」。且聽《毛詩正義》口若懸河似的分解：「詩有三訓：承也，志也，持也。作者承君政之善惡，述己志而作詩，所以持人之行，使不墜失，故一名而三訓也。」歷代

---

[17] 《左傳》成公十四年。
[18] 《左傳》成公十四年。

儒生非常擅長以官方話語體系來「解詩」，《詩經》自不必說，它早已全票通過並內定為儒家經典，據說還有「六經皆（正）史也」的虎皮大旗。即便是《詩經》以外的「詩」，遭遇又何曾兩樣。[19]因此，本來可以成為野史話語的詩歌，解詩者的正史「解」法，使它也坐實為正史話語。——正史文化的威風凜凜確實能讓我等心上來冰。

野史話語不等於我們習稱的野史，而是和儒道互補相異的觀察世界的角度的話語表現。野史話語的主要文體形式是稗官、傳奇、筆記、小說、戲劇，甚至還有抒發靈性的部分小品。其中最重要的是小說。從野史的角度看，小說稱得上稗官、傳奇、筆記等文體的集大成者。《漢書‧藝文志》稱：「小說家者流，蓋出於稗官。街談巷語，道聽塗說者之所造也。孔子曰：『雖小道，必有可觀焉，致遠恐泥。』是以君子弗為也，然亦弗滅也。」這既指明了小說的來源，也證實了野史話語和正史話語在文體形式上的分野，還一舉點清了正史話語對野史話語的文體形式的鄙薄態度。但是，緣於民間下層的野史話語及其表現體式，僅僅把這種嘲笑當作了耳邊風，更沒有因此自動消「滅」，反而在其後的發展中愈演愈烈，活活讓正史話語氣歪了老臉——明清兩代欽定的那麼多禁書，就是五官失位的顯明證據。體現在文體上，就是小說的勃興與廣為流行。米哈伊爾‧巴赫金把小說視為一種不完整的、未完成的世界。小說不斷產生新的形式，並且與其他主要體裁不同，不能固定為任何種類的形式特徵。也就是說，在形式上，小說是未完成的，正如它所描寫的世界一樣。我們由此也可以這麼認為：小說的興起，正是正史話語世界被瓦解的結果。[20]學者們往往看重西方小說體式的傳入對二十世紀中國小說重大變革的作用；其實，如果把外來體式的「橫的移植」，放在對野史話語傳統體式的「縱的繼承」這一維度中看，情形也許就會更為明瞭。

---

[19] 這方面的例子可以參證錢鍾書《管錐編》第一冊第 60 頁、79 頁、100-102 頁、109-110 頁、121-122 頁的相關論述。

[20] 請參閱凱特林娜‧克拉克、邁克爾‧霍奎斯特《米哈伊爾‧巴赫金》，語冰譯，中國人民大學出版社，1992 年，第 331 頁。

　　小說作為文體，始終和以野史角度觀察世界的思維方式相適應。[21]
這既證明了以儒道互補為基礎的正史話語和以楊墨互補為根底的野
史話語，各有文體上的承擔者，也證明了小說與它代表的野史角度何
以能永存人世。還是《漢書・藝文志》直截了當：「閭里小知者之所
及，亦使（小說）輟而不忘。如或一言可採，此亦芻蕘狂夫之議也。」
──小說道出了「為我」、「貴生」、「兼愛」的民間百姓自身的「視界」。
而視界即渴求。

　　正史話語和野史話語還有著各自不同的時間形式。時間是一個闡
釋性的概念，是人類的胎教。虛無、龐大、永遠流動而不著痕跡的時
間是沒有意義的，除非有人。但是，對時間的不同闡釋決定了、生出
了不同的關於時間的話語系統。對正史話語來說，時間永遠是一維
的，它只是倫理的時間和儒道互補的時間。從《史記》、《尚書》中，
從《論語》、《老子》中……我們看到了時間的一維性：時間，它一方
面從屬於統治者集權話語的需要（儒），另一方又從集權話語的線性
發展中給時間一勞永逸地畫定了方向──只能在山間、林下放歌或無
為。時間因此在千篇一律的模樣中流動（道）。而一維的時間最終走
向靜止的時間，也就可以理解了──黑格爾在他的大著中說中國是沒
有歷史（時間）國家，雖說遭到了我華土愛國學者的破口大罵，平心
而論，黑格爾還是道出了某些真諦。所謂「天不變，道亦不變」，頗
得莊子「心齋」真傳的陸九淵所謂「千萬世之前有聖人出焉，同此心，
同此理也；千萬世之後，有聖人出焉，同此心，同此理也，」[22]正悲
劇性地成了黑格爾的隔代知音。也就是說，今天正是古人的昨天，古
人的昨天正好是我們的今天或明天。──黑格爾斷語的精髓就在這裏
了。帕斯捷爾納克曾痛心疾首地指出：「一個時間之流的斷裂，卻貌
似一處靜止不動、但動人心魄的名勝。我們的命運亦如此，我們的命
運是靜止的，短促的，受制於神秘而又莊嚴的歷史特殊性。」[23]似乎

---

[21]　對此問題的詳細論述請參閱本文第 3 節。

[22]　《象山全集》卷二十二《雜說》。

[23]　《帕斯捷爾納克致里爾克》，劉文飛譯，載《世界文學》1992 年第 1 期。

也可以為此作一個小小的參證。時間竟可以是靜止的，這正是「神秘而又莊嚴」的正史話語賦予時間的涵義、預先送給時間的胎記。

野史話語的時間形式大不一樣。它的時間是多維的。從野史的角度出發，它承認既有的歷史事實，但又改變了對這個事實的看法。比如，董仲舒情急之下惡向膽邊生似的引陰陽五行入自己的學說，創立了一套「天人感應」的皇權天定的形而上學體系，以論證皇權的必然性、神聖性，此時的時間是神聖的，是古往今來同一的，而野史則認為「有秦以來，凡為帝者皆賊」，[24]這就一下子把神聖的、古往今來同一的時間給捅了個底朝天。本乎於此，野史話語提出了自己的時間觀念——虛時間。虛時間一方面意味著時間可以是多維的，[25]這就給靜止、神聖的正史化時間硬加了新的維度，也為人們能夠以「賊」視皇權，以「賊性」的發展流動視皇權的時間流動提供了武器；所以，另一方面，它還深刻揭示出，時間絕非一種面目，其他的面目目前或處於其他維度中，或處於時間潛在的可能性中，只是不為我們知道罷了。後一個方面尤其重要，因為它為小說的敘事帶來了極大的內驅力和想像力。

野史化時間的另一大特徵在於它的流動性。許多稗官、傳奇、小說不僅為我們提供了時間的多重性解釋，而且還能上天有路，入地有門。天上、地下的時間在敘事過程中流動；反過來，事件、奇蹟在時間的流動中不斷更換面目，因而徹底攪渾了靜止的時間，並使它流動起來。在野史化的時間中，一天不同於另一天。這就徹底捅破了正史化時間的老底。海德格爾說：「我們必須把時間擺明為對存在的一切領悟及對存在的每一解釋的境域。」[26]時間，從野史的角度來看，終於在占統治地位的正史話語的時間形式的頂壁打穿了一個小孔。透過這個小孔，我們看見了外邊的野史化的時間，看見了潛在的、可能的、

---

[24] 唐甄：《潛書・室語》。

[25] 請參證史蒂芬・霍金（Stephen William Hawking）《時間簡史》，許明賢等譯，1995 年。此處借用的「虛時間」概念是霍金的發明，但又對它進行了改造。

[26] 海德格爾《存在與時間》，陳嘉映等譯，三聯書店，1988 年，第 56 頁。

多維的、流動的虛時間。因此，我們不妨說，時間的正史化最後是時間的死亡，時間的野史化則是時間的大解放。

與時間一樣，正史話語和野史話語也有著各自不同的空間形式。正史化的空間局限於宮廷、官場、廟堂……一句話，局限於「官」的活動場所。陸九淵在論證、舉雙手擁護了正史化的時間的一統性、靜止性後，又忙不迭地向空間的亙古不變性表達衷心：「東、南、西、北海有聖人出焉，同此心，同此理也。」[27]也就是說，正史話語的空間方式，百官的活動場所，無論東西南北，都處在「天理」的絕對凌駕之下；官又是不輕易、甚至是不走向民眾的，所謂「不與庶人同樂」，在通常情況下，正史化的空間必定成了高高在上、代表儒道互補的正史話語的符號。如果說，一部二十四史不過是帝王將相的家譜，那麼，這家譜是只記載、或只主要記載宮廷與官場的。野史化的空間則主要包納閨房、廚房、田野、溪流、大地、密室……從野史的角度看，楊墨互補的主導思想使野史話語最關心的，是老百姓自己的利益，老百姓自己的生活，這一切大都在廟堂之外的廣袤大地展開。「饑者歌其食，勞者歌其事」是一方面；「帝力於我何有哉」、「日出而作，日落而息」，又是一方面。和正史話語對野史化空間的漠視相反，野史話語是關心、包納廟堂的，當然，這得從野史的角度看。

金庸的《鹿鼎記》就是這方面的傑出範本。主角韋小寶出身於揚州妓院，整日裏周旋於婊子和嫖客之間，練就了一身可以成為流氓的看家本領，其後機緣巧合混進了皇宮。他在皇宮裏一邊業餘幹點儒道互補的「正事」，一邊仍不荒輟他的主要工作：耍流氓。通過作者冷靜而又戲謔的敘述，我們看清了、也悟到了一條真理：從野史的角度看，宮廷、官場和妓院相比，其髒有過之而無不及。皇太后是假冒的；養漢子的不僅有宮女、公主，還有太后。韋小寶假充的太監身份，當然不會妨礙他在宮中大玩女人。與他有過好幾腿的不僅有宮女，還有高貴的郡主、公主。其實，韋小寶也正把她們當婊子看待。如此說來，

---

[27] 《象山全集》卷二十二《雜說》。

野史化的空間恰好是對正史化空間的神聖性、自造的尊嚴臉上抹的大糞。借用後現代主義的概念，野史化空間正是對正史化空間的「解構」、「顛覆」和「瓦解」。

正是野史化的時間、空間形式迥異於正史化的時間、空間形式，才使得小說成為從野史角度來觀察世界的所有要素的集大成者。這一點，我們馬上就可以看到了。

三、說教與敘事

正史話語是統治階級為維護自己的統治人為設定的，野史話語是我等草民在「為我」與「兼愛」思想相反相成的導引下，為自己找到的觀察世界的角度，同時也是為自己找到的出氣閥門。與這個目的相對應，正史話語的主要特徵是說教，說教是對儒道互補的注釋引用過程。野史話語的基本特徵在於敘事，敘事力圖使揚墨思想在對多重時間與包納四海的空間的敘事結構中肉體化。說教必須要在儒道互補的狹小圈子中進行，相對來說，敘事因為它自身的開放性，有可能在揚墨思想之外接受更多的東西。

說教與敘事是相互聯繫又相互對立的一對概念。按照早期維特根斯坦的看法，語言的邏輯框架必須對應於相應的世界圖像；反過來我們也可以替維特根斯坦說，要想使自己擁有什麼樣的世界和世界圖像，只要有一套相應的邏輯框架就行了。正史話語早已領悟了這個意思。它的一切目的都是為了自身的統治權、加固這個統治權，力圖使自身不僅成為統治者的聲音，也要成為民眾的共同呼聲。但統治者眼中的「刁民」也不是那麼好對付的，因為他們也有自己的理論武器，完全可以與統治者的正史話語相抗衡——毛主席說「卑賤者最聰明」。但放任刁民胡作非為肯定有悖正史話語大義，於是頗合中庸之道的說教便應運而生。孔子曰：詩「邇之事父，遠之事君」[28]就是在

---

[28] 《論語・陽貨》。

諄諄教誨小老百姓，要按照從正史角度解出的「詩」義去孝順父母、忠於君王；「《關雎》樂而不淫，哀而不傷」呢，[29]當然就是在力勸我等能夠克制肉體和本能，悠著點甚至是憋著點，好去聽從和遵從天理的教導。因此，說教是正史話語的必然要求，並不僅僅是表達意念的寫作技術。

野史話語不是聽從正史話語的說教，而是「為我」、「貴生」與「兼愛」對舉。按薩特的說法，要想使生活、一維而靜止的時間、亙古不變的空間一股腦兒都成為奇遇，只需要敘述就行了。人的幻想、本能、慾望，要想突破正史話語的牢籠從而使自己成為純粹慾望的人，徹底達到「為我」、「貴生」，敘事就是必不可少的條件。敘事是野史話語的必然要求，絕不僅僅是表達渴求的寫作技術。一句話，敘事與說教一樣，既是手段又是目的，既是用又是體。

與野史角度和正史角度必須要被看作一種觀察世界的思維方式一樣，說教與敘事也得作如是觀。說教作為思維方式的前提是：正史話語認為這個世界就該成為一個被說教的世界；敘事作為一種思維方式的前提是：這個世界就該成為一個可以讓我的利欲自由行動、可以為該行動進行編碼（敘事）的世界。因此，敘事與說教最終都是對世界的評價體系。由儒道互補引出的評價體系，始終被死死控制在該體系之內，所以我們可以說，說教道出的是一種無人稱的真理。──它不以個人而始終以集團為單位，它始終代表集團說話。由楊墨互補引出的評價體系，由於強調「為我」、「貴生」、「兼愛」，則有可能更重個體，頂多擴大為各個不同的家庭或家族；而且兼愛本身強調的正是「個我」對具體的他人的愛。它帶有更多的個體性。也許正是在這一點上，西方的個性主義，魯迅所謂的「排眾數而任個人」，才能較為容易地深入人心。

正是在敘事中，野史話語終於突破了正史禮教話語的禁忌，把楊朱「貴生」思想中暗含的「抒發肉體」、「放縱感官」推向了極致。明

---

[29] 《論語・八佾》。

人衛泳公開宣稱：「真英雄豪傑，能把臂入林，借一個紅粉佳人知己，將白日消磨，」「須知色有桃源，絕勝尋真絕欲。」[30]以「隱於色」代替隱於朝、市、野，分明是諷刺、嘲弄了儒道互補中「道」這一極，也為色慾的合理性大開了方便之門。更令人吃驚的是，衛泳還在另一篇文章中，和正史話語中「儒」這一極的說教大唱反調，說什麼堯舜之子，沒有妹喜、妲己，他們的天下比商紂亡得還早；並號召大家說：「緣色以為好，可以樂天，可以忘憂，可以盡年；」胡說什麼「誠意如好好色」。[31]——這就揮戈直指儒家所謂的「三綱」「八目」了。當然，這還只是理論而不是敘事（行動）。我們且聽清代禁書《肉蒲團》的自我標榜：「近日的人情怕賣聖賢經傳，喜看稗官野史；就是稗官野史裏邊」，也「（獨）喜愛淫誕邪妄之書」。（第一回）考慮到《肉蒲團》本身就是一部「淫誕邪妄」之書，此處的「淫誕」、「邪妄」就已經是動作而不僅僅是理論了。淫、邪作為人欲的兩個方面，外顯於行動，內化為紙上的敘事；正是在敘事的不斷深入中，在野史化時間的不斷流動中，在野史化空間場景的不斷轉換中，這兩個方面得以一步步生長、豐滿、渾圓並最終被肉身化。

　　西方小說的輸入以及同時到來的諸多思想（比如個性解放等），與本土的野史話語的敘事上下其手以表達肉慾本能者，從不鮮見。我們說，野史敘事正是正史說教那封閉、狹促的天窗上的一個門洞，從這個門洞走出的都是些感性的人；當然，一開始差不多都是些幽閉多時之後精神不振的人。五四作家郁達夫發表的《沉淪》，僅僅稍涉性事，已是流言四起；丁玲因一曲《莎菲女士的日記》更被目為女流氓。其實，沙菲也好，《沉淪》中悲慘的嫖娼者也罷，僅僅算是從正史話語的門洞剛剛走出的人，還不免有些羞答。而後則是肉體的盛宴：敘述身體，在敘事結構中表達身體的演義，裹挾著中西合璧的肉慾主義而使「肉體的盛宴」蔚為壯觀。最有名的文本當數《廢都》。主人公莊之蝶從書的開篇沒幾章就開始大搞男女關係，幾乎直至最末一章，

---

[30] 衛泳《悅容編・招隱》。

[31] 衛泳《悅容編・達觀》。

整個敘事結構幾乎成為肉慾的表演舞臺。肉慾充當了《廢都》的敘事內驅力。從《廢都》對肉慾的敘述當中隱含的精神氣質來看，更多的是對野史話語的傳承──據說，賈平凹的本意就是想把《廢都》寫成當代版的《金瓶梅》。恭喜他成功了。

敘事所展現的肉體的盛宴只是野史這一評價體系的一個方面，它道出了「我」可以、也有權放縱自己的感官──其他都是別人的，身體總是「我」自己的嘛。如果說放縱肉體只是野史話語對人體一個隱蔽部位的張揚，當代版本是賈平凹，那麼，放縱嘴吧作為野史話語對一個顯在部位的抒寫，其敘事結構上的當代版本則是王朔。王朔讓我們看到的往往只是一張利嘴，也就是說，他的身體僅僅是一張快速張開、合上的大嘴。他和他的主人公嘴巴中吐出的話本身就是敘事結構。王朔的主人公玩世、嘲諷，向高貴叮勾拳，向尊嚴吐酸水，偶爾也來點打情罵俏的胡椒……全在他對一張張利嘴的敘事編碼過程中。最後，王朔的敘事向我們昭示了一個更為顯在的內涵：嘴巴和那話兒一樣是「我」的，是「為我」的，是可以放縱的，也是應該自由的。

王朔筆下幾乎全是小人物。我們通常把王朔看成韋小寶。殊不知，王朔在戲謔的敘事過程中往往也有溫情的一面，也有對小人物的同情、理解和關心。王朔站在小人物的立場發言並因此展開敘事。他自稱是一位胡同作家。胡同正是民間、民眾的代名詞或符號。從野史的角度看，王朔的敘事的的確確是野史話語一個集大成式的當代版本。他的作品中有明顯「兼愛」的一面（這當然是變形的兼愛了）。這一面在《我是你爸爸》、《修改後發表》等作品的敘事結構中，表現得十分明顯。但是，與其說兼愛主要體現在敘事結構本身，不如說更主要是敘事結構眉宇間的精神氣質。王朔同情小人物；他作品中的小人物們之間的互相理解，有條件的但又是毫不猶豫的互相體貼、同情、認可，凡此種種，使王朔在抒發肉體的「嘴」時，也有限度地表達了溫情脈脈的愛。王朔在用「兼愛」制約「為我」、「貴生」方面是相當成功的！

　　劉震雲的《一地雞毛》更是典型作品，這是一曲尋常百姓灰色生活的詠歎調，整個故事的敘事起始於一斤餿饅的豆腐。主人公小林夫婦痛恨自己的人生、生活與世界，卻又為著自己而發瘋地愛這一切；他們彼此口角、爭罵又彼此把對方當親人來愛。是的，相愛而且活著。也許這可以由許多理論來解釋、來歸納甚至來支撐，但對於活生生的中國和活生生的中國人，也許正在於墨家的暗中教誨。夫婦的愛，早已突破了血緣關係。儒家把女人看作衣服、夫綱的一個符號；道家則把女人看作採陰補「陽」的礦藏。只有墨家為夫妻間平等的愛提供了依據，至少是提供了隱蔽的邏輯上的可能性，雖然這一切對民間百姓、「愚民群氓」只可能是潛意識的──是「百姓日用而不知」的；但如果真是這樣，我們也正可以反過來說：是偉大的墨家準確地摸到了人性中溫暖博大的一面。也許正是這樣，從野史的角度看，王朔更能體現傳統文化中的野史精神；誇張地說，他是純粹從野史這一維度去觀察、評價世界眾相的。賈平凹貌似得野史之「道」的高「僧」，其《廢都》實則僅是肉慾的歡叫，根本沒有用兼愛去為「為我」、「貴生」節育。我絲毫看不出有什麼敘事邏輯來表明，莊之蝶是出於「愛」才去和那麼多的女人「做」「愛」。從野史的角度看，當代文學也許更需要「掄圓了侃」的王朔，而不是號稱對中國傳統文化有所謂精深瞭解的賈平凹，至少也不能是《廢都》。

　　但是，敘事與說教並不絕然對立。正如儒道互補允許楊墨互補在一定範圍內才可能獨立一樣，敘事也要看說教的臉色。《肉蒲團》的「本意」不是要寫成一部淫書，按作者的意思是想來一手「以淫止淫」、「以毒攻毒」的把戲（第一回），也號稱要讓我等小民從稗官野史中體會到說教的威風。[32]但該書到底搞笑似的成了被禁的淫書。於

---

[32] 事實上，小說一開始被正史話語的說教所承認，也就是因為它「雖是小道」，但對於教化方面仍「有可觀」。比如宋人孫副樞《《青瑣高議》序》：「夫雖小道，亦有可觀；」曾慥《類說》序：「小道可觀，聖人之訓也，」據說還可以「資治體，助名教」。不僅如此，小說雖小道，但可以為「正史補」，比如明人林翰《隋唐志傳通俗演義》序：「以是編為正史之補，勿第以稗官野乘采之。」諸如此類，其實都落在了教化上。

此之中我們或許可以窺測到：野史話語的敘事本身就為正史話語的說教所不屑；敘事結構要想爭得自己的生存權利，在加強自身功能這個硬體建設的同時，也不妨來他個「曲線救國」：向正史話語的說教獻獻媚。《鬼谷子》說：「口可以食，不可以言」[33]活活為歷代統治階級使下層百姓因為說話之「口」戕除了自己吃飯之「口」畫了像。遠的不說，王朔要是在「文化大革命」中如此寫作，他說話之「口」恐怕早就該為吃飯之「口」念悼辭了。《肉蒲團》那值得懷疑的「本意」，與其觀察世界的野史角度及該角度要求的敘事結構相悖，「本意」最終被野史話語的敘事所同化，因而《肉蒲團》也被正史話語的說教權威徹底排斥，這不僅是野史話語的一大幽默，更是對正史話語的一大諷刺，而莊之蝶可以一邊參加政協會議，一邊在政協會議的餘暇大玩女人，並且手法層出不窮——這顯然就是敘事與說教關係的重要一面了。

它們的關係還有另外一面。從歷史文化傳承的角度看，傳統正史話語的說教還可以反映在後起的野史話語的敘事結構中。「尋根文學」的代表作《棋王》是一個顯著的例子。所有論者幾乎一致認為棋王下的是道家的棋，作者的文風是道家的文風。這都不錯。但作家把道家引進了野史的敘事結構之內，並在敘事的起、承、轉、合中，側面描寫了「文化大革命」主潮的一鱗半爪。在「革命不是請客吃飯」的說教面前，作者通過敘事結構用道家的口氣說：「人生就是為了吃飯。」道家思想在此被野史話語以敘事的方式所轉載，早不是原教旨主義式的廟堂思想，而是下凡落草於民間，化作了敘事結構眉宇間的精神氣質，為全文的主要思想「人活著也不僅僅為了吃飯」服務——由此，道家也得到改造。其實這早不是什麼新鮮貨色，明清敘事性小品早已為此做出了榜樣，《棋王》不過是將之發揚光大罷了。傳統的正史話語在新的敘事結構中是否存在並不重要，重要的是它以何種方式被野史話語的敘事結構所同化。曾經作為正史話語的思想核心已成為野史話語本身，從前作為說教成分的思維方式，在敘事的關照下也變作了

---

[33] 《鬼谷子‧權篇》。

敘事的因素。傳統就是這樣被改造的。野史話語開放的空間如今又承載了昔日威風凜凜、今日喪魂落魄的正史話語。

野史化的時間與空間在敘事結構中表現為時間與空間的大狂歡。「為我」、「貴生」、「兼愛」的相反相成，以及它們豐富的內涵，多種多樣的表現形式，為敘事提供了內驅力，[34]在肉慾、私心、希望、痛苦的不斷變化中，推動了情節的發展。敘事情節的每一片段中都包孕著一段流動的時間，每一段流動的時間也都包含著一個野史化的空間。上天入地的空間，現在、未來、過去等等不同的時間段落以及可能的時間段落，兩兩相交、融合，組成了一個個縱貫六合、橫跨古今的野史時空。在這些歡囂的時空之中，各種活生生的靈魂在顫抖，在歡笑，當然，在哭泣。

四、煞尾

對人生、社會來說，私欲和肉體的極度張揚未必就是好事。本文非常膚淺地指出了傳統文化中儒道與楊墨的互補，並不完全基於傳統本身，更基於我們如何把它們融入現時代的敘事結構中。不僅儒道可以互補，楊墨可以互補，而且儒道對楊墨還可以有限制，特別是墨家不能限定的楊朱思想中暗含的放縱感官、抒發肉體的那一面，使之不致於走向絕對的肉體大曝光、肉體的盛宴。誠如孟子所說：「楊墨之道不息，孔子之道不著，是邪說誣民，充塞仁義也。仁義充塞，則率獸食人，人將相食。」[35]言辭雖然有些誇張，但也未必沒有先見之明。

---

[34] 敘事在此處的語境裏有兩個層面的意思：一是本體論的，這是指敘事是構架世界的一種方式，與野史角度相契合；二是方法論上的，這是指敘事能以自己的編碼方式生成小說文本本身。就本體論意義而言，我們可以借鑒斯克洛夫斯基（Viktor Shklovsky）的看法，敘事使世界「陌生化」，即有別於正史的說教世界；也可以借鑒巴赫金的觀點，敘事是談論世界的不同方式，其中每一種不同的敘事都把自己裝扮為透明的。參見華萊士‧馬丁《當代敘事學》，伍曉明譯，北京大學出版社，1990年，第51頁。

[35] 《孟子‧滕文公》。

儒道可以與楊墨互補，還基於如下一面：儒道本身在新的歷史語境中已化作了野史的組成部分。傳統是活的，在對傳統進行真正打磨的勤勞的兒子那裏，可以為兒子生出自己的父親——這是克爾凱戈爾的話。對傳統的改造需要花大力氣。我們當然不必聽從海德格爾的教誨，認為一種文化要是出了問題，醫治的處方只能從該文化自身開出，但仔細審視本土文化無論如何都是應該的和必須的。

最後，我願意引用葉芝的話：「見解是不祥的。」而我並無見解：卑之無甚高論也。

1997 年 3 月，上海。

從本體論的角度看

開始

　　小說早已是風行天下的文體形式了，無數前賢時俊也早已從理論上對它的各個方面進行了十分詳盡的打磨。由於所謂「批評世紀」的興起，形式主義、結構主義、符號學、解構主義、接受美學、新歷史主義……等等新興理論，也為批評家提供了解剖小說的刀、槍、劍、戟，一陣車輪戰法後，小說理論最終的歸結之一是「怎麼寫」。毋庸置疑，「怎麼寫」主要是一種操作方法，用中國傳統哲學術語來說就是「用」。這當然很重要，因為它畢竟要比談玄老實、實用得多。不過，我們似乎有必要從本體論的角度來重新看待小說；小說首先作為一種文體方式，也許有比「怎麼寫」更重要、更深層的原因。

　　在認識論、語言學轉向後的今天，我所說的「本體論」，當然也不全是從前意義上的本體論了。我始終認為，小說在「怎麼寫」之前，應該有一個先在的前提，這個前提跟人看待世界的「世界感」有關。世界感是一種先於文體、先於「怎麼寫」而自為存在的看待世界的某種（類）觀念。[1]假如說這就是「怎麼寫」的起點，正在這個意義上，它才具有了本體論性質。這決不是什麼新鮮貨色；不過在二十世紀，本體論較之於康德時代更是個近乎荒唐的提法，因而當代俊彥不屑於再拾起它罷了。華萊士・馬丁說：「顯得很新的東西也許只是某種已

----

[1]　本文不打算討論世界感的形成過程，寧取其已經形成這個結果。世界感是個動態的過程，其形成與個人經歷、時代、文化、歷史等都大有關係。有關這一點請參閱沃林格（W. Worringer）《抽象與移情》，王才勇譯，第 1 章，遼寧人民出版社，1983 年。

被遺忘的東西；」[2]正是此謂。梯尼亞諾夫則說：「在與父親鬥爭時，孫兒最後與祖父相像。」[3]當然，也僅僅是晚期維持根斯坦所說的「家族相似」而已。

一、小說作為文體

小說首先是一種文體，這個看起來似乎不言而喻的常識，其實大有可嚼之處。我們不妨先作一個「大膽的假設」：文體的「體」字本身就已經向我們暗示了，它必須要被理解為一種觀察世界的角度、體式，而且這種角度、體式較之於小文本是先在的。我們通常喜歡說，有什麼樣的世界感，就有什麼樣的世界圖像；有一千個人，就有一千種世界──這一切或許只想說明，人在觀察同一個世界時，卻有著不同的角度，得出的世界圖像也由此會大相徑庭。正如華萊士・馬丁所云：「當我們用不同的定義來繪製同一領域的版圖時，結果也將是不同的。」[4]在這裏，「不同的定義」恰好是看待世界的不同角度。這個世界首先總是「我」的世界，「我」不是肉體的、生物學意義上的「我」，而是擁有與「他者」的世界感相異的「我」。因此，文體作為一種觀察世界的體式、角度，首先只能是與「世界感」相同一的東西。質言之，文體即「世界感」。[5]文體先於文本而自為存在。有什麼樣的世界感，就有了想要表達的特定內容，也就內在的需要有與之相適應的文體形式。一個人之所以在特定時刻選用小說而不是政論，選用詩歌而不是散文，就是因為只有小說、詩歌這種文體，能與自己此時此刻的世界感相契合、相同一。反過來說，從文體（即世界感）出發，我們可以構架出在該種文體透視下的該種文體所需要的世界圖像；所謂現象學意

---

[2] 華萊士・馬丁《當代敘事學》，伍曉明譯，北京大學出版社，1990年，第18頁。

[3] 梯尼亞諾夫《擬古與創新》，轉引自凱特林娜・克拉克、邁克爾・霍奎斯特《米哈伊爾・巴赫金》，語冰譯，中國人民大學出版社，1992年，第236頁。

[4] 華萊士・馬丁《當代敘事學》，第1頁。

[5] 參閱沃林格《抽象與移情》，第1章。

義上的純客觀世界，在此文體框架內早已變形、扭曲。我們之所以往往忽略了這一點，不過是因為世界感（文體）只存於「話語的體系和結構之上，它經常被隱藏起來」罷了。[6]陶東風說：「文體就是文學作品的話語體式，是文本的結構方式。」[7]一般來說，這並不錯；但必須要指明，「話語體式」是先在的文體的根本要求，它和文體要構架的世界圖像相適應；「文本的結構方式」更應該這麼來看：從本體論的角度來說，「文本的結構方式」與文體要構架的世界圖像的結構相一致。

劉勰算是摸到了這一命脈所在：「夫設文之體有常，變文之數無方，何以明其然耶？凡詩賦書記，名理相因，此有常之體也，」「名理有常，體必資於故實。」[8]有「故實」，即必有是「體」；有是「體」，乃是因了「有常」的「名理」。而「體」的由來又是怎樣的呢？劉勰認為：「夫情動而言形，理發而文見，蓋沿隱以至顯，因內而符外者也。」[9]很明顯，文體是「情」、「理」由「隱」到「顯」，由「內」至「外」的「符號」化過程。假如我們撇開劉勰的特定所指，而將「情」、「理」一般性地看作任何一種思維觀念上的待定物X，文體的本體論性質、世界感的先在地位就很昭然了。「體式雅鄭，鮮有反其習。」[10]——「體式」一旦定下，要表達的內容的大方向也就定下，不復有太大改觀：「習」有氣質、稟賦、才情、習慣等義，這一切的和合也許正是世界感的原意。陸機說：「詩緣情而綺靡，賦體物而瀏亮，」[11]說的不正是這個意思嗎？巴赫金的看法似乎正好能和劉勰「對話」，在老巴看來，文體是「一種特殊世界觀的 X 光照片，是專屬於某一時代和特定社會中某一社會階層的觀念的結晶。」因此，一種文體便「體現了一種具體歷史的關於人之為人的觀念」。[12]楊雄也說得很明白：

[6]　《權力的眼睛：福柯訪談錄》，嚴鋒譯，上海人民出版社，1997年，第51頁。

[7]　陶東風《文體演變及其文化意味》，雲南人民出版社，1995年，第2頁。

[8]　《文心雕龍·通變》。

[9]　《文心雕龍·體性》。

[10]　《文心雕龍·體性》。

[11]　陸機《文賦》。

[12]　參閱凱特林娜·克拉克、邁克爾·霍奎斯特《米哈伊爾·巴赫金》，第335頁。

「言，心聲也；書，心畫也。聲、畫形，君子小人見矣。」[13]雖不專指文體，它的隱義和思維言路卻可以為我借鑒：有何「心聲」「心畫」，就有何「言」，何「書」；而「言」、「書」正是對一定世界感（「心聲」、「心畫」）的編碼，這個編碼又必定會以一定的話語體式（「言」、「書」）來體現。因此，僅將文體理解為一種書寫方式（即「怎麼寫」），而不是將它納入與世界感相同一的本體論高度上來看待，在「語言學轉向」後的當今哲學大流變中，未免有失之膚淺之譏。誠如明人徐師曾所謂：「夫文章之體裁，猶宮室之有制度，器皿之有法式也。」[14]很明顯，「制度」、「法式」在建造「宮室」、「器皿」之先就已存在，一如馬克思所說，最蹩腳的建築師在修房子之前腦海中也早已有了房子的草圖，哪怕這是一份拙劣之至的草圖。英國人 C.S.lewis 則說，文體「是一種表達模式化的經驗的特定方式」（a paticular kind of patterned exprience）；這是一種「先在的形式」（the pre-existing Forn）。[15]其實，「模式化的」（patterned）也好，「先在的」（pre-existing）也罷，不過是強調文體作為世界感，較之於文本有它的先在性。

　　小說作為野史話語的主要表現體式，在中國出現伊始，就開始使用一種與正史文體（比如經、史、文）有或多或少相異、甚至基本不同的打量世界的目光，就擁有不同的評價世界的體系。究其原因，正在於小說最主要是出自民間百姓、用以表達民間百姓悲歡離合的一種庸常體式，和為統治階級說話的道貌岸然的正史文體有天然之別。它引證的原初理念是楊墨互補。它不是對儒道互補的注釋和引用。「中國古代小說觀念有一個相當突出的特點，就是當它剛一出現便與經傳形成了對立的局面。」[16]《漢書‧藝文志》就此曾有言：「小說家流，蓋出於稗官，街談巷語，道聽塗說之所造也。」剔除輕蔑藐視的成份，恐怕也算道出了實情。巴赫金則更進一步指出：不同的文體「都代表

---

[13] 《法言‧問神》。

[14] 徐師曾《〈文體明辨〉序》。

[15] C. S. lewis: A preface to paradise Lost , Oxford University ,1963 , P2-3.

[16] 寧宗一《小說學通論》，安徽教育出版社，1995 年，第 97 頁。

著一定的看法立場」,「都是通過語言體現出來的不同世界觀」。[17]假如此說可以坐實,我們就可以說,不同的階層有不同的世界觀,自然也就有不同的文體。還是巴赫金能一語破的:「真正的體裁(文體)詩學只能是體裁社會學。」[18]但「體裁社會學」的關鍵,仍在於不同階層擁有各自觀察世界和社會的不同世界感。

明朝的綠天館主人曾說:「史統散而小說興。」[19]巴赫金則說:「小說的興起是史詩世界觀瓦解的結果。」按照巴赫金的看法,小說可以是一種認識論意義上的不法之徒,是一個文本領域內的羅賓漢和莽張飛,小說能夠瓦解任何社會的、官方的或上層的文化觀念。[20]因此,小說作為野史文體在中國歷史上一出現,就引起了正史文體的驚恐;正史文體意識到,自己一統天下的文體(世界感)空間不可能再次出現了。但正史文體仍有自己的高超手腕,它們採取對小說又「打」又「拉」的方式,使小說(世界感,或更加具體地說是楊墨互補支撐著的世界感)長期以來依附於正史文體。這可以分如下幾層來說。

先說「打」。正史文體在稍事恐慌之餘,就各種型號的兵刃一齊出動,對小說大打出手。常用的方法就是鄙薄它文辭低劣,與大道不合。於此之中,我們似乎也不難看到,不同的世界感之間會有多麼大的深「仇」巨「恨」。連一向在暗中對正史文體心存蔑視的莊周也曾助紂為虐:「飾小說以幹縣令,其於大達亦遠矣。」[21]這裏的「小說」當然還不是指文體;但是,將作為文體的小說看作「小」、「說」的觀念和態度,卻也大抵始於此。漢人桓譚稱小說為「殘從小語」,[22]不過是莊周的應聲蟲;班固徵引據說是孔丘的言論來指斥小說為「小

[17] 巴赫金《陀思妥耶夫的詩學問題》,第 254 頁。
[18] 巴赫金《文藝學中的形式方法》,鄧勇等譯,中國文聯出版公司,1992 年,第 198 頁。
[19] 綠天館主人《《古今小說》序》。
[20] 參閱凱特林娜·克拉克、邁克爾·霍奎斯特《米哈伊爾·巴赫金》,第 331 頁。
[21] 《莊子·外物》。
[22] 《文選》卷三十一江淹雜體詩《李都尉陵從軍》注。

道」，[23]明明從正史文體立場出發，為「小說」的「黑五類」身份定了性。明人胡應麟作為一個頗有識見的學者，也稱《柳毅傳》「鄙誕不根，文士亟當唾去。」[24]《四庫全書總目》更是責斥《拾遺記》「其言荒誕，證以史傳皆不合」。即便是載道之器的《岳陽樓記》也被正史文體貶低，用以貶低的尺度則是給它貼上「傳奇體耳」的標籤[25]——這是很有些來歷的老戰術了——，當然也就「非儒者之貴也」。[26]據說，西方也有同樣的例子，小說在西方地位低下的跡像至今仍然可以發現。[27]似乎很可以互為參證、發明。應該說，在正史文體棍棒齊下之後，小說也有了一定程度的妥協：凌蒙初作為一個被正史文體排斥的「小說家流」，也曾自輕自賤地指斥小說「得惡名教」——這當然是楊墨互補和儒道互補相互對立生成的事實——，並且詛其「種業來生。」[28]雖說有失厚道，但也足見棍棒威力。

「打」不是目的，拿作為文體的小說為正史話語所用才是宗旨，於是有「拉」。「拉」的方式大抵是鼓勵作為文體的小說中，與正史文體裏所包納的世界感有重合性的那部分，並力圖使之發揚光大。班固就曾向正史話語建議說，小說「雖小道，必有可觀者焉」。[29]為什麼？應聲蟲桓譚回答道：「治身理家，有可觀之辭。」「可觀之辭」當然是戴上儒道互補的老花鏡，在作為野史文體的小說中找到的。雖然「小說者，乃坊間通俗之說，固非國史之正綱」，[30]但可以「為正史之補」，[31]可以為「正史之餘」，[32]可以為「信史」之「羽翼」，[33]可以

---

[23] 《漢書・藝文志》。

[24] 胡應麟《少室山房筆叢・二酉綴遺》中。

[25] 陳師道《後山詩話》。

[26] 王充《論衡・謝短篇》。

[27] 華萊士・馬丁《當代敘事學》，第 41 頁。

[28] 凌蒙初《〈初刻拍案驚奇〉序》。

[29] 《漢書・藝文志》。

[30] 酉陽野史《〈新刻續編三國志〉引》。

[31] 林翰《〈隋唐志傳通俗演義〉序》。

[32] 笑花主人《〈今古奇觀〉序》。

[33] 修髯子《〈三國志通俗演義〉引》。

「輔正史也」，[34]可以「與正史參行」，[35]因此，小說可以「資治體，助名教」，[36]於是，就有有心人鼓勵小說努力向正史文體發展：「此等文備眾體，可見史才、詩筆、議論。」[37]而小說在正史文體的擠壓下要想爭得活命的口糧，不這樣做，也許還真有麻煩哩。

「打」和「拉」的結果使作為野史文體的小說長期依附於正史話語。正史文體的世界感實際上就是統治階級的世界觀，目的是為了說明自己的統治有絕對的合理性、合法性，因此，其教化、說教就是免不了的。小說在飽經棍棒之後，在一定程度上終於成了孝子。且聽凌蒙初說自己的創作：「說夢說鬼，亦真亦誕，然意存勸誡，不為風雅罪人，後先一指也。」[38]靜恬主人也毫不含糊：「小說為何而作也？曰以勸善也，以懲惡也。」[39]但更重要的是為正史文體的世界觀（感）歌功頌德，並拍其合理性的馬屁。明人沈德符在自己的大著中，就記載了一個為嘉靖皇帝找到了他必然要當皇帝的「野對聯」。[40]不僅龍心大悅，儒道互補高興，正史文體滿意，也為「孝子」畫了像。

但小說畢竟首先是一種與正史文體相異的世界感，無論正史文體怎樣對它拳腳相加、挑逗引誘，它先天的出發點決定了自身本有的整體性品貌。巴赫金認為，文體是藝術表達的典型整體。[41]從這個意義上說，正史文體不可能徹底同化作為野史文體的小說。小說真正從正史話語中最大限度地獨立出來，大約是在明代；這個時候，小說才真正擁有了自己的話語空間，真正獨立地用自己的眼光看待世界和人間眾相，最大限度地與正史文體相異。由於世界感不同，觀察世界的切入點、角度有異，小說從骨殖深處成為對儒道互補（世界感）的一種

---

[34]　袁于令《〈隋史遺文〉序》。

[35]　劉知已《史通》卷十「雜述」。

[36]　曾慥《〈類說〉序》。

[37]　趙彥衛《雲麓漫鈔》卷八。

[38]　凌蒙初《〈二刻拍案驚奇〉小引》。

[39]　靜恬主人《〈金石緣〉序》。

[40]　參閱沈德符《萬曆野獲編》卷二。

[41]　參閱巴赫金《文藝學中的形式方法》，第 189 頁。

反襯、反諷。魯迅曾指出：「『諷刺』的生命是真實，……它所寫的事情是公然的，也是常見的，平時是誰都不以為奇的，」「現在給他特別一提，就動人。」[42]Thompson 在論述 T.S.艾略特時也堅定地認為，諷刺是「一種存在著的超驗的真實」（a transcendant realiyt that does exist）。[43]把魯迅和 Thompson 合起來也許就更完備了：從正史文體的角度看，一切合乎規範的日常事物都是「不以為奇的」、「公然的」，從小說的角度看，不僅「就動人」，而且還帶有許多「超驗的」（transcndant）特性。比如正史話語鼓吹的「太上忘情」、「存天理，滅人欲」，就是近乎超驗的神而不是現實的人的特徵了。借用巴赫金的說法，任何小說都有諷刺性的本質，諷刺來源於兩種不同世界感的互相反駁、對話，諷刺不僅僅是一種表達技巧，更是一種精神氣質；諷刺是正反同體的，因而小丑就是國王；對話、反駁使任何神聖的事物都有可能歸於塵土，所以臀部也就是頭部。[44]借用北島的詩說則是：「我被倒掛在一棵櫟樹上／眺望。」——在作為文體的小說那裏，一切正史話語意欲維護的東西都可以被倒過來觀察。請聽正史文體對此的抱怨聲：該死的《拾遺記》「或上誣古聖，或下獎賊臣，尤為乖迕」。[45]

正史文體常常襃「義」貶「利」，所謂「君子喻於義，小人喻於利」；所謂「仁義而已矣」，「王何必曰利？」義利之辨，有必要把性善性惡之辨拉在一起來考慮。雖然荀子也曾提出過「性惡」，但幾千年來，「性善」論的確佔有壓倒優勢。正史文體常以水來比性，水（性）是不動的，因而是善的，為惡者只是水之動；不過，當然是逆動了。站在反對黨立場的李贄卻陰陽怪氣地說：「夫私（惡）者，人之心（性）也。」[46]這就是說，人從本性上就是惡的、自私的，也正是這樣，人在本性上才是真正不講「義」單「曰利」的動物。從民間百姓觀察世界的

---

[42] 魯迅《且介亭雜文二集·什麼是諷刺？》。
[43] 參閱 Thompson :T.S. Eliot , Southern Illinoise University , 1963 , P15.
[44] 參閱《巴赫金文論選》（中譯本），中國社會科學出版社，1996 年，第 163-185 頁。
[45] 《四庫全書總目》。
[46] 《藏書·德業儒臣後論》。

角度那裏長出的小說文體，看到了太多這方面的事實，也就在潛意識深處認可了李贄的說法。對小說而言，「利」的本質在「財」。比如《金瓶梅》，在生殖器高高勃起的背後矗立的是惡以及由此而來的「貪」（財、利），它的結論是「這世上無一不是烏龜王八蛋」——「惡」使之然也。雖說《金瓶梅》一書「乃採摭日逐行事，彙以成編，而託西門慶也，」[47]它的真正用意是想寫出「上自蔡太師，下至侯林兒輩，何止百餘人，並無一個好人，非迎奸賣俏之人，即附勢趨炎之輩」。[48]張竹坡說，西門慶是混賬惡人，吳月娘是奸險好人，玉樓是乖人，金蓮不是人，敬濟是小人，而王六兒與林太太等，直與李桂姐輩一流，總不得叫做人，蔡太師、蔡狀元、宋御史皆枉為人也。[49]惡導致貪（利），似乎僅是一窗之隔。西門慶說得好，即便是佛祖西天，也只不過要黃金鋪地，陰司十殿，也要些楮鏹營求，人只要有錢，就是強姦了嫦娥，和姦了織女，拐走了許飛瓊，盜了西王母的女兒，也不減老的潑天富貴——財能帶來一切，在惡的統攝下，你敢說不是如此這般嗎？總之，正史文體站在自身世界感一邊一相情願地鼓吹人性善、唯義是舉，沒想到作為文體的小說三下五除二就將這層騙人的鬼把戲給拆除了：蔡太師、蔡狀元、宋御史等輩，在正史話語看來是絕對應該成為聖人或准聖人的，在公開場合，他們也正是這麼看待自己的。楊義先生在評價唐傳奇《魚服記》時說，它以魚服取代官服而倒過來看世界的謀略，[50]實在是小說顛覆正史文體的一絕。這差不多正是魯迅所說的「諷刺」，因為這種種特質都掩蓋在儒道互補的正史話語之下，成了最常見的徵候。

　　小說對正史文體最大的「解構」、「顛覆」還在於對情的張揚。正史文體認為，當「水」（性）不動常寂時，性就善，就能催生出君子聖人，因而也就最講義；反之，當水動時，性就亂，就有惡，就會釋放出一溜小人，當然也就唯利（財、貪）是舉。而情正是惡的變種，

---

[47]　謝肇制《〈金瓶梅〉跋》。
[48]　張竹坡《金瓶梅讀法》第四十七。
[49]　參閱張竹坡《金瓶梅讀法》第三十二。
[50]　參閱楊義《中國古代小說史論》，中國社會科學出版社，1996年，第22頁。

正如同利一樣:「人之所以為聖人者,性也;人之所以惑於性者,情也。喜怒哀懼愛惡欲七者,皆情之所為也。情既昏,性斯匿矣。」[51]「聖人之常,以其情順萬物而無情」——「情順」不是目的,「無情」呢才是宗旨。[52]正史話語所謂的「萬惡淫之首」,並不是要見了生殖器才有的驚呼,是只要見了「白胳膊」就大驚小怪的常舉。[53]而「小說者」能將這種貌似神聖的說教「頃刻提破」。[54]「天理」、「道」(無論是儒家的「道」還是道家的「道」)向來是正史話語中萬事萬物的本體和親娘,小說則有自己的「宇宙創生論」:「天地若無情,不生一切物;一切物無情,不能相環生。」[55]「上天下地,資始資生,罔非一情字結成世界」,「情也,即理也。」[56]——情是創生世界的本體,「理」只是情的派生物,頂多是與情同一的玩意。小說這樣做,有一個先在的目的:「借男女之情真,發名教之偽藥。」[57]——不過是沒有來得及使用後現代主義的「解構」一詞罷了。而一向被正史話語崇拜得五體投地的儒家經典,在作為野史文體的小說眼中,也只能是「《六經》皆以情教也」,比如「《易》尊夫婦,《詩》首《關雎》,《書》序嬪虞之文,《禮》謹聘奔之別,《春秋》於姬姜之際詳然言之」。[58]在正史話語看來,當然是一派胡言的野狐禪,卻正是小說天然要顛倒正統世界感的命定結果。李漁也隨聲附和:「《五經》、《四書》、《左》、《國》、《史》、《漢》,」「何一不說人情?」[59]這正是釜底抽薪的諷刺新戰術:你正史話語口口聲聲稱道的本體「天理」,在小說看來不過是情的派生物,而且你自己的經典中也有的是這號玩意!所以,紀曉嵐代表

[51] 李翱《復性書》上。
[52] 《二程集·答橫渠張子厚先生書》。
[53] 魯迅《三閑集·小雜感》。
[54] 耐得翁《都城紀勝·瓦舍眾伎》。
[55] 龍子猶《〈情史〉敘》。
[56] 種柳主人《〈玉蟾記〉序》。
[57] 馮夢龍《敘〈山歌〉》。
[58] 龍子游《〈情史〉敘》。
[59] 《閒情偶寄·詞曲部》。

正史話語指斥小說「大凡風流佳話，多是地獄根苗」的色屬內荏，[60]
實在是用處不大；倒是「小說家流」西湖漁隱陰陽怪氣地為正史文
體化去了一點小尷尬：「喜談天者放志於乾坤之表，作小說者游心於
風月之鄉。」[61]——頂好你去你的「乾坤之表」，我去我的「風月之
鄉」，咱哥倆井水不犯河水。

　　小說對正史話語和正史文體的瓦解、顛覆、解構，更本質的是諷
刺，是從性善開始，一直追剿到「義」、「道」、「天理」，代之以「性
惡」、「利」和「情」。追究起來，不過是正史文體的出發點是「代聖
人立言」，小說則是「代此一人立言」，[62]歸根到底是由不同的世界感
和支撐它們的不同原初理念決定的。誠如巴赫金所言：在小說與正史
文體之間，甚至每一個詞「都是一個小小的競技場，不同傾向的社會
聲音在這裏展開衝突和交流。」[63]——當然有些誇大，意思卻是顯豁
的。而小說作為和楊墨互補天然結為親家的文本體式，對擁有與自己
不同世界感的正史文體進行諷刺，最直接的方法則是嘲笑，是像《好
兵帥克》那樣，把正史文體統攝下的世界看成一堆笑話。在這裏，笑
話和情一樣，同樣具有了本體論性質，這種本體論又內在地被作為野
史文體的小說所轉化，從而成為小說自身的先於文本而自為存在的
「世界感」；這樣，諷刺也就作為一種對付正史文體的先在姿態，出
現在作為文體的小說中。「古今來莫非話也，話莫非笑也，」「不笑不
話不成世界。」[64]——這似乎算是對世界的笑話本體論所作的明確表
述了。在這種世界感的統攝下，在小說眼中，「經書子史，鬼話也；」
而世上眾生，亦不過「或笑人，或笑於人，笑人者亦復笑於人，笑於
人者亦復笑人。」——恰如《好兵帥克》所云，世界是一大堆笑話，
也正如福樓拜所說，在一個荒唐的世界上，唯一有價值的行為就是哈

60　《閱微草堂筆記·灤陽消夏錄》。

61　明·西湖漁隱《〈歡喜冤家〉敘》。

62　李漁《閒情偶寄》卷三。

63　參閱凱特林娜·克拉克·邁克爾·霍奎斯特《米哈伊爾·巴赫金》，第 269 頁。

64　明·墨憨齋主人《〈廣笑府〉序》。

哈長笑了，但這正是作為文體的小說，對正史文體所昭示的道貌岸然的神聖性的徹底諷刺。「笑話」作為「解構」之物，不僅針對正史話語，也針對與小說自身相同一的世界感（即楊墨互補）：「一笑而富貴假，」「而功名假，」「而道德亦假，」「而子孫眷屬皆假，」「而大地河山皆假。」[65]「大地一笑場也。」──當此之際，難道除了諷刺、嘲笑，還有什麼值得肯定的東西麼？然而，這正是小說擁了更高意義上的世界感，在用更新、更高的世界感打量和審視小說與正史文體從前的糾葛、互相的鬥爭與謾罵。

正如常識告訴我們的那樣，正史文體（經、史、文）的體式從先秦直到晚清並無質的變化，一向被正史話語表彰和鼓勵的詩歌作為文體，按照徐敬亞的「刻薄」看法，兩千年裏不過是前進了三個字──由四言而為七言。[66]總之，都保持了文體上的相對穩定性。究其原因，也許正在於它們的世界感（即儒道互補）在幾千年中變化不大使然。這其實也是可以想見的。而小說作為文體，一旦走向相對獨立，則體式變化愈來愈繁多，這大概是小說看待世界的多重、多樣世界感使然。「五四」文學革命後，詩歌、散文等文體，與古文、古詩等體式相較差別何只天壤，小說體式上的變化相較於詩歌、散文卻要小得多。這種種跡象或許可以說明，小說作為文體，文體作為與世界感同一的、先於小說文本而存在的看待世界的方式，差不多正是文體的「體」字所蘊藏的內涵了──而上述論述也大概可以當作我們「大膽假設」後的「小心求證」。

二、小說作為敘事

敘事通常只被看作小說寫作的技巧，但我們如果把作為敘事的小說，和作為與世界感同一的文體的小說連起來看，情況也許就會有所

---

[65] 馮夢龍《〈古今笑〉自序》。

[66] 徐敬亞《中國詩歌論綱》，民刊《非非》（成都），1992 年卷。

變化。一般說來，小說的「體」一旦定下，小說由此展開的敘事從邏輯上看，似乎就必須要理解為在「體」的籠罩下對世界、人生進行觀照、思考和評價的思維方式了。布托爾說得好：「不同的敘述形式是與不同的現實相適應的。敘述這一現象大大超過文學的範疇，是我們認識現實的基本依據之一。」[67]這正是維特根斯坦要表達的：一種新的語言遊戲處處體現著一種新的「生活形式」。[68]——假如我們把敘事也看作是認識現實的「語言遊戲」的話。這一點似乎是完全可能的。按照西方語言哲學，這個世界正是一個語言的世界，沒有語言就沒有人，人的活動必須要在語言風格中才能展開，才能被認識、被理解，恰可謂「言與天地為終始也。」[69]所以《聖經》才說：「太初有言」（The Word）。我們或許可以這樣斷言：敘事方式的不同，正好表達了世界感的差異；正如我們說過的，在作為文體的小說裏，世界感有可能是多重的、多樣的，比如有以情為體的，有以笑話為本的。正是在這一點上，敘事具有了與世界感同一、重合的特質，也具有了本體論性質。

但敘事作為一種構架世界、「理解生活的必不可少的解釋方式」，[70]更在於它從特定的、本有的世界感出發為世界和生活編碼，按米蘭·昆德拉的說法是為人的行動編碼。因此，敘事是與它所評價的世界、生活結構相適應的動態過程。這毋寧是說，世界、生活的變化流動，全處在敘事框架的變化流動中。這正是巴赫金想說的話：甚至在生活中，我們用敘事的眼光也能發現世界、人生的故事。[71]在此，敘事是一種在特定世界感觀照下的行動，因而敘事也可以合理地被看作小說寫作的技巧。但是，正如我們已經指出的，小說的敘事首先是作為一種本體論性質的技巧而出現，簡言之，它是體與用的結合。作為世界感的小說文體和有本體論特質的小說敘事相對應；擁有「過程性」的「用」

---

[67] 轉引自陶東風《文體演變及其文化意味》，第 126 頁。

[68] 參見諾爾曼·馬爾康姆（N. Malcolm）《回憶維特根斯坦》，李步樓等譯，商務印書館，1984 年，第 115 頁。

[69] 《漢書·藝文志》。

[70] 華萊士·馬丁《當代敘事學》，第 1 頁。

[71] 參閱巴赫金《文藝學中的形式方法》，第 204 頁。

的性質的敘事，則是作為文體的小說和作為本體論性質的敘事的必然要求和邏輯展開：在這裏，「體」只有具體化為「用」，「體」才能成立。

E‧佛斯特（E. Forster）曾正確地說：「小說是說故事」，「故事雖然是最低下和最簡陋的文學機體，卻是小說這種非常複雜機體的最高要素。」[72] 沒有敘事就沒有故事。說到底，人生也不過是敘事的自行展開。一個人有什麼樣的世界感，必定會有什麼樣的生活，也就必然能構架自己在生活中的故事；小說不過是從特定的世界感出發，選擇相應的故事並進行語言編碼而已。因此，假如說現實主義不是作為一種技巧，而是作為一種精神氣質，那麼，任何關於人生故事的敘事都是現實主義的。從小說在中國傳統文化語境中的出生、生存和發展歷程來看，小說是對正史文體的一種反駁、疏離和瓦解，而且小說越是往後發展情形就越是如此。想要疏離、瓦解正史文體，幻想性敘事似乎就是不可缺少的方式之一。不過，需要指出的倒是，幻想性敘事不僅僅是指對超自然事物和對幻想所構架出的故事的陳述，更是泛指對某種渴求狀態所構架出的想像故事的敘述；這種敘述也許沒有現實秩序中的合理性，但有心靈上的合法性。它同樣是真實的。視界即渴求。

「子不語怪力亂神，」「六合之外，存而不論，」出於對自身安全的考慮，正史話語早已將對幻想性故事的敘述排斥自己的世界感之外，正史文體一向將此貶為虛妄，有違「正心、誠意」大旨；更有甚者，甚至把幻想性的神話史官化（比如《史記》中對三皇五帝的描述）。總之，正史文體對待幻想性敘事要麼持徹底打擊的態度，要麼就是為我所用，唯皇權合法性的馬首是瞻。但是，從民間百姓那裏生根、發芽、開花、結果的小說，並不理會這一套，它有權、有足夠的心理動機，為自己對某種生活的渴求狀態進行編碼。亞里斯多德曾為此辯護過：「一樁不可能發生而可能成為可信的事，比一樁可能發生而不可能成為可信的事更可取。」[73] 第一個「不可能」與「可能」，恰好道出了

---

[72] 佛斯特《小說面面觀》，馮濤譯，花城出版社，1982 年，第 21-22 頁。
[73] 亞裏斯多德《詩學》，陳中譯，第 24 章。

心靈上的渴求狀態；第二個「可能」與「不可能」，正是諸如「神話史官化」那一類的混帳玩意。《莊子‧齊物論》云：「予嘗為女妄言之，女以妄聽之」——雖說道出了敘事的幻想性質，但「妄」字也剛好表達了對幻想性敘事的鄙薄態度。劉知己痛斥楊雄「愛奇多雜」，「觀其《蜀王本紀》，稱杜魂化而為鵑，荊尸變而為鱉，其言如是，何其鄙哉！」[74] 應該說，楊雄受到這種禮遇算是合該，因為在這幫正史文體的代表看來，連一向為正史話語吶喊的司馬遷也是個怪物：「今遷之所取，皆吾夫子所棄。」[75]不過，以正統自居的紀曉嵐對此也只好無可奈何地承認「文人自有好奇癖，心知其妄姑自期」；[76]胡應麟為此也長歎不已：「怪力亂神，俗流喜道。」[77]為什麼？李漁作出了回答：這是因為「未有真境之所欲為，能出幻境縱橫之上者」。[78]你看，「我欲為官，則頃刻之間便臻富貴，」自不需皇帝老兒的垂青；「我欲娶絕代佳人，即便王牆、西施之原配，」根本不管時間的代謝，也不管一朵鮮花是否插在了牛糞上。而正史話語往往強調「天理」，滅絕「人欲」，幻想作為七情中的一種，自然也在滅絕之列。但作為敘事的小說卻不管這一陳規陋習：「文不幻不文，幻不極不幻。是知天下極幻之事，乃極真之事，極幻之理，乃極真之理。」[79]——這是小說作為幻想性敘事，打擊正史文體假正經的最好說法。金聖歎《水滸傳》三十六回回評中說：「此篇節節生奇，層層追險。節節生奇，奇不盡不止；層層追險，險不絕必追。」這差不多算是對幔亭過客上述說法一個操作方法上的注釋了。

正如與世界感同一的作為文體的小說，和正史文體基本上相互對立一樣，小說敘事的基本特質之一是幻想性敘事，與此相對立，正史文體的敘事則是一種說教性敘事。由正史文體（世界感）出發看待世界，則世界必然應該是王法的世界；除了王法之外，不惟沒有奇蹟，

---

[74] 劉知己《史通‧雜說》下。

[75] 黃震《黃氏日鈔》卷四七《史惑》。

[76] 《閱微草堂筆記‧觀弈棋道人自題》。

[77] 胡應麟《少室山房筆叢‧九流緒論》下。

[78] 《閒情偶寄‧詞典部》下。

[79] 幔亭過客《〈西遊記〉題詞》。

也不需要奇蹟。「人不奇不傳，事不奇不傳。」[80]這倒不假。但是，敘事作為小說構架世界、人生故事的方法，卻專門要在凡人瑣事中尋找奇蹟。文言小說《世說新語》、歷代笑話正是沿著這條線索展開，為正史文體的世界感抹了黑。與作為野史文體的小說是正史文體世界感的一種反襯、一個諷刺一樣，幻想性敘事也是對說教性敘事的一種瓦解、顛倒，它是對人性具有的某種渴望狀態這個隱私權的有意破壞。

幻想性敘事遵循自己的行動邏輯，這個邏輯由和小說文體同一的世界感所推動。而它要表達的各種觀念，又都是通過敘事並在敘事框架中邏輯地生成。在中國古代小說中，最大的幻想性敘事不是《西遊記》一類的神魔小說，而是才子佳人式的大團圓作品。大團圓是小說文體中對美好、幸福、自由生活，甚至對情慾的渴求所抱的一種完美希望才出現的。正是在有頭有尾的敘事中，在對現實生活不斷疏離而向希望不斷挺進的敘事框架中，大團圓作為理想的結果、極致，在敘事和故事的終端陡然出現。從常識的角度看，大團圓是不切實際的。大團圓之所以出現在敘事的「大收煞」而不是開端，是由小說自身的敘事邏輯決定的：一方面，對於情感心理需要，只有經過大磨難，大團圓才有意義；另一方面，也只有在「大收煞」端出大團圓，敘事才更能成為幻想性敘事。大團圓並不是不具備悲劇性質，誠如陳子龍說《詩》那樣：「我觀於《詩》，雖頌皆刺也──時衰而思古之盛王。」[81]對大團圓也應該從反面去看：正是因為人間缺少大團圓，所以才需要小說中的大團圓；而要小說中有大團圓，只需要敘事邏輯地展開它自身就行了。薩特也說過：要想使凡庸的生活成為奇遇，開始敘事就成了。從今天的眼光看，大團圓的可憎之處僅在於它千篇一律、漸成套路。敘事在作為與「體」相區分的「用」時，自然會有多種變化，這是敘事邏輯天然就具有的功能，因而完全可以避開已成的俗套。──避不開只是小說家個人才能的低下使然。不過，這倒剛好是大團圓的

---

[80] 寄生氏《〈爭春園全傳〉敘》。
[81] 陳子龍《陳忠裕全集‧論詩》。

難敘之處，同時也是幻想性敘事的難處。李漁就「大收煞」說：「此折最難」，難就難在要「在無包括之痕，而有團圓之趣」。[82]而團圓趣就趣在「傳奇原為消愁沒，費盡杖頭歌一闋」。[83]這算得上是對大團圓的上好解釋了。人需要各種各樣的幻想性敘事，正史文體不能提供，說教性敘事更是與此風馬牛不相及，作為敘事的小說絕好地擔當起了這一來自人性深處的使命。維持根斯坦在給一位朋友的信中說，如果美國不給俺偵探雜誌，那俺也決不給它哲學，歸根到底還是美國損失更大。難道不正是這個意思嗎？[84]

四、煞尾

總結起來，小說作為文體和小說作為敘事，是小說的兩個重要方面，文體和敘事首先是與該種文體、該種敘事的世界感相同一的東西，這是小說的本體論；即使敘事有「用」的一面，也必須要與世界感（即本體論）聯繫起看待才更完備。也許，正是在此基礎上，才有小說「怎麼寫」的提出，對「怎麼寫」的研究也由此才有了落腳點和較為宏闊的視野。否則，小說研究似乎只能在技術的小圈子裏轉更小的圈子——這差不多正是目下小說研究的主要弊端之一。

1997年4月，上海。

---

[82] 《閒情偶寄・格局第六・大收煞》。
[83] 李漁《風箏誤》下場詩。
[84] 參見諾爾曼・馬爾康姆《回憶維特根斯坦》，第29頁。

從敘事的沒落處開始

……你們當聽,因為我要說極美的話,我張嘴要論正直的事。

——《舊約·箴言》第八章

敘事何為？

早在西元 1936 年,本質上的懷舊主義者、漢娜·阿倫特(Hannah Arendt)所謂一生「運道奇差」的猶太思想家本雅明(W.Benjamin),就十分敏銳地指出,至遲在他那個年代,在德國乃至全歐洲,講故事的人和故事一道無可挽回地衰落了[1]。被人崇拜的歷史時間在流逝了大半個世紀之後,蟄居天涯海角的中國思想家耿占春,依據當下的現實生活與歷史境遇,出色地發揮了本雅明的精湛洞見,並不無幽默地說,在一個以資訊傳播、經濟一體化為基本特徵的世界,所謂故事即為事故[2]。

隨著一個以高度合理化為絕對旨歸的合理化時代的到來,我們的生活總是傾向於按部就班。雖說不同階層的人自始至終擁有各不相同的生活方式,我們每一個人卻必然性地分屬於某個特定的階層;這一個個具體的階層,卻又有單屬於這個階層的生活程式,決不允許它的成員違規操作、暗中通敵,因此,按部就班始終是我們生活的徽記[3]。

---

[1] 本雅明《講故事的人》,《本雅明文選》,陳永國譯,中國社會科學出版社,1999年,第 291 頁。

[2] 參閱耿占春《敘事美學》,鄭州大學出版社,2002 年,第 9 頁。以下引用耿占春的文字或觀點凡出於該書,只隨文注出頁碼。

[3] 盧卡契(Cukacs)說:「現實越是徹底地合理化,它的每一個現象越是能更多地被織進這些規律體系和被把握,這樣一種預測的可能性也就越大。但是另

39

除非生活中發生了超常的事故，否則我們不配擁有故事。事實上，我們總傾向於排除故事，因為我們總是渴望穩定的生活，習慣於按部就班、每個第二天都重複著同一個第一天的生活；偶爾的超常和越軌──那無疑是故事的密集地帶──總讓我們心驚肉跳、汗濕重衫。因此，與其說我們沒有故事，不如說我們沒有能力承擔和消化故事，更沒有膽量生產某種故事，雖然我們都樂於欣賞被別人製造出來的那麼多的故事。就是在這個地方，深受合理化社會之教唆的新聞工業，終於合乎歷史邏輯地拔地而起：那種種具有事故特性的故事在絕大多數情況下，都被晚報上的「社會新聞」專欄給成功地消化掉了；除了新聞價值外，這種故事的最大用途，不過是充當我們茶餘飯後的談資和佐料。我們從那些超常和越軌的事故或故事中得到了安慰，也有機會為自己生活的平靜額手稱慶，儘管有時也不無遺憾，比如在面對某個窮光蛋中了六合彩的新聞報導時。在《敘事美學》中，耿占春以如是我聞般的口氣如是寫道：

> 在小報上，我們不止一次地也是極為偶然地看到那個古老的故事一再地變成新聞：一對青年男女的殉情自殺。放在幾百年前這個故事誕生了不朽的悲劇《梁山伯與祝英台》，讓莎士比亞寫出《羅米歐與茱麗葉》，幾十年前這樣的故事甚至還可以成為巴金那一代作家的創作衝動，而今它只能作為小報記者的材料，任人說三道四。（《敘事美學》，第5頁）

《敘事美學》並沒有忘記事情之所以被搞成這般模樣的基本成因：眾多小報在本著合理化時代的要求與指令報導這個事故時，完全

一方面，同樣清楚的是，現實和行為主體的態度越是接近這種類型，主體也就越發變為只是對被認識的規律提供的機遇加以接受的機體。他的行為也就更局限在採取這樣一種立場，以使這些規律根據他的意思，按照他的利益產生作用。主體的態度──從哲學的意義上來看──將變成純直觀的。」（盧卡契《歷史與階級意識》，杜章智譯，商務印書館，1992年，第202-203頁）為了說明現代小說敘事中行為主體性的喪失，耿占春在《敘事美學》中也徵引了這段話。而我徵引這段話的目的是：它或許正可以說明一個合理化的社會或時代究竟有什麼特徵，它究竟在如何歸置與打整我們的生活。

排除了故事中可能蘊涵著的「人類精神的光芒。」(《敘事美學》,第5頁)對此,我願意不無遺憾地說,耿占春很可能過於迂腐和過於懷舊了,他極有可能把自己送回到了真理天啟、真理滿載著自身之多重性的古舊時代。在現時代的各色小報眼中,「人類精神的光芒」根本就是一個謊言;小報不關心這種型號的精神,它只關心新聞效應。新聞效應對事情、事件的唯一指令,據合理化的時代保證說,就是至高無上的真實性;對於任何一件事情,所有小報都將秉承著合理化時代的知識律令莊嚴宣稱:所謂的真實不多不少正好只有一個。報紙堅決反對虛構。

儘管喜歡講故事和聽故事,直到今天還算得上我們的天性【列奧・施特勞斯(Leo Strauss)稱之為自然】,但在這個越來越趨近最高形態的合理化時代,我們的天性卻遭到了有史以來最大規模的閹割:故事不僅是事故,更嚴重的是,它還意味著不真實,就更不用說「人類精神的光芒」一類經由過度闡釋而來的東西了;以故事提供的教誨,去指導合理得只剩下真實性的生活,處處碰壁就是免不了的事情。因此,在合理化挺立的地方,作為人類天性的虛構要麼被繳械了,要麼就是主動向合理化投誠了。因為據合理化坦言道,我們時代向來要求的都是真實性,而且是單一的真實性,這種真實性只承認對某件事情的唯一一個解。因此,真實性的多重化必然性地被宣佈為合理化的敵人,更是可以想見的事情。不幸的是,虛構的故事恰恰是敵人群落中最為辛勤的員工。

真實性的多重化之所以不合理還有一個原因,這裏也一併道出:在我們時代,真實性的多重化極有可能讓我們這些「單向度的人」無所適從,讓「單向度的人」誤以為處處居然(!)都可能是方向。這顯然會破壞合理化構築出的單子式社會秩序;除此之外,真實性的多重化還會讓合理化社會處處都塞滿了事故。從最根本的意義上說,事故恰恰意味著真實性的反面的極端化。因此,合理化的經典口號順理成章的就是:穩定壓倒一切;而能夠收穫穩定的最大法寶,無疑是真實性的單解化。虛構不僅不能成為唯一一個解,根本就是合理化社會

41

所鼓勵的所有真實性的反面。與此相應的邏輯結果必然是：始終和虛構連在一起的敘事行為如果沒有被刪除殆盡，最起碼也和虛構一道，被合理化社會與時代打發到了無足輕重的位置上。好在我們這個時代也為真實性的多重化劃定了一個小小的、邊緣性的保護區。這確實是我們時代難得一見的仁慈之舉，儘管我們最終將會明白，這種仁慈不過是我們時代在被逼無奈中不得不做出的舉動。

雖然我們極不願意冒險宣稱敘事必然意味著虛構，事實上虛構卻必然來自敘事。不用說，合理化的時代對這種邏輯程式心知肚明。因此，它聰明絕頂地採用了一種防患於未然的措施——把敵人消滅在萌芽狀態，遠比引蛇出洞的「陽謀」要高明得多：在一個合理化的社會，制度性的學術研究，更願意把敘事限定在哲學和史學等高度抽象與高度專業化的範疇之內[4]，以便通過抽象的邏輯推理和少數人才能達到的專業化，最大限度地保證敘事的真實性以及真實性的單解化，卻對文學，尤其是小說領域中的敘事行為，睜一隻眼閉一隻眼，任其糊裏糊塗地東遊西蕩[5]。當然，所謂「糊裏糊塗」，不過是合理化時代對小說敘事自以為是的「竊以為」罷了。不管怎麼說，在那個小小的、邊緣化的保護區內，小說敘事至今還方興未艾；只不過小說敘事在保護區之外，確實遇到了較為嚴重的問題。

按照《敘事美學》飽含歷史主義色彩的說教，在我們這個時代，故事衰竭了，虛構老邁了，敘事沒落了。它活像一場轟轟烈烈的大革

---

[4] 利奧塔（Jean-Franois Lyotard）的《後現代的狀況》（島子譯，湖南美術出版社，1997 年）堪稱哲學領域內研究敘事的典範，而海頓・懷特的《元史學》（陳新譯，譯林出版社，2004 年）則堪稱史學領域內研究敘事的範本。

[5] 當然，這樣說過於誇張了。自上個世紀以來，人們對小說中的敘事還是給予了很多關注。但有一點必須要指明，影響最大的敘事學無疑是結構主義敘事學，比如熱奈特（Gerard Genette）、托多洛夫（Tzvetan Todorov）、巴爾特（Roland Barthes）等人的敘事學。這種敘事學的目的是，力圖從感性的小說敘事中尋找到一種抽象的敘事模式，有將敘事知識上升為教條型知識的企圖。從某種程度上說，他們成功了【參閱《熱奈特論文集》，史忠義譯，百花文藝出版社，2001 年；希利斯・米勒（J.Hillis Miller）《解讀敘事》，申丹譯，北京大學出版社，2002 年等】。

命後殘存的老貴族，衣衫襤褸，卻又像唯一一個站著喝酒而穿長衫的孔乙己，在拼命維持早已逝去的尊嚴與榮光。在這種所謂大勢所趨的情況下，為合理化竭盡鼓吹之力的論證粉墨登場，也就是容易想見的事情。耿占春在《敘事美學》開篇不久，就直言不諱而又暗含妒意地說，這是一個論證的時代，不是一個崇尚敘事的年月。耿占春的問題是：在這樣一個時代，虛構何為？敘事何為？事實上，與新聞工業一道而又有所不同，論證從另一個更加昭彰、更加險惡的角度排斥敘事、虛構和故事；在論證的法眼中，虛構、故事和敘事要麼根本不具備真實性，要麼根本就沒有能力擁有真實性的單解化。應該說，作為合理化時代為自己挑選出的另一個代表，論證很好地完成了自己的使命：比新聞工業更為嚴厲的是，論證頂多認為，只有在合理化程度不高的地方，才是敘事、虛構和故事的重災區和多發區。面對那樣一個丟人現眼、給安定團結的大好局面抹黑的貧民窟，追求真實性的新貴們，尤其是以追求唯一一個真實性自命的暴發戶們，當然無暇顧及。就像韓少功指認的那樣，合理化社會通過言詞的高度抽象化，以邏輯論證的方式，邏輯性地製造出了許多只具備唯一一個真實性的、能夠讓人發瘋的合理化知識，敘事知識則被指控為低級之物[6]。合理化知識指斥說，敘事知識沒有多少合法性，因為它對合理化做不出像樣的貢獻，對唯一一個真實性向來朝秦暮楚、推三阻四。它不是合理化時代的統戰對象。

虛構、敘事和故事有著至為古老的歷史，它們甚至和人一同產生、和人的基因與血液同時問世。我們這些對古老事物還懷有那麼一點不可救藥的依戀之情的人，對虛構、敘事和故事在現時代的衰落頗有疑問，也暗懷不臣、不忍之心：「進步」真的必須以拋棄某些東西、甚至是哺育了我們的東西為代價？「進步」必須建立在某種程度的忘恩負義的基礎上？將虛構出來的故事、將用於虛構的敘事從我們的日常生活與知識譜系中剔除出去，無異於刪除了人和現實世界的直接相

---

[6]　參閱韓少功《暗示》，人民文學出版社，2002 年。

遇，刪除了人與世界直接相遇帶來的粗糙、素樸的敘事知識，人的豐富性會不會因此大為減損？在一個處處自稱合理化的時代，虛構向合理化投誠、敘事被合理化繳械就一定合理嗎？

結構對位法

　　對敘事、故事和虛構的古老榮光還滿儲著懷念與感恩之情的耿占春，在一個處處被旨在追求真實性的知識打扮得平白如話的時代，卻十分願意追溯敘事、故事與虛構之所以衰落的歷史原因，更願意給陷入困境的敘事找到一條拯救之道。無論如何，願意站在弱勢群體一邊，總是一件令人感慨的事情，何況其間還洋溢著高度和純正的倫理精神；那種充滿了焦灼和激情的努力，正完好地彙聚在《敘事美學》當中。在這本書裏，耿占春儼然一個通常意義上的歷史主義者，在兢兢業業尋找敘事以及敘事結構在不同歷史時期對應的社會／歷史結構；就像那個法蘭西人福柯（Michael Foucault）一樣，耿占春也試圖從社會／歷史結構的變遷與動盪中，給敘事的衰落、虛構的沒落、故事的沉落以歷史主義的說明。為此，他使用了一種被我名之為結構對位法的方法論。所謂結構對位法，不過是指在不同形態的敘事結構和不同形態的社會／歷史結構之間，具有某種生死與共的契合關係，而且兩者之間還擁有一種互相說明、相互印證的功能與義務。這是歷史主義從誕生的第一天起，就開始玩弄的老牌伎倆[7]。

　　按照歷史事實，依據諸多前輩先哲的教誨[8]，耿占春願意把敘事大致上區分為三個歷史時期：史詩階段、經典小說階段和現代小說階段。依照《敘事美學》的洞見，史詩是對往事的追述，是英雄的傳奇，

---

[7]　伊恩・P・瓦特（Ian Watt）的傑出著作《小說的興起》（高原等譯，三聯書店，1992年）就是這方面的一個顯例。

[8]　依我看，至少如下幾位西方哲人的思想肯定給了耿占春以莫大的啟示：本雅明、阿多諾、盧卡契、福柯、利奧塔、傑姆遜、巴赫金、弗萊以及葛蘭西、巴爾特甚至巴什拉；除了葛蘭西、巴爾特和巴什拉，耿占春引用了我們開列出的思想家們的許多思想或許就是明證。

是種族的記憶。史詩的世界是一個行動的世界。之所以是一個行動的世界而不是一個性格的世界，據耿占春分析說，僅僅是因為史詩中的人物從來都是英雄，是一個民族的靈魂人物，不需要顯示或證明他的個性與性格。(《敘事美學》，第 37 頁) 耿占春的看法並非空穴來風。人類學，尤其是田野作業之後的結構主義人類學，為此提供了太多的證據[9]。在史詩中，敘事以及由此而來的虛構，集中火力於主人公的行動，竟使性格的重要性降到了行動的水平線以下；或者說，在史詩中，通過虛構性的敘事，行動和性格水乳交融般團結在一起，彼此難以區分，恰如中國古代那首「我中有你、你中有我」的「泥巴詩」所表明的那種情形。對此，耿占春的結構對位法明確申說道，在史詩敘事的結構與它所對應的社會／歷史結構之間，有著深刻的同源性和同一性。(參閱《敘事美學》，第 37 頁) 在史詩中，「人們理解權威、神靈、人類社會秩序和宇宙秩序的方式畢竟是一致的。……史詩和神話也是人們力圖理解自己生存於其中的世界的一種方式，力圖為部族的歷史給出一種意義和一種神聖性的努力。」(《敘事美學》，第 185 頁)

正是這種同源性和同一性能讓我們看出，為什麼在幾乎所有傳世的史詩中，不同的主人公之間、主人公與神靈之間的衝突，最終都能通過史詩敘事虛構出來的故事複歸於和諧。其實這很容易理解。一方面，即使在史詩敘事中，人與人、英雄與英雄、英雄與神靈的衝突總歸是事實；但另一方面，在同一性和一致性的統攝下與幫助下，這些衝突要麼是達致和諧的必經階段，要麼就是和諧必然能夠克服的雜質。在《敘事美學》極力張揚的結構對位法那裏，特殊的社會／歷史結構教育了史詩的敘事結構；而在史詩敘事的私心裏，所有人，包括英雄們在內，都不過是大自然的一部分，而不是大自然的對立面。

正因為大自然還有幸不是人的對象，所以在史詩中，真理來自天啟，儘管它必須以人的實踐為方式才能獲致自身。即使是經驗主義成

---

[9] 僅僅參閱列維－斯特勞斯的《野性的思維》(李幼蒸譯，商務印書館，1987年) 提供的大量例證和論述就足夠了。

色十分濃厚的弗雷澤，也在其大著中透露了這一訊息[10]。由於史詩的敘事方式來源於人與世界的高度同一，敘事知識也就只能來源於人和自己高度認同的世界的直接相遇。同樣一個弗雷澤，通過他的偉大著作同樣完好地道明瞭這一點。而在充滿著神奇事物的神奇世界上，史詩敘事因為神奇世界的神奇，給自身打上了震驚和眩暈的特質──但這完全不同於本雅明描寫巴黎的拱廊街時所稱道的那種震驚和眩暈。後者是一個日趨合理化的時代與社會，給初踏上這個時代與社會的外來者的見面禮、殺威棒。而這，或許正是史詩敘事拒不承認真實性的單解化的根本緣由：震驚無處不在，眩暈比比皆是。按照一個合理化時代通常的陳述方式，天啟的真理來自世界的各個地方，來自神靈的一切可能的居所，完全不似一個小報的時代，一切都是清清楚楚、明明白白的；因此，在史詩敘事中，任何一件事物都充滿了歧義性，所謂唯一一個真實性也就居無定所。在史詩敘事中，神的世界就是人的世界，神的真理就是人的真理，神的生活就是人的生活。那是一個「民神雜糅，不可方物，夫人作享，家為巫史」的時代。在這個廣袤的時空裏，沒有多少聰明人（此等尤物主要是我們時代的特產）想在史詩敘事中將真理定於一尊。因為根本就沒有必要定於一尊。一方面，史詩是集體口傳的產物，將真理定於一尊終歸是徒勞的；另一方面，史詩是民族記憶，主人公本來就是包括口傳者在內的所有人的崇拜對象，是所有人的自我投射物，他代表了一切人等與社會、歷史乃至整個世界的深刻的同一性[11]。因此，所謂定於「一尊」，正滑稽地意味著定於「雜多」。

不管是幸運還是悲哀，反正隨著時間的推移，史詩敘事被摧殘得七零八落。一個歷史主義的時代終於降臨了。而歷史主義，我願意以一個歷史主義受害者的身份滿懷惆悵地說，無論在何種意義上，都意

---

[10] 參閱弗雷澤（J. G. Frazer）《金枝》，中譯本，中國民間文藝出版社，1987 年，第 19-57 頁。

[11] 參閱約翰・邁爾斯・弗裏（John Miles Foley）在《口頭詩學：帕裏－洛德理論》（朝戈金譯，社會科學文獻出版社，2000 年）一書中的相關論述。

味著人與世界的分裂、人與世界有了較大的陌生感[12]。否則，歷史主義就是不可理解之物。在歷史主義的塑造下，世界註定成了人的對象。儘管世界成為人的對象，並不必然意味著人與世界的分裂，但不幸的是，歷史主義以及歷史主義的普遍腔調，恰好現實性地包含了這種絕對的分裂。為了彌補這道越來越寬敞的鴻溝，被逼無奈的人們開始相信希望原則、烏托邦力量、歷史必然性或歷史規律。按照這些原則的要求，我們必須把眼前的分裂當作未來的和諧與完美的一個初級階段，一道陣痛。依照《敘事美學》的看法，十八、十九世紀的經典小說敘事（比如巴爾扎克、雨果、托爾斯泰的作品），就建基於上述各種撩撥人心、惹人春情萌動的絕對律令。在上述所有原則中，歷史必然性必然性地成了司令官。這是歷史主義從自身利益出發，賦予歷史必然性的崇高榮譽。從結構對位法的角度看，經典小說的敘事結構對應的社會／歷史結構，歸根到底就是人與世界的分裂；被經典小說敘事寄予厚望的原則，更主要是歷史必然性。很顯然，歷史必然性不僅是字面上所強調的那種必然性，更意味著一種歷史目的論，一種烏托邦精神和希望原則：在本質上，經典小說敘事需要從一個遙遠的未來，而不是像史詩敘事那樣，需要從一個遙遠的過去吸取敘事的能量、撈取敘事的熱情、攫取虛構的膽略。

由此，按照《敘事美學》從前輩哲人那裏討來的啟示，經典小說敘事帶來的結果無非是：主人公基本上不再是英雄，而是惡魔，因為惡魔最能生產事故；故事基本上不再是英雄的傳奇史，而是屬人的墮落史。與此同時，與惡魔和墮落並在的，是那些以自己的眼淚和鮮血，承擔了希望原則和烏托邦原則的被損害者、被侮辱者，是那些勞工、妓女、小職員、被誘姦者、報童或殘疾人。他們比經典小說敘事中的任何人都更相信未來、寄希望於未來。因為他們在一個普遍分裂的世界上，在這個世界的當下時分，根本不可能有現成的希望和像樣的拯救，因為曾經能夠拯救他們的上帝或神靈，已經被歷史主義歷史性地

---

[12] 參閱伯曼（Marshall Berman）《一切堅固的東西都煙消雲散了》（徐大建等譯，商務印書館，2003 年）對此問題的論述。

放逐；作為補償，歷史主義又適時地給他們提供了存在於未來的希望。因此，《敘事美學》插話說，和史詩敘事相比，經典小說敘事要著力展現的，不再是英雄的行動，而是惡魔與被損害者、被侮辱者的性格。儘管性格也要通過敘事虛構出來的行動才能得到體現，但行動在經典小說敘事中的重要性，仍據《敘事美學》保證說，已經降至性格的重要性的水平線以下。

順著歷史主義的腔調，我們不妨說，以巴爾扎克、雨果、左拉等人為代表的經典小說敘事對性格的過分突出，能夠讓我們較為容易地發現，經典小說敘事至少在其開端處，就洞明瞭兩個相伴相隨的真相。首先，即使人與世界有了深刻的分裂，物比人更有分量，人還是能夠、或自以為能夠把握自己的命運，能夠顯示自己的性格或個性。從最給人類面子的角度上說，在一個日趨分裂的世界上，或許只有個性與性格的鮮明，才能體現人的存在、價值和意義。這可以被視作經典小說敘事對它所面對的社會／歷史結構所做出的悲壯回應。其次，性格突出的個體在經典小說敘事中的大規模出現，也越來越顯示了人的單子化，顯示了人與人之間的隔閡，儘管還非常隱蔽。與此相連帶的結果無疑是：儘管真實性的多重化在經典小說敘事中仍然是一個普遍原則，但已經無可奈何地顯露了它向真實性的單解化不斷過渡的跡象。這就是說，因為人物性格的高度鮮明，真實性的多重化在經典小說敘事中，還勉強維持著自己的尊嚴，但疲態漸顯也是不爭的事實。因此，我們更進一步的推斷必然是：故事、虛構和敘事在經典小說中到底還是可能的，儘管那時的人們已經如本雅明以悲哀的腔調所說的那樣，逐漸喪失了講故事和聽故事的能力。──因為那畢竟是一個合理化程度比較低的社會，是一個資訊傳播和經濟一體化開始草創的時代。

儘管一種特殊的社會／歷史結構，確實影響了十九世紀以來經典小說的敘事結構，但很快，一如耿占春所說，「這種社會歷史結構已經七零八落：歷史時間突然間消失了，只剩下沒有時間流向的、沉悶而重複的日常生活時間。我們已不能從這種歷史結構中去觀察和描述日常生活並形成具有現實感的敘事方式。」（《敘事美學》，第 6 頁）

接下來，結構對位法的嫻熟使用者，表現出了他的憂心忡忡：「無論是《悲慘世界》、《戰爭與和平》，還是《母親》、《紅岩》，小說的敘事結構都深刻地依賴於歷史中的希望原則和它所虛構的歷史時間。只有在歷史的烏托邦結構和歷史時間中，小說人物才能獲得一種性格上的道義的力量，獲得一種命運感。」（《敘事美學》，第 7 頁）依照歷史主義的普遍教誨，事情的真相或許就是這樣的；然而，耿占春卻把經典小說敘事的社會／歷史結構的肯定性給否定掉了：「歷史中的烏托邦和希望原則的消失，使經典小說的敘事結構變得不具有現實性了。」（《敘事美學》，第 7 頁）也就是在這個當口，耿占春和他心愛的本雅明一樣深信，現代小說出現了，現代小說敘事破土萌芽了。雖然在此之前已經有了太多的跡象，但畢竟直到現在才化作了現實：因為現代小說敘事要應對的是一個號稱合理化的社會／歷史結構。在《敘事美學》半開半閉的只眼中，現代小說敘事對應的社會／歷史結構，絕不僅僅是人與世界的分裂。更重要的，是諸多單子式的人與人之間的絕對分裂；而最為嚴重的，則是各個單子式的個人在其自身內部無法獲得自我認同。這顯然是一種更加孤絕、更加堅定的分裂。無論是自我認同還是對他者的認同，歸根結底，都是一個日趨合理化、只剩下合理化的社會中，單子化的人為維護自身利益和權力所進行的價值論證或資格論證[13]。之所以需要動用合理化知識而不是敘事知識來為自己的利益和權力進行論證，僅僅是因為合理化時代除了真實性，只有利益和權力。但毫無疑問的是，權力和利益更是一件清楚明白的事情，更是毋庸置疑的真理，並且擁有絕對的真實性、唯一一個真實性。

故事、虛構、敘事變得異常艱難，就是滿可以想見的事情：個人權力與利益的高度真實性，個人權力與利益的極端合理化，已經使現代小說敘事的虛構特性成為一件至為可笑的事情。除此之外的理由是：雖然每一個人都是單子，但每一個單子和其他任何一個單子又是如此相似，這更使虛構的念想中那些鮮明的性格難以成立。在今天，

---

[13] 參閱趙汀陽《沒有世界觀的世界》，中國人民大學出版社，2004 年，第 64 頁。

無論是在小說敘事還是在日常生活中，所謂性格鮮明，不過是從眾；所謂標新立異，無非是趕時髦。因此，現代小說敘事要想維護個性，只好充滿悖論也合乎邏輯地退守內心，只好合乎一個合理化時代與社會所要求的那樣，將行動僅僅內化為感受。對此，耿占春和《敘事美學》沒什麼不明白的。

行文至此，我願意破例回到本文的開頭，並由此貢獻一個疑問：我們多次提到的那個合理化社會、那個以合理化為根本指標的時代究竟是如何出現的？所謂合理化的時代（或社會），就是處處講究明晰並在明晰中區分責、權的時代（或社會）；而要達致這個極為高邁的境界，必須強調真實性的單解化。歸根到底，是合理化的知識而不是上帝或神靈賦予了這個時代以高度的清晰感，小報、論證不過是跟屁蟲罷了。省略不必要的引證，我們滿可以大而化之地說，合理化時代與社會之由來倒是十分簡單：僅僅是因為人在喪失了天啟的多重性真理之後，必然性地出現了單子化的、以追求真實性的單解化為第一要務的屬人的真理。真實性的多重化由上帝創造，真實性的單解化則純屬人力所為。可正因為是人創造的，在這個沒有神靈的世界上，合理化的知識只保證我們能夠有效掌控這個日趨單一化的時代。就是在這個地方，被制度性地納入制度性自身的真實性的單解化，催生出了一個在知識方面高度一元性的合理化社會。合理化的內在口吻是：必須讓一切都清楚明白，必須掃蕩一切模棱兩可的事物，必須革除一切事物身上寄生著的一切神秘性。在這個社會，一切都是明明白白的，事物的神秘、晦澀與歧義將被視為不合法；在這個時代，理想和烏托邦是不存在的——因為理想和烏托邦相信真實性不止一個解，更何況它居然還超出了一個瞬間的控制。因此，剩下的只是天天重複著的、以瞬間來計量的日常生活。現代小說及其敘事結構只能被迫無限後退，最後只能退到日常生活家長里短的瑣碎之中，退到沒有個性的主人公對日常生活的雜亂感受上。時下中國那麼多宣稱要展現日常生活的小說，正悲劇性地給上述悲劇性的倒退提供了不花錢的例證。

給結構對位法一件時間披風

作為一個形而上學愛好者，耿占春當然不會僅僅滿足於歷史主義帶來的啟示；歷史主義及其操作原則，不過是在耿占春被逼無奈時才充任了他上手的工具。在一切可能的事物當中，最能滿足一個形而上學愛好者之形而上學癖好的，無疑是時間。對此，康德最為清楚，但我們每一個必死的小百姓未必就不清楚。有人用充滿幽默的口氣說，過度思索時間容易讓人發瘋。我願意不那麼幽默地追加一句：適當思索時間很有可能給我們帶來智慧。老實說，如果《敘事美學》只停留在歷史主義式的結構對位法的分析水平上，耿占春恐怕不能宣稱自己擁有智慧——至少我就是這麼認為的；如果沒有玄思，我也許不會就《敘事美學》如此嘮叨饒舌。

《敘事美學》是從時間最為顯眼的地方開始思考敘事的時間原則的。一般說來，最容易發現的時間形式確實是如下兩種：

> 在沒有計時鐘的環境中，時間與我們的日常經驗相聯繫的方式表現為一種相互矛盾的有關運動與變化的經驗：這是重複和非重複的觀念。每當我們想到時間或時間的測量，便總是聯想到某種運動現象的重複：白晝與黑夜或日出與日落，月亮的盈虧，四季的輪迴，寒暑的交替，脈搏的跳動，海水的潮汐，萬物的興盛與衰落和人生世代的相繼，這些現象總是在無窮地重複或複現。然而在這個重複與輪迴的時間中，任何一個個體生命都經歷著誕生、衰老與死亡，這是一種不可逆轉、不可重複的時間過程。為了以一種象徵的方式區分這樣兩種時間經驗，我們可以把前一種時間視作永恆輪迴或「圓形時間」，把後一種視作「線形時間」。圓形時間具有自然宇宙的屬性，線形時間則是個體生命的屬性。宇宙時間的重複和個體生命的不可逆轉，構成了時間在神話、宗教以及文學中繁複的變體。（《敘事美學》，第 202-203 頁）

史詩敘事對應的社會／歷史結構，是人與世界的高度同一性、深刻的同源性，因此，史詩敘事的時間形式首先應該是一種圓形時間、一種永恆輪迴的時間。只有這種時間形式，才能對應於、滿足於史詩敘事的目的、狀態和性狀。但緊接著，《敘事美學》在引證了歷史學家布布·阿馬等人的論述後，更為明確地申說道，史詩敘事能夠得以成立的時間模式更為具體的是：它將線形時間強行拉入了圓形時間之中，讓線形時間也由此擁有循環能力。在此，時間無疑被史詩敘事高度空間化了。從時間流逝的速度上說，時間在史詩敘事結構中明顯具有一種近乎於靜止的面孔。讓我們打個也許不那麼恰當卻能說明問題的比方：這種時間模式讓史詩敘事頗有些「天不變道亦不變」的特性。因此，史詩敘事帶出來的敘事知識，在初民們那裏便具有某種亙古不變的特性，不像在一個合理化的時代裏，合理化的知識雖然強調唯一一個真實性，這個真實性卻是變動不居的。後者將變動不居自贊為向真理的不斷逼進。

有了這種時間模式的幫助，耿占春為自己論述史詩敘事的結構對位法贏得了左右逢源的便捷。所謂真實性的多重化、所謂行動大於性格等史詩敘事的諸多基本特徵，都處在這種時間模式當中，並在這種時間模式中得到了上好的解釋：既然時間是永恆輪迴的，史詩敘事發掘出的經驗，要麼是從不斷輪迴的時間中搜羅出來的，要麼就要在時間的不斷輪迴中不斷得到輪迴，並反覆來到史詩的演唱者面前，來到聽取演唱的聽眾面前。因此，過去，即始終在線形時間眼中不斷逝去了的時間中發生的一切，始終是反覆輪迴的；因此，愛略特所謂的「時間過去」才構成了史詩敘事的原動力：史詩敘事「就是關於『起源』的敘事，在追溯人類社會或某一個族群歷史起源的時候，也同時把世俗權威和世俗權力誕生的基礎追溯到創世和初始時間……無論在這些故事敘述還是在儀軌化的敘事中，『起源』都是一直持續到現在的。因而其敘事時間模式是一種循環論的，是過去和現在的共時性。起源敘事的時間類型是重複的和輪迴的。」（《敘事美學》，第 185 頁）在史詩敘事中，正如結構對位法所宣稱的，那些過去發生的事情與作為

時間刻度的過去一道，總會帶著老熟人的面孔重新回到人們中間。它讓人親切、感激，並將古老而多義的真實性一併送到老熟人面前。這是史詩敘事的偉大之處，是其後一切敘事方式在歷史主義眼中漸漸喪失了的童貞。

　　從難以追溯的某一個時間點開始，歷史主義的進步意識打破了圓形時間的封閉性。歷史主義傾向於將圓形時間剖開，從其缺口處將圓形時間拉成一條直線。從此，時間幾乎是一勞永逸地成了不可逆轉的線形時間；而且越往後，越成了一個合理化時代與社會的新迷信。儘管史詩敘事未必真的不知道時間的不可逆（否則，眾多的史詩不會講述死亡），但史詩敘事因為建立在人與世界的高度同一性之上，更願意相信時間是圓形的；在這樣一個圓形上，任何一個點都有可能是開始或再生（否則，眾多的史詩就不會編織那麼多的復活故事）。不過，一旦歷史主義假借進步將圓形拉成直線，直線也就萬難恢復成圓形了。這也是一個不可逆的過程。在《敘事美學》看來，線形時間是經典小說敘事賴以成立的基石，是經典小說敘事的生命線。

　　純粹線形的時間模式表徵著兩個後果。首先，它強調時間的單向性即不可逆性。從此以後，線形時間秉承著歷史主義的口吻而不是敘事的口吻宣稱道，誰要在敘事結構中編織再生與復活，誰就是編造謊言，這樣的敘事知識肯定是低級的。在一個歷史主義盛行的經典小說敘事的時代，人們實際上已經開始追逐合理化的知識，追逐真實性的單解化——只不過沒有現時代這麼變本加厲。否則，我們就不能理解，為什麼左拉要花那麼多時間去掌握那麼多的醫學和生物學知識。這都緣於線形時間的不可逆轉性給出的教誨。其次，純粹的線形時間強調進步原則，並在此基礎上病態地強調未來。經典小說敘事的真正動力，據《敘事美學》揭發，從一開始就來源於它賴以為生的時間模式暗示的未來性。如果不冀望於未來，如果不依據時間的單向性和不可逆性倡導的未來特性，經典小說大大半將難以成立。巴爾扎克就是一個上好的例證：我們幾乎無法從他的小說敘事中找到時間紊亂、時間亂倫的時間倫理學問題。巴爾扎克是線形時間主義定義下的聖人。

53

耿占春還敏銳地觀察到了近世以來經典小說中曾經紅火一時的特殊敘事，這就是在革命語義掌控下興盛起來的解放敘事。很顯然，從其賴以為生的時間模式上說，革命型解放敘事絕好地構成了時間的未來性的上佳例證。基於時間的未來特性昭示的涵義，革命型解放敘事的內在口吻是：今天我們忍受犧牲，是為了明天的幸福生活；今天我們生活在骯髒和苦難之中，是為了明天的清潔與快樂。我們從 20世紀以來諸多革命語義濃厚的小說中，多次聆聽過這一古怪而又較為古老的腔調。革命型解放敘事和基督教中盛行的以救贖為基調的解放敘事完全不一樣。這倒不是說哪種敘事更偉大、更具合法性或更優越，而是說，它們的時間結構完全不同。救贖型解放敘事建立在時間的永恆輪迴的基礎上，革命型解放敘事則建立在符合現代歷史觀念的絕對線形時間的基礎上。因此，救贖型解放敘事本質上是一種永恆的回歸，革命型解放敘事則是一路奔向未來。毫無疑問，它們都是烏托邦，但時間指向決然相反；它們都有可能揭示人的墮落史，但解除墮落的時間原則完全不同。

既然經典小說敘事的時間結構是線形的，那就從絕對的意義上證明了：面向未來的進步是一個必然的事實。因此，知識只能越來越趨向於合理化，真實性也在不斷從模糊和多義逼近清晰、精確和單解化。這就是進步的本來涵義。這一特點，在經典現實主義作品中得到了近乎完美的展示。儘管羅蘭·巴爾特對所謂的現實主義小說充滿了鄙夷[14]，但巴爾扎克和左拉完全有理由看不起他們之前的許多作家。巴爾扎克盡可以指責他的前輩刻畫人物與場景過於粗糙，盡可以調笑他們犯下的低級的知識錯誤；左拉當然有理由認為那樣的寫作是完全不合理的、不合法的。

現代小說的興起，在《敘事美學》看來，有賴於一個更為顯而易見的事實：時間被歷史主義搞成了絕對單向度的玩偶之後，在各種各

---

[14] 參閱特里·伊格爾頓（H.Eagleton）《文學原理引論》，劉峰等譯，文化藝術出版社，1987 年，第 163 頁。

樣的解放敘事被證明為不可靠之後，現代小說敘事所能面對的只有現在。所謂現在，最恰切的說法或許是：一個合理化的時間完全榨幹了圓形時間所具有的輪迴特性，卻過度強化了線形時間的不可逆性。因此，所謂現在，只是一個瞬間，幾乎就不是時間；因此，發生在這個時間裏的事情只能是量子化的事件，是事件的碎片，幾乎就不是事件。在此，時間的現在性模式引出了兩個和現代小說敘事緊密相關的結果。首先，它解除了未來，根絕了過去，只承認眼皮底下一個個瞬間的真實性，因而我們只能擁有被現在包裹起來的日常生活，現代小說的敘事結構也只能成為日常生活的詠歎調；因為實際上我們只擁有生活的碎片，所以現代小說敘事歸根到底不過是碎片集錦。其次，時間的現在性模式只承認一個個量子化的瞬間，而在這一個個瞬間我們連做出一個完整動作的機會都沒有，所以現代小說敘事無法完整表現人的完整行為，能表現的，要麼是我們對完整行為的模擬，要麼只是對我們記憶中的完整行為的回憶與感受。在這方面，偉大的普魯斯特堪稱楷模。他是一個碎片時代的英雄[15]。

　　或許第二個結果尤為重要，也尤其致命。既然時間的現在性始終願意強調瞬間，那麼，現代小說敘事提供的敘事知識頂多只是一個瞬間的知識；在一個追求合理化的時代，瞬間也必然性地帶來了只滿足於瞬間的合理化知識。因此，瞬間的合理化知識與瞬間的敘事知識之間，就既有衝突也存在著一致性。就衝突的角度說，敘事知識在合理化知識看來仍然是足夠低級的；就一致性的角度說，兩者都可能走上真實性的單解化。這樣說不但不是危言聳聽，很可能還是過於善良了。只要看看時下中國的小說敘事結構中對吃飯就是吃飯、性交就是性交、偷情頂多是紅杏出牆的種種描寫，就不會對我們的結論大驚小怪。它們都是對「瞬間即永恆」的戲仿。或許只有少數作家，比如普魯斯特，才會下定決心躲在別墅裏，息絕交遊，聆聽時間的教誨，以

---

[15]　關於這個問題可以參閱敬文東《我們時代的詩歌寫作》，《文藝爭鳴》，2002年第6期。

感受而不是行動的方式，去追尋一個個量子化的瞬間蘊藏的意義，賦予那一個個瞬間以豐富的歧義性而不是單解化。但我也聽到過這樣一種聲音：那個普魯斯特真是個傻瓜。我要坦率地說，他們說得很對；但我也要更加坦誠地招供：這種聲音不來自哪一位先知之口，而是我從許許多多當代中國先鋒小說家的字裏行間偵聽出來的。

人類的認識大半來源於對時間的體察。我們總是相信，誰理解了時間，誰就有可能理解世界的奧秘、人生的真相。但數千年來，我們爭論的卻不是對時間的理解，而是什麼才是對時間的理解。因此，《敘事美學》從一個形而上學愛好者的立場，給結構對位法以如上所描畫的時間披風是否過於機械，倒反而不成其為問題。在此，我願意說句題外話：幸好人類還比較知趣，把自己降低到只有能力爭論什麼是對時間的理解的水平上；幸好人類還有未能征服的事物，否則，如果連時間都征服了，我們還有什麼不能征服的？捨棄小小的敘事、虛構和故事又有什麼可遺憾的呢？誇張地說，這是歷史主義的軟肋，卻剛好是形而上學立於不敗之地的堅強基石。

百科全書式的小說

一個高度合理化的社會決不容許超驗的神靈存在。事實上，合理化社會存在的前提之一，就是神靈以及神話時間（即圓形時間）的破產；但合理化社會自有它的宗教，這就是真實性拜物教。真實性拜物教要求任何一個針對某件特定事物的知識只能有一個解；不用說，唯一的真實性或曰真實性的單解化，才是合理化社會與時代得以成就自身的根本大法。但至為弔詭的是，在合理化的社會中，卻存在著無數個不具備任何神秘性的事物──神秘性的喪失也是合理化時代的生存保證；因此，我們這個合理化的社會就必然性地擁有無數個唯一的真實性。無數個唯一的真實性相互之間甚少來往，即使被迫互通聲氣，也必須經由談判、爭吵、退讓和妥協等諸多程式的幫襯；因此，在歷史主義的解釋框架內，和人一樣，知識也被單子化了。所謂的跨

學科，並不是指各個單子化的知識之間可以通約、可以暢通無阻地相互往來，恰恰相反，跨學科口號的提出，首先是因為不同的知識之間擁有無數道高牆和柵欄，首先是因為各個單子化的知識是彼此隔絕的，是互相防範和互相排異的。

人製造了知識，但人反過來又受制於知識。人受制於知識的單子化的最終結果之一，就是人除了瞬間性的現在，不配擁有其他時間形式；除了瞬間內展開的碎片性生活，不配擁有其他生活形式。不用說，這樣的瞬間、這樣的生活肯定是真實的，甚至是唯一真實的。在這種情況下，現代小說敘事突出孤零零的細節，突出人對這些細節的碎片式感受，就是符合邏輯的事情[16]；故事，尤其是一個完整的故事，在現代小說敘事中的覆滅也幾乎是必然的。誠如《敘事美學》揭發的，在一個個量子式的瞬間發生的一個個碎片性的事件，又怎麼能被敘事結構串成一個首尾相接、高潮迭起的故事？這樣的故事難道還是真實的嗎？我們實在有必要記住：所謂合理化就是反對整體化；所謂單子式的知識，就是只針對細節，只突出細節。

就是在這樣的背景下，耿占春以一個歷史主義者的身份，用無可奈何而又分明帶有幾分自我鼓勵的語調說：「敘事情節的蔓延、細節的複製與重複，時空點的重新組織，時間維度的無限複雜，敘述者的轉換，以及知識和主題的多重性，以及對知識的興趣，使得現代小說在情節化操作失效之後，找到了更大的敘事空間，並使它在性質上接近一部百科全書的寫作。」（《敘事美學》，第70頁）很顯然，一個歷史主義者能夠悲觀是不可想像的，但一個歷史主義者能夠樂觀也是不可想像的。同樣顯而易見，百科全書式的小說是歷史主義者耿占春在萬般無奈之間，才找到的唯一一種既可以身處瞬間之中，又可以抵抗單子式瞬間的敘事方式。在歷史主義看來，情節化操作已經喪失了合法性，因為情節化意味著故事的完整性。也就是在這個當口，心理細

---

[16] 參閱盧卡契《敘述與描寫》對此問題的論述。此文的中譯文收入《盧卡契文學論文集》第1卷，中國社會科學出版社，1980年。耿占春在論述細節的單子化時大規模地借鑒了盧卡契的思想和思路。

節乘虛而入，揭竿而起。但無論從哪種意義上說，心理細節的瑣碎與其自身所擁有的單子化特性，都再清楚不過地顯示了：人無法對事情或生活的整體進行整體式的把握。

在《敘事美學》眼中，經典小說敘事（即所謂的現實主義小說）無疑是追求對世界的整體性把握的最後一站；按照耿占春的看法，從經典小說敘事的內部，已經出現了細節單子化的最初端倪。在經典小說敘事據說已經死亡，現代小說敘事業已墜入瑣屑之泥潭的時候，有效的敘事模式還有希望嗎？或者說，歷史主義者眼中的百科全書式的小說，當真能夠擔負起這一希望？為此，形而上學愛好者耿占春懷著謹慎的心情這樣寫道：「在敘事文體的發展歷程上，現實主義小說似乎達到了敘事藝術的頂峰，隨後它的敘事能力和敘事空間就開始萎縮。但對於敘事形式的寫作來說，尋找敘述方式和變遷著的生活之間具有的聯繫的可能性仍然是存在和敞開的。我把正在出現的『寫在羊皮紙上的歷史』小說、『個人的神話詩學』類型的小說、一種『百科全書式』的小說，看作是這種新的敘述動機和敘事方式的產物。」（《敘事美學》，第 264 頁）依照《敘事美學》成色不高的形而上學口吻，我們不妨乾脆把「寫在羊皮紙上的歷史」小說、「個人的神話詩學」小說，都歸置到百科全書式的小說中；按照《敘事美學》的規定，百科全書式的小說無論從哪方面看，都是一個複合文本。它取代了個人化的「我思」、「我愛」、「我痛」，代之而起的，則是一種多元的主題、細節的繁複和世界意識的複雜性。（《敘事美學》，第 69 頁）百科全書式的小說與一個合理化時代中寄存的合理化知識對敘事的高度擠壓有關；百科全書式的小說就是敘事對絕對線形時間的被動應對。這是歷史主義的老調門了。同樣明顯的是，對耿占春而言，作為一個概念，百科全書式的小說至少有三個來源：首先是卡爾維諾從理論上給出的啟示[17]；其次是 20 世紀以來已經出現的百科全書式的小說，比如耿占

---

[17] 參閱卡爾維諾（Italo Calvino）《美國講稿》，《卡爾維諾文集》，蕭天佑譯，譯林出版社，2001 年，第 400-418 頁。

春非常欣賞的《哈扎爾詞典》、《魔山》、《玫瑰的名字》、《撒旦的詩篇》；第三，百科全書式的小說所擁有的複雜性和時間披風，投合了形而上學愛好者耿占春的心性。

有了上面的解析，我們可以較為大膽地說，耿占春提出百科全書式的小說的原因並不複雜。基於《敘事美學》給自己定下的任務，它首先得給遭遇到危機的敘事、虛構和故事找到一條出路，而且還要保證新的敘事、虛構以及故事成為一個合理化時代的逆子和叛臣，而不是什麼孝子賢孫。依照《敘事美學》低沉和近乎哀悼式的語氣說，這實在是一件悲哀的事情。因為我們幾經努力，終於從原始、粗糙和不精確的史詩敘事中脫逸出來後，卻再也無法回到圓形時間當中，再也無從體會與世界的同一性。和諧的人神共在與和諧的世界一道永遠消失了。分裂才是我們的必然命運。因此，如果說史詩敘事在圓形時間中體現了人與世界的高度融和，現代小說敘事則在絕對線形時間中體現了人與世界的絕對分裂。由於分裂怎麼著都不是我們希望的事情，所以我們的敘事必須在分裂中尋找同一性；但尋找的方式卻不再是認同，而是反抗。在現時代，據耿占春暗示，敘事即反抗。這也是歷史主義的老套路。而在對世界與時代的反抗中，尋求對世界的親和與認同，無疑是一個淒慘的悖論。

一如《敘事美學》暢言的，我們時代的常識是：在合理化知識的調控下，世界上的一切事物都是清楚明白的，歧義不存在，神秘性早已逃之夭夭；簡單像速食一樣值得提倡，複雜則是一件令人討厭的事情。小報和旨在將世界簡單化的論證因此大行其道。與此同時，確定性是真實的，偶然性如果算不上虛假，起碼也是不可靠的。因此，虛構性的敘事喪失了合理性。但在耿占春那裏，悲壯的百科全書式的小說恰恰以反對確定性自命，以反對真實性拜物教為自己的重大使命：

> 百科全書式的小說是在傳統現實主義敘事衰落之後，對敘事的多種可能性進行試驗的一種方法，也是小說在各種各樣的現代知識體系和現代傳媒中尋找自身新的價值獨立的嘗試。……這

種敘事形式不僅僅把現實經驗作為敘述的對象，也把人類文明的過往的全部傳統作為自己敘事的對象，包括把過去的文學和史學的敘事傳統作為自己的敘事對象。從某種意義上，每一種相當徹底更新了的敘事形式本身，都包含著文學或文化批評的性質。在新的、不確定的敘述形式中，對現實的敘述和現實本身被再次分離開，對知識的虛構與知識形式的自然一致性的幻覺、以及真理和表述真理的語言文本、事件和對事件的敘事的一致性的幻覺被再次打破。（《敘事美學》，第 75 頁）

從這些自報家門般的文字中很容易看出來，在《敘事美學》的念想中，百科全書式的小說首先要完成的任務是，挖掘確定的、必然的瞬間性時間的意義，給早已單解化的瞬間和瞬間中發生的事情碎片以豐富的歧義性和不確定性，拆除知識的單子化圍牆，抽掉個人的單子化柵欄，在一種新的時間結構中，將碎片強行鍛造成故事，將一個合理化社會所追求的真實性的單解化徹底打翻在地，將不確定性和歧義性乃至神秘性重新賦予事物。與合理化的知識旨在為世界「去魅」相反，百科全書式的小說的目的，就是為了給事物「增魅」，並且令合理化的知識難堪的是，那種種只具備唯一一個真實性的知識，最終卻成了百科全書式的小說必不可少的營養。

為此，從結構對位法的角度說，百科全書式的小說敘事所對應的不再是社會／歷史結構，而是更加古老的、幾乎已經失傳的儀典／神話結構。儀典／神話結構不僅不是社會／歷史結構所能統轄的，還擁有一件與現代小說敘事賴以為生的瞬間性迥然有別的時間披風。這就是儀典／神話式的時間。而儀典／神話式的時間，據《敘事美學》的申說，不過是把循環時間和輪迴現象視為最普遍的特性。（《敘事美學》，第 256 頁）它是歷史性與共時性的並存，但仍然是一再被加以複現的「當下現在的時間」（《敘事美學》，第 267 頁），因此，與史詩敘事不同的是，百科全書式的小說的時間披風，只是對史詩敘事的時間結構的招魂，是對史詩敘事的時間結構的假借和轉喻。但正因為有

了這種冒牌性質十分濃烈的時間披風，本著歷史主義的要求，百科全書式的小說敘事才得以重新強調世界的複雜性，也能夠給一個高度明晰性的世界重新輸入神秘性。如果說，真實性的單解化始終在不遺餘力地為世界輸入明晰性，百科全書式的小說則是敘事在面對此情此景最為絕望的時刻，給明晰性臉上抹的黑。這就是百科全書式的小說敘事固有的倔強：反對合理化從而讓自己擁有不合理的身份；但惟其不合理因而才真正合理：

> 敘事比真理、教義更重要。……敘事並不簡單地將任何教義奉為圭臬。這恰與現代世界的整個趨勢相反：人們為了直接抓住原教旨，或抓住直接、單義、明確的真理而拋棄了敘事。對卡夫卡或本雅明，堅持敘事而放棄了堅實性的真理，正是對真理的缺席和智慧的曖昧處境所作出的反應，並表達了某種不可能實現的世俗啟示的渴望。（《敘事美學》，第 199 頁）

我不知道百科全書式的小說所做的悲壯努力，在敘事的命運鏈條上意味著什麼：它究竟是敘事生命力旺盛的體現，還是敘事生命力的迴光返照？

歷史主義者的困境或對新形而上學的召喚

在《敘事美學》中，耿占春展現了雙重身份：一個謹小慎微的歷史主義者，一個戰戰兢兢的形而上學愛好者。作為一個歷史主義者，他給了敘事的歷程、敘事的衰落與敘事的拯救之道以歷史主義的說明，並從結構對位法的角度，給了敘事在各個歷史時期的合理性及其遭遇到的困境以一種歷史主義的論證；作為一個形而上學愛好者，耿占春給了他的結構對位法一件漂亮的時間披風。通過《敘事美學》，耿占春講述了一個和敘事有關的故事。這個故事的主人公就是敘事以及和敘事天然連接在一起的虛構。這個由敘事充任主人公的故事，同樣由敘事在自身生活中遭遇到的一連串碎片化的事故所構成。應該

說，耿占春近乎完美地講出了這個故事，也從一個近乎反諷的角度上表明了：即使在一個高度合理化的時代，講故事的人還是存在的，比如耿占春。他就是本雅明大聲稱道的那個從遠方歸來的水手。

據美國思想家蓋爾斯頓（William Galston）論證，在西方，現代意義上的歷史觀念經歷了三個階段：其始基是進步觀念的提出，其後續是歷史觀念的出場，其展開是至今還未煞尾的所謂歷史主義；不過，蓋爾斯頓本人似乎只對第二個階段感興趣[18]。按照保守主義者列奧－施特勞斯（Leo Strauss）的洞見，歷史觀念在經由它的三個階段後，越來越反諷性地滑向了歷史虛無主義的泥潭，而且從邏輯上說，必然要墜入虛無主義的深淵[19]。與此既相區別又相連帶的是，歷史主義的忠誠志士《敘事美學》，既未滑向虛無主義又奇蹟般成功地堅持了歷史主義。確實，耿占春像個高明的探險家，始終在按照歷史主義給出的地圖講述那個以敘事為主人公的故事。於此之中，形而上學愛好者的身份似乎無限退讓了。我願意坦率地承認，在歷史主義的範疇內，耿占春講述的故事完全正確，其正確度甚至絲毫不用懷疑，幾乎具有唯一一個真實性；即使是他在倡導百科全書式的小說，在謳歌百科全書式的小說對單子式的合理化時代的堅決反對時，也一絲不苟地貫徹了歷史主義的諸項基本準則：將敘事歷史化，並在此基礎上將敘事問題化。在此之間，敘事最終被合理化時代所認可的那樣被歷史／問題化了；但無疑，其間的要點一望可知，那就是歷史化。哪怕是對於一個謹小慎微的歷史主義者，歷史化依然是問題化的絕對基礎。毫無疑問，這是耿占春講述這個故事的基本線索。

以歷史主義觀念（無論是它的哪一個變種）看待現實，作為一種流行病，正前所未有地構成了我們這個合理化時代的根本癥結。或許歷史主義才是合理化時代的合法性保證？我願意仿照歷史主義的武

---

[18] 參閱 William Galston, Kant and the Problem of History ,The University of Chicago Press.

[19] 參閱列奧—施特勞斯《自然權利與歷史》，彭剛譯，三聯書店，2003 年，第 19 頁。

斷口吻武斷地說，歷史主義在骨子裏強調的就是存在即合理。《敘事美學》在追溯敘事、虛構和故事的衰落的歷史原因後，隨即給出了解救之道即百科全書式的小說，從邏輯上講，也首先是承認了合理化的社會本身具有合理性。我們還可以從另一個角度繼續武斷地申說：歷史主義的另一個腔調就是歷史必然性；而且任誰都能看出來，歷史必然性始終與存在即合理相伴相隨。既然存在的即是合理的，既然歷史有一種叫做必然性的特性，那麼一方面，敘事的衰落就是必然的，這沒什麼道理好講；另一方面，敘事的拯救之道也就歷史必然性地蘊涵在敘事的危機之中，就像荷爾德林說的，哪裡有危險，哪裡就有拯救。僅僅以這樣的腔調論述問題，僅僅將敘事的變遷置於歷史主義的解釋框架之內，於《敘事美學》口口稱道的解除敘事危機又有何補？作為我們的參證之一，耿占春在提出作為解救之道的百科全書式的小說時，更重要的動因恐怕是：他心目中百科全書式的小說已經歷史必然性地面世了。歷史主義給出的解釋框架最終只能解釋事物的表面，哪怕它拍著胸口保證歷史在骨殖深處具有必然性。假如沒有歷史必然性地出現一種叫做百科全書式的小說，《敘事美學》又該如何應對它所擔憂的敘事危機？它還能找到另一種形式的敘事，以拯救據它說已經瀕於絕境的敘事嗎？解救敘事危機的合法性來自何處？很顯然，這不是歷史主義能夠給得出答案的。

　　不能過多地責怪耿占春，因為任何一個細心的讀者都能從《敘事美學》中，看出一個謹小慎微而又堅定無比的歷史主義者遭遇到的悖論。無論是誰，在面對歷史主義時都將遭遇到一個可以名之為「兩難」的困境。一方面，歷史主義所昭示的存在境遇確實是真實的，至少從表面上看是真實的；但另一方面，歷史主義及其不懷好意的調門不符合我們的內心。比如說，假如我就是那個叫做敘事的不幸者，我就想指著歷史主義的鼻子問：你盡可以去進步、去發展、去必然性地奔向你的目的地，而且我還願意放棄原則承認你是合理的，但憑什麼必須以我的衰落為代價？歷史主義當然可以對敘事說，我已經給你準備好了歷史性的解救之道啊，而且還是不以人的意志為轉移的解救之道。

敘事卻可以說，我不要你的解救之道，我就要我最初的那個樣子。歷史主義肯定會大怒：你必須接受現在的模樣，你必須跟我一道前進並不斷改換模樣！這個怪模怪樣的兩難正是《敘事美學》遭遇到的悖論。一方面，它也不想只要歷史主義（不要忘了耿占春還是一個形而上學愛好者），因為歷史主義確實有我們討厭的霸道性和極權主義傾向；但另一方面，它在情急之下只好認同歷史主義。——畢竟將敘事歷史化和問題化，更容易講述那個和敘事有關的故事，敘事在歷史中遭遇到的眾多事故，才更容易體現出傳奇色彩，尤其是在一個早已歷史主義化的社會與時代，這樣的故事才有人願意聽；只有這樣講述，故事才符合合理化社會對唯一一個真實性的嚴正要求。合理化的時代痛恨一切超越了歷史主義的講述方式。

但堅信歷史主義的人很可能忘了，歷史主義本身就是絕對歷史主義的。因為歷史主義來自於歷史主義理論（無論何種型號的歷史主義理論）存身的歷史土壤——但願這個繞口令般的句子能夠得到準確地理解。在歷史主義的解釋框架中，敘事確實「合理」地衰落了，虛構與故事也「合理」地「不合理」了。但不知歷史主義考慮過沒有，願意面對活生生的事情本身、願意直接面對世界、願意虛構，還算不算我們的生活常態？還是不是我們的天性？憑什麼歷史主義本著歷史必然性與存在即合理的嚴正律令，就宣佈我們的生活常態、我們的天性不合理？它究竟從什麼地方獲得了這樣的權力？上述性質的天性和生活常態，真的像福柯所說的那樣，必須放在歷史主義的視野中考察？它們真的在隨時間的改變而改變？它們絲毫不具備亙古不變的特性？

考慮到耿占春的形而上學愛好者的身份，《敘事美學》又似乎歷史必然性地遭遇到了另一個兩難。一方面，在講述敘事的故事時，為了讓合理化時代中人相信這個故事的真實性，耿占春必須將故事置放在歷史主義的語境當中；但另一方面，他又隱隱約約願意使用一種超歷史的觀念去講述故事——畢竟在耿占春那裏，敘事作為人類一種亙古不變的衝動，自有它不死、不竭和不變的特性。他給百科全書式的

小說披上了一件不斷向遠古時期回歸的時間形式，正隱隱約約體現了試圖走出歷史主義的衝動。耿占春很清楚，將敘事的故事僅僅置放在歷史主義的境域內，即使他的本意是要賦予敘事以尊嚴，也最終會讓敘事喪失了尊樣——因為敘事無論有何作為，都不過是對歷史境遇的被動順應；而將敘事的故事置於超歷史的境域內，儘管有冒著無人相信這個故事的危險，畢竟最終給了敘事以光榮，因為敘事可以把握自己的命運，無需看歷史境遇的臉色。

近世以來，由於歷史原則、歷史理性、歷史必然性以及歷史主義的興盛，古老的形而上學——它是人類最古老的認知方式——已經成為笑話。形而上學從前是合理化時代的勁敵，現在則是知識單解化早已處決的罪犯。與歷史主義恰成比照的是，形而上學相信我們這個世界存在著某種亙古不變的東西，歷史主義卻只承認無物常駐。面對歷史主義的飛揚跋扈，列奧·施特勞斯借用馬克斯·韋伯的思想爭辯說：「人之所以有尊嚴，人之所以遠遠高出於一切純然自然之物或野性之物，端在於他自主地設定了他的終極價值，把這些價值變成了他的永恆的目的，並理性地選擇達到這些目的的手段。」[20]在施特勞斯或者韋伯那裏，這僅僅是因為自然（即天然的東西——引者）比之任何人為的產物更具有尊嚴[21]。我願意說，無論對於任何人，敘事都是一種「自然」，並不隨時間的流逝而抹去它的自然特性。歷史主義頂多只能給出敘事擁有如此這般模樣以表面上的原因，卻無法給出敘事何以始終垂而不死的內在緣由。列奧·施特勞斯經過嚴密的推理，基本上算是敲響了歷史主義的喪鐘：

> 歷史遠沒有證明歷史主義的推論的合法性，毋寧說它倒是證明了，一切人類思想，而且當然地，一切的哲學思想所關切的都是相同的根本主題或者說是相同的根本問題，因此，在人類知識就其事實與原則兩方面所發生的一切變化中，都潛藏著某種

---

[20] 列奧·施特勞斯《自然權利與歷史》，第 46 頁。
[21] 列奧·施特勞斯《自然權利與歷史》，第 12 頁。

不變的結構。……倘若在一切的歷史變遷之中，那些根本的問題保持不變，那麼人類思想就有可能超越其歷史局限或把握到某種超歷史的東西。即使力圖解決這些問題的一切努力都註定要失敗，而且它們之註定失敗是由於「一切」人類思想都具有的「歷史性」，情況仍然會是這樣的[22]。

　　在一個歷史主義的時代，在一個經由歷史主義保證的合理化社會，我們真的有可能如施特勞斯暗示的那樣退回到古老的形而上學？或許，這正是一種新的形而上學誕生的契機？我要說的是，這種新的形而上學必須建基於對歷史主義的堅決反對。一方面，它承認時間是不可逆的，但不一定相信進步原則和必然性原則；另一方面，它又承認永恆回歸是必須的。所謂永恆回歸，不是指回到時間的起始處，也不僅僅是對圓形時間的招魂，而是不斷輪迴到施特勞斯所謂的自然上。或許只有回到那裏，才能保證我們的生活的健康和安全。因此，這種新的形而上學的內在口吻「必然」是：即使歷史主義絕對正確，我也要堅決反對，只因為我堅信有一種和人類命運相始終的自然之物，哪怕歷史主義擁有各種型號的結構對位法與時間披風因而顯得合理之極。

　　或許只有在這種情況下，我們才能擺脫歷史主義對我們的控制，我們才有能力在歷史主義之外，宣佈這個合理化的社會最終是不合理的，也才有足夠的理由相信，作為一種自然之物，敘事根本不可能衰落，它的未來也決不僅僅限於百科全書式的小說，還有太多我們意想不到的形式。一切端賴於敘事的自然本性。敘事擁有的社會／歷史結構，擁有的時間披風，只是偶然的，而它的尊嚴和生命則是必然的、不可剝奪的。一旦從歷史主義的解釋框架中走出來，我們就會發現，合理化的時代、知識單解化的時代、小報的時代、論證的時代歸根結底都不配充任敘事的對手，更何況將它消滅。它表面上的衰落不過是跟合理化時代開的一個玩笑，頂多是想考驗一下我們這個時代是否懷

----

[22] 列奧‧施特勞斯《自然權利與歷史》，第 25 頁。

有仁慈之心。有意思的是，耿占春在《敘事美學》中使用了一種低沉的、哀悼式的語氣；很顯然，這種語氣和敘事所擁有的自然天性並不匹配。

2005 年 7 月 6-9 日，北京豐益橋。

小說：對存在的勘探和對存在的編碼

一、

　　米蘭·昆德拉（Milan kundera）說：「世界沒有了最高法官，突然顯現出一種可怕的模糊：唯一的神的真理解體了，變成了數百個被人們共同分享的相對真理。就這樣，誕生了現代的世界和小說，以及與它同時的它的形象與模式。」[1]昆德拉的意思是，歐洲的現代小說——它等同於昆氏心目中的歐洲本身——起始於賽凡提斯的偉大靈感。唐吉訶德就是在「沒有最高法官」世界裏，呼吸「相對真理」空氣的第一人：因為絕對的、唯一的真理自賽凡提斯起已不復存在，善惡的界限也因之失卻了衡量的准的。最偉大的激情，甚至包括據說是生生不已的愛情，在現代歐洲只剩下一具骷髏般的回憶。

　　的確，西方人曾經尋覓過不少欲使「絕對真理」青春常駐的秘方。他們首先找到了眾神，從眾神的住處找到了泉水，用泉水給絕對真理美容；後來，又從眾神中找到了單獨的一個神，似乎所有的「嫦娥霜」與洗面乳都攥在他手中，於是人人都呼它為「我主」、「上帝」。上帝對他的子民不賴，因為在上帝的天平上，一切都是清楚明白的：善就是善，惡就是惡，兩者之間判若涇渭，形同水火。但忘恩負義的人們很快就逼了主的宮，讓理性禪位繼任新一屆教主。西方人相信自己的理性可以窮盡世界，所謂「給我一個支點，就可以掀動地球」（阿基米德語），成了他們自信力的絕好寫照。他們樂觀進取，「與天鬥其樂無窮，與地鬥其樂無窮，」在對世界的體認中抵制了人與世界的分裂，

---

[1]　昆德拉《小說的藝術》，孟湄譯，三聯書店，1995 年，第 5 頁。

一切都是清楚明白的：在理性神聖的法庭上，真偽、美醜、是非、善惡、曲直……纖毫畢現。賽凡提斯之後，米蘭‧昆德拉認為，歐洲，它開始進入自己的現代。現代的歐洲社會把人的「生活世界」——即胡塞爾所謂的 die lebenswelt——，僅僅折合成社會職能，人約等於某部機器上按部就班的螺絲釘。而歷史，人類生生不息的感情與實踐的舞臺，則被簡化為若干事件：在近乎真空的沙漠上，孤零零飄動著的僅僅是事件的灰色旗幟——人既在事件之中，也被悲劇性地看作事件，有著強大理性背景的「人」終於無可奈何地匿退了。這同「螺絲釘」的稱謂並無實質性的不同。更要命的是，事件又被簡化為有傾向的評注：這種傾向來自於善惡失卻絕對界限後，人們由此而產生的各執一端，亦即中國民諺所謂的「公說公有理，婆說婆有理。」昆德拉形象地稱這個過程為「人處在一個真正縮減的漩渦中。」[2] 激情蛻變為骷髏，鮮活的感性轉而為僵直的方程式，上帝的形象只差一點就印在紙鈔上了，而自由倒真的已經印在紙盒上，被癮君子完事後隨手拋棄。[3] 於是，唐吉訶德只得從家中出來，並不是到上帝給他指引的地方去，而是一頭栽倒在風車前；帥克（哈謝克《好兵帥克》）把整個世界當作了一個巨大的筐子，裝在裏邊的不是黃金，不是蘋果，也不是萬物之母，據說只是笑話；約瑟夫‧K（卡夫卡《城堡》）在一紙過時聘書的召引下，以土地測量員的身份徘徊在城堡之外，終生不得其門而入，只好在城堡派出的兩位聯絡員面前，毫無隱私權地寬衣、解帶、做愛；普魯斯特與喬伊絲只得命令自己的主人公從根基不穩的外部世界走向自己偉大（？）的內心，可是，內心當真穩定如泰山麼，在「一切都四散了，再也保不住中心」（葉芝語）之後？按照昆德拉的暗示，《追憶似水年華》和《尤利西斯》似乎早已對此作出了回答……耶穌在十字架上呼天搶地地高喊：「為什麼拋棄我？（Why hast thou forsaken me……）知識累積、工具發達，人類文明不斷「前進」之後，

---

[2]　昆德拉《小說的藝術》，第 16 頁。
[3]　艾青在《智利的紙煙盒上》對此有著生動的詠頌，參見《艾青詩選》，人民文學出版社，1982 年。

迎來的不是人與世界的親和而是分離，是絕對真理的喪失以及靈魂的惶惶不可終日。當然，還有槍聲、大炮聲，原子彈也趁機把蘑菇雲升到了天空，據說是為了讓人避雨。真是「一夜湘君白髮多」。且聽東半球拖著辮子的王國維像是印證一般的聲音吧：「人生過處惟存悔，知識增時只益疑。欲語此懷誰與共，鼾聲四起鬥離離！」

　　昆德拉的歐洲現代小說起源論，已邏輯地隱含了一個結論：要用小說為形式，形象地展示這一「真正縮減的漩渦」。在昆德拉看來，這正是現代小說倫理學的最高道德律令。在老昆那裏，現代小說倫理學的內涵是：發現只有小說才能發現的東西，而且必需要有所發現。讓人好笑的是，昆氏自稱「絕對」早已喪失，而「最高道德律令」又必需服從和面對這一悖論，昆德拉認為，連續不斷地發現，對從前小說未曾發現之物的不斷發現，這一進程構成了西方的現代小說史。其實，所有真正的、偉大的小說無不如此。昆德拉所謂的西方小說要去發現的東西究竟是什麼呢？他回答道，那就是「自我」（ego）。「所有時代的所有小說都關注自我這個謎。」[4]昆德拉說。

　　古希臘的最高智慧據說由一句格言來承擔：「認識你自己。」大約至少在那時，這句格言就已為西方人關注自我的歷史奠下了第一塊基石。「我們是誰，我們從何處來，我們往何處去」的問題曾深深苦惱過塔西提島上的法國畫家保羅·高更。在漫長的西方史上，「自我」要麼被理解為眾神的旨意（古希臘、古羅馬），要麼被看作一神上帝的法則（中世紀）。　在此時，自我是確定的，因為它聳立在唯一的真理之上，唯一的世界之上。上帝被推翻後，自我失卻依憑，笛卡爾一句「我思故我在」，為惶惶有如喪家之犬的西方人指明了暫時的方向。在笛卡爾眼中，只有唯一的、確定的「我思」的自我才是唯一可憑的依據，唯一不受到懷疑的「事物」，人以此為自己設定世界並開出世界。這一切，莫不讓人想起了古希臘的阿布德拉（Abdera）人普羅泰戈拉的宣言：「人是萬物的尺度。是存在者的尺度，也是不存在者不

---

[4]　昆德拉《小說的藝術》，第 20 頁。

存在的尺度。」[5]難怪老黑格爾要誇笛卡爾「勇敢」，昆德拉也認為黑格爾這麼說「是對的」。不過，令西方理性主義遺憾的是，笛卡爾由「我思」出發，依然為上帝保留了地盤。上帝從笛卡爾的顛覆性理論的後門溜了進來，偷眼打量無可奈何又哭笑不得的理論創始人。其實，聽笛卡爾的口氣，「我思」不過是上帝的別名。[6]如此看來，人的自我，昆德拉所謂的歐洲現代小說要去發現的自我，顯然不能在笛卡爾的自我中去尋找。因為不管怎樣說，笛氏的「自我」依然是確定的；這與昆德拉眼中的現代精神不大合拍。由於上帝（或以理性面目出現的繼任上帝）的死去，真理便變得相對、模糊；與此相呼應，現代人的自我也應該是相對的、模糊的。然而，這個玩藝究竟是什麼意思呢？昆德拉指出，自我是由對存在的疑問的本質決定的。疑問自然來自真理的相對性、模糊性。由此，小說要發現自我，就得去發現現代歐洲人的存在。但是，當小說家在創造一個想像的存在時，立馬就要面臨這樣兩個難題：存在是什麼？通過什麼才能抓住這個存在？回答了這兩個相關聯的問題，小說要發現的東西也就立在其中了。捉住存在，捉住那個自我對於存在的疑問的本質，也就同時發現了現時代的自我及其存在。昆德拉直截了當地供認：小說這個東西就是、就應該是建立在它上面。「小說家既不是歷史學家，也不是預言家，他是存在的勘探者。」昆德拉說。[7]

海德格爾曾經驕傲地指出，存在問題由古希臘人提出後，便一直處於遮蔽狀態，現在該由他老人家來給存在「去蔽」了。這口氣宛若我們的張載說自孟子後，儒學便被人忘記了。海德格爾顯然把自己看作了「為天地立心，為生民請命，為往聖繼絕學，為萬世開太平」的首選之士。[8]但昆德拉較為輕蔑地否決了海氏的狂妄（昆德拉好像一直

5　《西方哲學原著選讀》（上），商務印書館，1985 年，第 54 頁。
6　關於這一點請參閱張志揚的精彩論述。參閱張志揚《門》，上海人民出版社，1989 年，第 20-54 頁。
7　昆德拉《小說的藝術》，第 3 頁。
8　《張載集〈近思錄〉拾遺》。

不大喜歡這個牛皮哄哄的海德格爾）：「隨著賽凡提斯而形成的一個歐洲的偉大藝術不是別的，正是對這個被遺忘的存在所進行的勘探。」[9]存在，在昆德拉看來，就是當下時空中人的真實處境。平心而論，這確實和海氏濃厚的本體論性質的「存在」概念較為不同。由於絕對真理的存在與否，直接導致了人的自我的或確定或模糊，按照昆德拉的說法，存在也因此有了確定與模糊之分。

二、

　　小說中的人物，不是對一個活人的模擬，而是作家想像出來的人，是一個實驗性的自我。這個實驗性的自我對他的存在進行追逼尋問時，存在本身顯示出它在現代歐洲的相對性和不確定性。但是，小說又是如何以語言形式來塑造實驗性的自我，來生成小說本身的呢？或者說，小說是如何捕捉這個自我、這個存在的呢？用語言和形式為存在編碼，昆德拉毫不遲疑地說：「給它一個詞，捉住它。」[10]

　　任何小說都是以人物在其中的活動來展示自身，人物的行動堪稱小說永恆的問題。人物在行動中生成自己的性格，也一步步完成對存在的勘探。人物在小說中的行動構成情節，這不言而喻；情節與性格、與對存在的勘探三位一體，這就是昆德拉小說創作論的核心。不僅如此，情節本身還有個生動與否的問題，這個問題十分重要，因為它直接與小說要發現和展示的東西是否飽滿、是否複雜密切相關。昆德拉堅持認為：「使一個人生動意味著，一直把他對存在的疑問追問到底。」[11]這就命定了人物的行動無休無止，與小說敘事共呼吸、相始終。因此，給存在編碼，實際上就是給人物的行動編碼。而所謂行動，不過是現代人對存在的疑問的過程而已。因而，捉住存在，就是捉住

---

[9]　參見 Eassy on Comparative Literature and Lingustics, Sterling Publishers PTV. P98-101.
[10]　昆德拉《小說的藝術》，第 28 頁。
[11]　昆德拉《小說的藝術》，第 33 頁。

人物的行動，並給這個行動一個人間的辭彙──一個充分展示其存在範疇和存在內蘊的辭彙。

過往的小說家特別注重人物在行動中的巧合。「無巧不成書」、「說時遲，那時快」……往往都是「巧合」的別名。它和讀者之間有一個先驗的合同：小說家應該儘量給讀者提供主人公盡可能多的資訊，關於他的身世，他的外表，他的職業，他的七大姑八大姨；小說家應該給讀者展示主人公過去的生活史。因為據說由此可以推知該主人公未來的行動。而這一切，往往差不多都在「無巧不成書」的奇遇以及巧合中生成。關於這一點，我們只要看看《十日談》和《三言》《二拍》也許就足夠了。據說這樣做就可以保證故事的完整性。在這種小說裏，主導性人物，主導性情節，主導性情緒，一手遮天地獨霸了作者和讀者的視野，讓人無法旁顧。但是，實際生活往往並不如此，並不符合這種主線因果導控的模式。一個人往往處在兩人、三個、四個乃至更多的因果線索的交叉之中。對於活生生的人，你總得承認、不得不承認、必須要承認，每一個因果之外還有大量其他的物事與物呈現，並成為我們生活不可缺少的一部分。在這樣萬端紛芸的因果網路中，小說裏的主線霸權──即「無巧不成書」帶來的故事的完整劃一性──，又有多少合法地位呢？[12]時值現代，人物的存在，因為他的相對性和不確定性，在昆德拉這個新一代的約伯的天平上，其範圍與內涵已達到了無限複雜的境地；只把人物的行動建立在純粹的巧合上，並滿足對這一巧全作簡單的敘述，很明顯，肯定限制了小說對複雜的、深層的存在的有力挖掘，減少了小說對存在的認識能力。昆德拉對此極為不滿。他認為，只有小說形式無限多樣，才能適應早已趨於無限複雜境地的存在。因此，對現時代的存在和行動的編碼方式也必須要多樣化。對小說的形式（編碼方式）進行深刻、全面的改革，此其時也。

昆德拉撕毀了合同。他首先要求自己在技術操作上，必須要有一個徹底「剝離」的、新的藝術方式。所謂剝離，就是離題。昆德拉的

---

[12] 參見韓少功《馬橋詞典》中有關「楓鬼」的詞條，載《小說界》，1995 年第 2 期。

小說首先也在虛構故事，讓人物在故事中行動、長大、穿著語言／符碼的外衣；然後，便在這之上構築主題之巢穴——也就是直接進入了對存在的分析與勘探。主題與故事（行動）有時結合在一起，這與從前的小說並無二致；而有時，昆德拉強調，主題一味在故事中發展，人物一味在故事中行動，難免流於平淡。「行到水窮處，坐看雲起時。」為了逃避平淡的宿命，昆氏乾脆聲稱可以讓主題與故事分離，讓主題在故事的真空處獨立發展。此即「離題」之謂。在老昆的長篇小說《生命中不能承受之輕》裏，作者拋棄正在敘述的故事，直接切入他要攻克的主題之一——媚俗。昆德拉把他的特麗莎的故事置諸腦後，專門分析人物內心深處、存在的本質深處的媚俗傾向，以及媚俗為人帶來了怎樣的後果。這樣一來，小說的話語空間陡然增大，人物的行動舞臺平地起高樓，人物的性格在作者直接的闡釋中更見豐滿。你得承認，藝術「恐怖主義分子」昆德拉的確是成功了。

昆德拉還要求自己必須要有一種「對位式」的新藝術，即敘事與夢幻聯為一體。這一特質，在「詩歌批評式」的《生活在別處》裏表現得尤為突出。昆德拉專門為主人公、青年詩人雅羅米爾寫了一章夢的傳奇：雅羅米爾在夢中與一個已婚婦女偷情，並與該婦人一道殺死了她的丈夫。鮮血染紅了夢境。這樣做是為了深刻展現雅羅米爾不堪母愛而在潛意識深處對母愛的反抗。如果說卡夫卡是以差不多完全寫實的手法展現人物在現實中合乎邏輯的「迷夢」，而這夢想不過是籠罩在敘事眉宇間的一層淡淡緇衣，昆德拉則走得更遠：他直接寫夢，寫與整個故中看起來竟是毫無關係的夢。的確，雅羅米爾夢中出現的婦人在小說中再也不曾出現過；當然，她也僅是在夢中才能出現的無邏輯的人物和小說結構上有邏輯卻不會再次出現的道具。昆德拉不要求故事的完整性，唯求人物對自身存在的追尋的完整；為此，他就得想辦法拓展人物的生存空間，以便對存在的疑問得到盡情展示。只有這樣，也許我們才能理解為什麼雅羅米爾的生命中的每一段落都與詩人蘭波、濟慈、萊蒙托夫……等詩人生命中的某一段相對應，如同莎士比亞《哈姆雷特》中的戲中戲一樣。在此，昆德拉造就了一個包納

整個歐洲的巨大舞臺，讓各各不同的存在共同具有著某一方面的相似性，如此，也就把這一存在的普遍性推廣到無限開去，並以此共同具有的方面加深了對存在的勘探。

昆德拉更要求自己的小說寫作必須要有一個專具小說特點的論文式的新藝術。昆德拉知道，對存在的追尋勢必會讓小說走向哲學。所謂「專具小說的特點的論文式的新藝術」，就是對主人公的存在狀態所做的哲學式分析，這一分析與敘事若即若離，作者像一個文學評論家一樣，分析主人公行動中蘊藏的哲學意蘊。其實也就是存在的內涵。《生命中不能承受之輕》第二章一開始，昆德拉就對肉體與靈魂做了一個很長的評論。但是，作者的思索只是在分析作品中的人物──特麗莎。這種思索也只有在特麗莎身上才有作用，因為這是特麗莎看待事物的方法：她渴望肉體的展示，卻又害怕展示；她渴望肉體顫慄般的快感，卻又害怕它無法與靈魂的愉悅合二為一。她的丈夫湯瑪斯老想在不同女人的肉體上，尋求那寶貴的然而是可憐的百分萬分之一的不同。在湯瑪斯那裏，性交與愛情和靈魂風馬牛不相及，八杆子打不著，而特麗莎對此卻非常矛盾。就是在這種思索中，特麗莎在當下時空中的本真境況也就被凸現了；而這，昆德拉會告訴你，正是存在的定義。

人物的行動是在歷史和時間中的行動。對行動的編碼，不可避免地會涉及到歷史本身。在現代，歐洲有兩種小說，一種被昆德拉謂之為「小說化歷史編纂小說」，即「說明」一種歷史境況的小說；另一種是審視「人類存在的歷史維度的小說。」[13]前一種要求較為認真的寫實態度，這種小說實際上是「歷史事件的小說編碼」。昆德拉認為自己的小說應該是後一種，是對「人的存在歷史的編碼」。正因為昆氏把自己的全部重心放在對存在史的揭示上，所以，他不大看重歷史本身在小說中的份量。對於歷史背景的描寫，他儘量簡化。在《為了告別的聚會》裏，作者把全部人物都置於捷克的政治高壓這個大背景下。可昆德拉並沒有正面描寫高壓政治，高壓政治的音容笑貌在一個

---

[13] 昆德拉《小說的藝術》，第 34 頁。

反覆出現了的細節中行到了展示：政府號召捕殺城市中的狗，以及人們如何戰戰兢兢然而又是虔誠地執行這一命令。不斷有逃亡的狗從故事中探出頭來。在此背景下，昆德拉只抓住那些能給人物創造一個有揭示意義的存在境況的歷史氛圍。在《玩笑》中，盧德萊修對朋友開了一個政治玩笑，結果他看見，他所有的朋友與同學都輕鬆舉手贊同將他從大學開除；這一景觀使昆德拉讓他的主人公悲哀的、清醒地知道，如有必要，他們也會舉手同意將他送上絞刑架。經過這麼一番簡化描寫，歷史的境況躍然紙上，人在歷史中的存在境遇也被點化了出來，據此，昆德拉順著盧德萊修的思路為人下了一個定義：「人，即一個能在任何情況下把身邊的人推向死亡的人。」還有比這更可怕的事嗎？讓人驚奇的是，這個結論只建立在對歷史的簡單敘述之上——老昆把全部注意力放在了生存環境顯透出的存在的意義本身。

歷史在昆德拉眼中，不僅可為小說中的人物創造一種新的存在境況，而且歷史本身也應當作為存在的境況而被分析和理解。在《生命中不能承受之輕》裏，捷克領導人杜布切克被蘇軍逮捕後，被迫談判。杜布切克回國發表了一次電視講話，「有著運動員體魂」的捷克領導人講話時不斷喘氣，在句子與句子之間做著「漫長的停頓」。這就是昆德拉揭示出的軟弱。他認為，軟弱是存在中一個很普遍的範疇。「在面對一個更強大的力量時，人總是軟弱的。」「布拉格之春」作為歷史事件在昆德拉筆下被理解為「軟弱——強大」的類似於 DNA 的雙螺旋結構：面對蘇聯，捷克弱軟；要是蘇聯面對一個比自己強大得多的捷克呢？軟弱與強大肯定將有不同的主人。這就是歷史本身作為存在境況而被理解和分析的範例之一。

昆德拉對存在、對歷史採取了一種近乎殘酷的幽默方式——讓人無法會心一笑的幽默。盧德萊修開了政治玩笑而顛沛流離十數年，它不是悲劇，據說僅是個玩笑式的、殘忍的幽默：號稱為人民謀利益的政治，因為一句無傷大雅的玩笑而將玩笑製造者打入另冊。這本身不是更大的玩笑又是什麼？絕對真理失去了，世界處在相對性之中，而在地球某一處的某段時間裏，政治充當著新上帝的角色。謝天謝地，

它並沒有完成自己充當絕對的、唯一的真理的使命，沒有能解存在的相對性與不確定性於倒懸。「把極為嚴肅的問題與極端輕浮的形式結合在一起，」昆德拉說，「從來都是我的雄心。」[14]在他看來，幽默就是那極為「輕浮的形式」的眉宇間的高貴氣質。歷史，確確實實是婊子養的，它懲罰惡人，總在事後；它折磨良善，卻總在進行之中。因此，昆德拉號召人們不要去相信「歷史能評判一切」這句騙人的口號；它曾經為善人與惡人、弱者與強者找到了共同的藉口。因此，對付這種東西，在除了以幽默的方式甚至調笑的方式揭露它的醜惡嘴臉外，難道還值得更嚴肅認真地對待嗎？「幽默：天神之光，把世界揭示在它的道德的模棱兩可中，將人暴露在判斷他人時深深的無能為力中；幽默，為人間諸事的相對性陶然而醉，肯定世間無肯定而享奇樂。」[15]昆德拉大聲贊成美道。

所有這一切都在昆德拉所謂「存在的編碼」（行動的編碼）中獲得實現。他用許多不同的辭彙作為範疇，捕捉到了許多不同形態和性質的存在境況，並圍繞著語詞來闡釋存在。在昆德拉這裏，基於上述論述，我們可以直接下結論說：存在就等同於語詞。為表明他全部小說對存在的揭示，或者說對各種存在的揭示，昆德拉為自己的小說編了一個小詞典《七十一個詞》。[16]詳細解釋這些辭彙（存在的編碼化）是昆德拉的而不是我的任務。我只想說明昆德拉早已闡明過的：揭示存在，就是揭示行動、揭示人在行動中完成自己對存在的追問；小說在本體論的意義上是對存在的勘探，在技術操作意義上就是用特殊的語詞對存在的編碼，對行動的編碼。小說家對行動和存在進行編碼的關鍵僅在於：「給它一個詞，捉住它。」

1996 年 10 月，上海。

---

[14] 昆德拉《小說的藝術》，第 94 頁。
[15] 昆德拉《被背叛的遺囑》，孟湄譯，上海人民出版社，1995 年，第 31 頁。
[16] 參閱昆德拉《小說的藝術》，第 116-151 頁。

靈魂在下邊

> 孩子，通過一團泥便可以瞭解所有的泥製品，其變化只是名稱而已，只有人們所稱的「泥」是真實的⋯⋯
>
> ——《奧義書》

寓言性寫作和形而上學

在「權力三部曲」[1]的第一部——《檢察大員》——開篇之後不久，有一個看似閒筆實則不可或缺的片斷，說的是那位神秘的、騎著高頭大馬的檢察大員，帶著隨從自京城來到某著名監獄時的情景：

檢察大員騎在一匹威風凜凜、通體銀白的高頭大馬上，看上去體格相當瘦小、單薄，兩隻腳都沒法踩到馬鐙。大員的穿著打扮也並不考究：一頂沾了不少灰塵的猩紅色無簷帽、七成新的中式夾襖；為了禦寒，褲腿用兩條黑色的帶子裹束起來。六十出頭的大員可能是長途跋涉的緣故，面容顯得疲憊，連拉緊韁繩的氣力都沒有。他努力睜大眼睛，仔細辨認監獄大門左側木牌上的字樣，然後回過頭來低低喚了一聲：「婁兒，咱們是到了麼？」婁兒看上去無疑是大員的扈從，幾乎是個孩子嘛，怎麼樣也不會超過十七歲。此時，他正跨在自己那匹灰不溜秋的雲南矮種馬上東張西望，聽到大員招呼才轉過神來，連忙驅馬

---

[1] 「權力三部曲」是筆者為張小波的三部中篇小說《檢察大員》、《法院》、《重現之時》取的總名稱。三部小說一併收入了張小波的小說集《重現之時》（新世界出版社，2002年）。凡是對小說內容的引用均見該小說集。隨文只注頁碼。

上前幾步，肯定地道：「大人，沒錯，這上面就寫著蘭橋監獄哩。」（第7頁）

如果孤立地看待這個片斷，很容易讓人覺得小說的背景設在古代中國：高頭大馬、中式夾襖、婁兒（那無疑是「嘍囉」的諧音或戲稱）、雲南矮種馬、大人……等極具古典中國特色的語詞，明顯地暗示了這層意思。但凡是看過《檢察大員》前兩頁的讀者恐怕都不會不明白，這實在是一種非常錯誤甚至堪稱荒謬的結論。實際上，與上述指稱著中國古典生活內容的語詞交織在一起的，始終是部長的照片、聽取上級命令和通知的電話、向囚徒發佈指示的話筒、電影演員、《司法年鑒》等富有現代氣息的語彙。從表面上看，這種辭彙上的搭配與組合，確實能給人一種異常古怪的感覺，很容易讓我們聯想到唐吉訶德和他的桑丘·番沙。通過如此這般的語詞拉郎配，「權力三部曲」很自然地製造出了一種十分奇特的氛圍：它炮製出了一個令人倍感滑稽的雜交時代。的確，任何一個心思細密的讀者，都不可能確切地指出「權力三部曲」中的故事究竟發生在何年何月，甚至不能肯定它們一定發生在中國。作為粗心的讀者，我們中的絕大多數人，頂多只能從一些具有中國特色的地名上大致推知（因為「三部曲」中幾乎沒有確切的、像樣的人名，有的只是人物的代號，比如典獄長、檢察大員、M、L、我、小何、X 等）：這些故事很可能發生在某個雜交時代的中國。即使只是首肯很不像樣的這一結論，也需要冒著被人嘲笑的危險；但這或許正是小說家張小波的故意性伎倆，也是他小說智慧的從容體現。很明顯，這種智慧充滿了聰穎、幽默和淘氣，但又不無考究——它有著經由遊標卡尺丈量過後的那種精確性。遍閱「權力三部曲」，我們就會發現，這種性質的伎倆又以各種變形和變臉在「權力三部曲」中反覆出現，像一個皮笑肉不笑的主旋律，最終形成了一種可以被名之為寓言性寫作的小說方式。在《檢察大員》中，當典獄長等人為了向即將到來的檢察大員獻花，來到監獄中某座高樓頂部查看花園是否鮮花盛開時，小說家張小波有過十分會心的，但又是皮笑肉不笑的描寫：

> 典獄長他們似乎正在進入一個隆重的、很可能載入史冊的儀
> 式，只能跟在引領人後面緩緩上升。這時候，如果站在稍遠的
> 下方觀察他們的背影是非常有趣的：他們的腳板在每一級臺階
> 上都要停頓一下，簡直是早期動畫片裏的一群生物；或者說，
> 他們幾乎越來越遠離人類，弄不好就要進入寓言。（第 12 頁）

寓言一詞在小說家（即張小波）的操縱下，顯然是在反諷的語義層面上才得以展開自身的；在此，寓言意味著虛假、滑稽、年華虛度、遠離真實的人類生活。總之，它是可笑的。更具諷刺意味的是，不僅是典獄長等人，而且是「權力三部曲」中的所有人物，都早已跑步進入了寓言、預先進入了寓言的城堡。有意思的是，這個寓言還是人家張小波在某種更高級別的目的無意識的推動下炮弄出來的。

在我們這個以時尚著稱、以寫實為旨歸的年代，寓言性寫作據說已經大大地過時了；它被絕大多數狂熱的速食愛好者自覺或不自覺地定義為簡陋、膚淺和粗糙。早在 18 世紀前半葉，維柯（Vico）就說過：「一切野蠻民族的歷史都從寓言故事開始；」[2]「詩性人物性格就構成寓言故事的本質。」[3]不管維柯是出於讚美，還是出於嘲諷才提到寓言，他的精闢洞見除了說明寓言的古老特性外，絲毫沒有能力從邏輯上證明寓言必然簡陋、必然該遭滅絕的命運。古老的並不意味著過時的，何況古老的事物有的是機會在現時代借屍還魂，或被現時代某些別有用心的人重新賦予深意。張小波不過是其中一位充滿善意的招魂者罷了。看起來他掌握的招魂術功力還不錯。彷彿是為我們作證似的，理查・克萊恩（Richard Klein）就以毋庸置疑的口吻講到過：「上古的智慧和技術中的絕大部分已無可挽回地失傳了，所謂現代文明，不過是重新發明其中的一部分而已。」[4]在 W.G.謝巴德的《土星之環》中，主人公兼敘事人在破譯一部古老的航海日誌的情景時這樣寫道：

---

[2]　【意】維柯《新科學》，朱光潛譯，人民文學出版社，1986 年，第 102 頁。

[3]　【意】維柯《新科學》，第 103 頁。

[4]　【美】理查・克萊恩《香煙》，樂曉飛譯，中國社會科學出版社，1999 年，第 111 頁。

「每當我破譯出一條記錄的時候,我便震驚地看到早已從天空或水面消失了的一道痕跡在這張紙上依然清晰可見。」謝巴德的主人公說,我始終在思考「書面文字奇蹟般的倖存。」[5]考諸《土星之環》的整一語境,我們能夠下結論說,智慧如謝巴德者之所以這樣做,絕不是出於純粹自戀式的懷舊心理,而是因為這樣做具有極大的有用性。張小波在一個速食時代不無矛盾地動用寓言性寫作,或許正是看中了古老的寓言性寫作對他要處理的主題具有高度的有用性——畢竟人人都知道,只有需求才是一切寫作技術完成和完善自身最為充足的理由。當然,文學前輩卡夫卡(Franz Kafka)、博爾赫斯(Jorge Luis Borges)、馬爾羅(Andre Malraux)甚至馬爾克斯(Gabriel García Márquez)和陀思妥耶夫斯基在這方面的成功經驗給他以啟示,可能也是一個重要原因。實際上,我們在「權力三部曲」中,隨處都能見到這些大師們的身影,隨處都能感覺到他們粗重而勻稱的呼吸。

和古老的寓言故事(比如《伊索寓言》)在大多數情況下,僅僅是為了說明某個具體而特定的人間道理較為不同,張小波的寓言性寫作本質上就是一種形而上學,或嚴格地根植於某種形而上學。這種性質的形而上學絕不是通俗馬克思主義者所謂的具有靜止、孤立、片面的特徵,恰恰相反,即使它真的不幸感染了這些不良習氣,也是因為它首先來源於某種急迫性,來自於某種根深蒂固的現實。但根深蒂固的現實,絕不是從表面上變動不居的現實中就能輕易攫獲的,它需要我們的小說家穿過無物常駐的現實表面,尋找到那個恒常恒新、固定不變的現實,本質的現實。這就是「權力三部曲」植根於某種、而不是隨便哪一種形而上學的根本原因。很容易想見,雜交時代就是這種無以名之的形而上學在小說敘事中的附帶結果——但它至關重要,無論是對「權力三部曲」,還是對我們這些粗心而簡陋的讀者。所謂雜交時代,在某種形而上學的幫助下,就意味著一切時代;更有甚者,

---

5　參閱【美】蘇珊·桑塔格(Susan Sontag)《重點所在》,黃燦然譯,上海譯文出版社,2004年,第63頁。

它還是關於一切時代的元時代（Meta-Times），是一切時代之所以註定會是某個具體時代和個別時代的根本大法、根本的語言運算式。這就是那個無物常駐的流動的現實之下，潛藏著的恒定的現實、本質的現實。張小波之所以要在一個形而上學看似蹬腿咽氣的時尚時代、寫實時代，動用這一古老的、看似拙劣和逆潮流而動的寫作方式，肯定跟他要處理的噬心主題密切相關。這個主題就是權力（是 power 而不是 righe）。在形而上學或寓言性寫作的幫助下，在「權力三部曲」中作為主題甚或真正主人公的權力，也被理所當然地納入了雜交時代，被納入雜交時代之中的權力，則立即變做了一種無時間性的權力。但無時間性的權力並不表明權力居然不需要時間，居然可以從時間中全身而退，從而把自己乾淨、徹底地摘取出來，而是說，和權力變動不居的具體性相比，權力具備著某種亙古不變、歷久彌新的特性。它根本就不在乎時間不時間的，也不看重自己一千年以前、「現在而今眼目下」或者一千年以後的模樣會有何不同。權力對此倒是頗為自信。它或許真地擁有孤立、靜止、片面的形而上學特性？由此，張小波的寓言性寫作最終給出了權力一種元權力（Meta-Power）的嘴臉和秉性。和元時代一樣，元權力從邏輯上講，也是關於權力的語言表達形式；通過這種類似於明修棧道暗渡陳倉的方式，「權力三部曲」最終變成了敘事性的權力哲學。這情形至少在表面上看，正合理查·羅蒂（Richard Rorty）在考察自由主義時所說：

> 每一個人都隨身攜帶著一組語詞，來為他們的行動、他們的信念和他們的生命提供理據。我們利用這些字句，來表達對朋友的讚美，對敵人的譴責，陳述我們的長期規劃、最深層的自我懷疑和最高的期望。我們也利用這些語詞，時而前瞻時而回顧地述說我們的人生故事。我稱這些語詞是一個人的終極語彙（final vocabulary）[6]。

---

[6] 【美】理查·羅蒂《偶然、反諷與團結》，徐文瑞譯，商務印書館，2003 年，第 73 頁。

　　和「權力三部曲」隱蔽、含蓄的行文比起來，羅蒂可能說得太直白、太露骨了，儘管他的話另有所圖。但正是在這些類似於「終極語彙」的東西的幫助下，才給「權力三部曲」精心營造出的氛圍，打上了廣袤無邊的朦朧感和迷霧感。「權力三部曲」中的各色人等，連帶著他們各自的動作和行為，無不感染了這種迷霧；所有的小說主人公甚或配角的行動軌跡，不過是在這個無邊無垠的迷霧中，畫出的一條條看似雜亂實則至為有序的痕跡。這就是無往而不在的、在變動不居中始終保持恆定面孔的權力的痕跡；那些表面上的雜亂，不過是顯示了權力在堅毅的冷酷中偶爾的失察。對權力來說，這自然算不了什麼。這些偶爾的失察，僅僅是權力在完成自身時必須付出的代價；但這個代價，只能假手權力掌控下的臣民──權力是空的，如果它沒有掌握群眾。於是，我們看到了：雖然行走在這個寓言空間當中的各色人等，都有著至為敏捷、極為高雅的步伐，由於迷霧的過於巨大帶來的能見度上無法排除的困難，卻使他們的步伐都如同動畫片裏的卡通鴨子一樣僵硬。就像在冰櫃中冷凍過一樣。他們都不無反諷性地走進了寓言；他們都在努力用充滿細節的具體行動，共同組成了一個關於權力的寓言。這個寓言以它貌似的孤立、靜止、片面的不良特性，絕好地對應了變動不居的現實之下那個亙古不變的現實、本質的現實，附帶還給了近世以來飽受詬病、慘遭各種拳頭之襲擊的形而上學以新的血液──絕經若干年的鐵樹就這樣稀奇古怪地開花了。

原罪

　　在「權力三部曲」的敘事邏輯中，罪與罪犯歸根到底是權力的產物；或者說，正因為有了權力，所以才有了罪與罪犯，正如有了槍，敵人的存在就更加具體、更加直接也更為理所當然。這聽上去是一種奇怪而荒唐的邏輯，但又明顯透露出了某種真實而堅定的訊息。鑒於寓言性寫作導致的無時間性的權力、以及無時間性權力的強硬存在，罪也立即獲得了它的無時間性，即罪的絕對性。對於雜交時代的人民

群眾來說，這種罪是一種原罪；它不同於基督教的原罪，但又有某種程度上的異曲同工。和權力的無時間性一樣，原罪不過是應和著元權力的基本要求和基本邏輯，自動生成的特殊事物。相對於罪，無時間性的權力無時無刻不充當著上帝的角色：權力是一種變了形和變了質的宗教、發黴的宗教。作為一個象徵，《檢察大員》中那具巍然聳立的絞刑架暴露了這個命題的實質。

作為權力最重要的物化形式之一，絞刑架在一個同時擁有電燈、電話、機關槍、酒吧、甜愛大街和高頭大馬、中式夾襖、嬰兒的雜交時代，似乎真的過時了。它確實顯得機械、呆板、不人道，在執行死刑時也過於囉嗦，遠沒有槍斃來得直截了當和開門見山。在蘭橋監獄操縱絞刑架的劊子手，也因此失業達三十年之久，改行在監獄內某座被廢棄的高樓頂部種花種草，像一個古怪的隱士。此人之所以失業、退休多年，還賴在監獄不願挪窩，是因為他的事業尚未完成。那是權力賦予他的事業。因此，他，這個監獄隱士，和他的絞刑架一樣心知肚明，當然也在暗中祈禱：作為權力的代表性形式，絞刑架也具有亙古不變的功能，其特性並不隨時間的流逝而有所改變——它不會被權力忘記。失業劊子手和絞刑架的看法與祈禱是合乎邏輯的。果然，讓人覺得最不可思議的一幕——也是最驚心動魄的一幕——在《檢察大員》的結尾處終於發生了：檢察大員在劊子手的帶領下，參觀三十年未曾使用的絞刑架時，大員的隨從和典獄長的下級，從背後強行將典獄長送上了絞刑架。也許他們是想試探一下絞刑架的性能？情況看起來還算好：絞刑架並不因為多年來沒有為權力工作而失去任何才華，典獄長在一瞬間蹬腿斃命，就是對它的才華的極度恭維。有意思的是，典獄長究竟犯了什麼罪，小說沒有任何交待，或者說沒有任何像樣的交待。看起來這完全是一次毫無由來、毫無道理的行刑。但這個充滿神秘色彩的結尾確實是意味深長的，既合乎寓言性寫作的需要，也合乎邏輯：它近乎完美無缺地證明了權力的宗教色彩和權力對罪所擁有的上帝身份，也跡近白璧無瑕地證明了權力定義下的罪行不需要任何理由——如果有理由，那僅僅是無時間性的權力自身。這是一種

看似神秘、晦澀實則過於直白的邏輯運算，剛好能讓寓言性寫作放聲長笑或會心一笑。

一如「權力三部曲」暗示的那樣，無時間性的權力掌握群眾的主要方式，就是給它的人民的自我內涵注射一針原罪製劑，以便讓他們無論走到哪裡，無論幹什麼，無論是在春秋還是在冬夏，都必須顧忌自己有罪的身份。至於這一針的劑量究竟有多大，得看權力的脾氣。總的說來，權力並不是一個平均主義者，也不主張大鍋飯：「權力三部曲」中各色人等的罪行不一，就是上佳證據。而在那些自我之臀挨了一針的悲劇性人物當中，如果有誰不知趣，權力就會自動提醒他；如果有誰比較知趣，權力就會夢見他。「權力三部曲」的第三部《重現之時》說的是權力的提醒功能；第二部《法院》說的則是權力的做夢（或夢見）功能。

《重現之時》中的 X 醫生基本上是一位成功人士。他安分守己、恪守公德、擅長治療人體下三路的袖珍疾病並善於為患者保密，因此自認為是個良民。這就有點不大知趣了。於是，他在某一個傍晚被人從家裏莫名其妙地帶走了，像《訴訟》中那個倒楣的 K 一樣──只不過 K 被帶走的時間是早晨，那是個容納半個夢境，而不是容納整體審判的時間段落。帶走 X 醫生的那個女人（即 L）告訴 X，組織上需要他去幹一件十分重要的工作，必要的時候還需要他為組織獻身、為組織堵槍眼，假如組織居然也會有漏洞的話。實際上，X 醫生從生下來直到這天傍晚從來沒有聽說過那個組織，也不知道要去幹什麼，更不明白他為什麼要這樣做──作為讀者的我們對此也是滿頭霧水。看起來 X 醫生只不過是被權力偶然踩住了尾巴。這同樣是出於他的有用性。權力的神秘莫測或許正在這裏。長話短說，在經過一系列具有神秘色彩的事件的起承轉合之後，X 終於回到了原來的生活之流當中，只是他驚奇地發現，他完全變成了另一個人：他原來的身份（包括姓名和住房！）被別人全方位地、一絲不拉地取代和頂替了。也就是說，當組織上給予的任務被大而化之地完成後，X 醫生完全不知道自己是誰了，或者僅僅是個紙人，是個徒具形式的影子？反正把

他塑造成型的那堆人肉是無以名之的。千萬不要以為張小波在用小說的方式，玩畫家高更（Paul Gauguin）「我是誰？我從哪裡來？我往何處去？」一類的勾當，他不過是在寓言性寫作的內在律令的要求下，神神道道擺明暸某種可以被稱之為實情的東西：權力始終在提醒他的人民有罪，因此人民有義務聽從權力的召喚，隨時準備撲向某一個目標。就像現實中的公民有服兵役的義務，士兵在面對敵人的倡狂進攻時有捨身炸碉堡的責任。在這方面，X 醫生可以是任何一個人，正如他的名字 X 所暗示的；但究竟是哪一個人，必須遵照權力（或代表權力的組織）的旨意，必須接受權力或組織的提醒。

《法院》的主人公「我」是個專治痔瘡的大夫，因為臭烘烘的肛門事件被捕（他在為某女士治療痔瘡時不小心碰到了那位女士的隱蔽部位），一直在看守所等候法院的宣判而不得。此人像《城堡》中的 K 夢想咫尺之遙的城堡那般，天天夢見他親愛的法院；但像一對深情而默契的情侶一樣，法院只是溫柔地夢見他卻拒絕對他進行宣判。因為他是個比較知趣的人，還大致上知道自己的罪行，所以權力暫時不準備理睬他；權力首先想做的事情、最想做的事情，是提醒而不是宣判。對於權力，宣判不過是件水到渠成的事情——提醒是權力的基礎性工作。只要在提醒的幫助下讓某個人意識到自己有罪，讓某個人感覺到原罪製劑給他帶去的疼痛，權力的任務也就完成了一大半。這似乎也是一種荒唐的邏輯。

和幾乎所有自認無辜的罪犯相彷彿，《法院》中的「我」一開始也不那麼知趣：他居然以為自己無罪，權力是在故意冤枉他。從小說敘事的字裏行間推測起來，作為讀者的我們也看不出他有罪。但這都無關緊要——畢竟長痔瘡的肛門距離所謂的生命之門，只有區區一釐米之遙。因為「我」有沒有罪，烏合之眾的說法根本不算數。於是，提審他的好幾撥預審承辦人員都對他進行了耐心細緻地提醒，直至他終於認識到自己的罪行，直到他渴望宣判而不想再呆在等候結果的看守所。就是在這裏，權力完成自身的另一個隱蔽的招數公然現身了——所謂罪，不過是在當事人的不斷供述中成長起來的：

　　我對於預審承辦人員及地方檢察院把我送上法庭的努力心底裏暗藏感激。我沒什麼怨懟；對他們反反覆複的供述使我感到了罪的增長——這也就必須要投入到一個專門機構中去加以洗滌。越到後來，雖然我改不了在嘴上跟他們抬槓的脾性，但我們的目標已經越來越清晰一致了。（第113頁）

　　「我」和聽取「我」供述的預審承辦人員在目標上終於達成了一致；「我」的罪行由於「我」反覆的供述終於長大成人，以致於足以讓「我」進入到某個具有洗滌功能的專門機構，比如法院或監獄。這就是說，權力掌握群眾僅靠一針原罪注射劑是遠遠不夠的，還需要一個輔助性的三位一體給予幫助。這個三位一體，就是提醒、法院與罪犯相互夢見，以及讓罪在供述中不斷成長以致於最後成為罪的總和。沒有這個三位一體，原罪就不可能落到實處，權力也就失去了保真性。實際上，讓無時間性的原罪顯形為有時間性的、具體的罪行，正得力於這個三位一體。依靠它，無時間性的權力才能像上帝向摩西顯形一樣，顯現自己龐大的身影——儘管那只是個大而化之的輪廓，也只在電光石火之間。但這個過程至關重要，因為於此之中，權力也被具體化了：權力逃離了無時間性的囚牢，但又像放飛鴿一樣，在狠賺了一筆之後，再次主動回到那個無時間性的囚牢當中，以保證自己亙古不變的形而上學特性，並沉下心來精心籌畫即將實施的、又一輪的三位一體。

　　在「權力三部曲」的敘事構架中，除了三位一體，權力還有一種體現自身較為有趣的方式，這就是權力的幽默感。《法院》中的「我」日也思來暮也想地等候宣判，哪知道法庭對此不感興趣，完全不領「我」自動認罪這個人情，搞得「我」只能天天和預審承辦人員、律師一類貨色打一些言不及義的交道。這都快讓「我」發瘋了。但突然有一天，有關方面告訴「我」，「我」被開釋了。這看起來很荒誕，但原因卻至為簡單，也合乎邏輯：在「我」這樁案子上，「過去編排的那套法律程式因某一環節超過了時限已經自行取消了；」（第64頁）

而「在法律程式因為某方面的故障被破壞後，被告是完全可以不再遭指控的」。（第77頁）這是權力的幽默感的第一種版本。第二種版本是這樣的：那些自以為是在向某一個目標獻身的人，最後發現根本不知道是在向誰獻身。這顯然是一種酒後才吐真言的幽默方式，但又絕不能被理解為權力的頑皮和故意失察。它倒反而容易讓人聯想到阿多諾（T.W.Adorno）的名言：「只要有人被當作犧牲品，只要犧牲包含了集體與個人之間的對立，客觀上犧牲中就包含了欺詐。」《重現之時》通過雲遮霧罩、神秘兮兮的敘事，正好表明了這層意思：

> 「是我們把自己弄出了鬼魂一樣的生活，呃──」博士被呃得晃蕩了一下，氣味馬上彌散開來，「灰溜溜的生活。我現在越來越掌握不了，我想放棄啦，或者說，我想脫身出來。我不知道我們到底為什麼獻身。」……「我們在相互奴役，我們都是對方的傀儡，我們兩人當中每一個人都比另一個脆弱，為一種虛妄的東西反目成仇不值得啊。」博士神經質地嘮叨著……（第201頁）

博士先生陀思妥耶夫斯基式的反省無疑是較為深刻的，但他的自我反省至少有一小半無疑又是錯誤的：他居然認為「鬼魂一樣的生活」是他夥同幾個「別人」炮弄出來的。他顯然喝多了──他說這番話時的確在一個神秘的酒吧喝酒──以致於完全忘記了他作為權力之工具和符號的身份。這真是該死。但一如《重現之時》其後的敘述表明的，自有人會來提醒這個酒醉之後才敢向權力提抗議的傢伙；也正如《重現之時》接下來的敘述所暗示的，包括博士在內的所有人等，最終都沒有放棄他們的使命。這充分證明權力的幽默感並不擁有仁慈之心，也不懂得什麼叫謙虛，它仍然不過是為權力服務的工具，最多只能算是權力的某種省力方式或者換氣方式。兩種版本的幽默感只是為了給權力增添表面上的佛光。權力很清楚，僅僅向它的臣民注射原罪製劑，並由此強迫臣民向權力效忠是不行的，因為這樣做會激起民變──畢竟水有載舟和覆舟的雙重功能。因此，權力允許它的人民偶爾

撒嬌、失態、使點小性子，權當心理治療；權力也允許自己偶爾「失察」，權當與民休息。權力精通平衡之道，通曉它與它的臣民之間的黃金分割在哪裡。那是它和它的臣民共同的練門與要穴。這情形很有些類似於美國前總統尼克森（Richard Nixon）所描述過的那種情況：

> 沒有堅強的意志，不是強烈地要求突出個人的人，成不了偉大領袖。……我還從來沒有認識過一位不是自我主義者的偉大領袖。有些領導人裝出一幅謙虛的樣子，但沒有一個人是真正的謙虛。謙虛是一種姿態，一種裝飾品[7]。

無論何種版本的幽默感都不過是權力的某種弱化形式，目的是在貌似的溫柔與謙虛中，保證三位一體的順利實施。這樣做，既能體現權力的威風凜凜，又能將其凜凜威風落實到每個人的腦袋上、心跳中和血液裏。換句話說，權力的幽默感僅僅是罪、罪犯與權力之間的一種契約，一個緩衝地帶。正是這一點，保證了權力與罪犯之間千百年來的相安無事，也保證了「權力三部曲」的敘事得以成立、寓言性寫作得以順利實施，更保證了無時間性的權力和原罪在小說裏具有亙古不變的形而上學特性。

動作失常

寓言性寫作自始至終針對雜交時代（即元時代），但更具體地針對雜交時代意欲顯透的那個亙古不變的現實、本質的現實。在這種性質的現實中，有一個標誌性的建築物，那就是無時間性的權力；無時間性的權力依照它的本義，必須要落實到具體的人與事身上，才能讓自身得到實現。無論是三位一體還是權力的兩種幽默版本，歸根到底都為此目的而設置。這毋寧是說：無時間性的權力最終要落實到被它掌握了的基本群眾的動作／行為上；惟有基本群眾的動作／行為，才

---

[7] 【美】尼克森《領袖們》，劉湖等譯，世界知識出版社，1983年，第380頁。

能真資格地反射、顯透和體現無時間性的權力。基本群眾的動作／行為是權力的肉身化；無論權力何其高大、勇武、英氣逼人或者寒氣逼人，只有肉身凡胎才是它最後的試驗田，勉強也算是它最低程度上的歸宿——類似於當今的下崗工人領取的「低保」。

「權力三部曲」通過精彩、繁複、迷宮般的敘事，絕好地表達了這一原則。但它首先是給敘事中才慢慢湧現出來的各色人等的動作／行為賦予了高度的紊亂性。通過稍微細緻的閱讀就能發現：配備了動作紊亂性的各色人等在敘事結構中的表現，頗有點類似於時下電視節目裏常見的卡通人物。卡通人物令人啞然失笑的動作失常，大大半是出於製作技術上的考慮，另有一小半，是為了獲得特殊的視覺效應以便讓觀眾記憶深刻——這是文化小商人的小陰謀，根本不值一提；「權力三部曲」中各色人等的動作失常，則完全是因為權力的神秘性。從表面上看起來，卡通人物的動作失常、「權力三部曲」中諸位角色的動作紊亂，都能給觀眾和讀者帶來滑稽感，但不用太多的情感轉換和邏輯演算，我們就會知道，這顯然是兩種不同性質的滑稽感：前者讓我們哈哈大笑，後者則讓我們不寒而慄——它讓我們體會到了生存上深入骨髓的、真實的艱難和不言而喻的危機四伏。

讓我們暫時放棄思辨這一不良愛好，僅僅從最直接、最簡單的例證開始。我將從「權力三部曲」的每一部中各取一例，以便公平地說明問題——否則，朋友們會認為我是在以偏概全、裝神弄鬼。《檢察大員》有一個會心的描寫。檢察大員帶著他的婁兒、騎著高頭大馬從京城去蘭橋監獄時途經一個小村莊；可能是婁兒無意間犯了什麼小錯誤，檢察大員剛借宿到村辦公室就批評了婁兒。現在讓我們看看主僕二人的表現，那無疑是非常有趣的：

> 「我又闖禍了，」婁兒斂眉低眼地道，「您懲罰我吧。」說著，他滑到大員背後在他肩上輕輕地敲了起來。大員歎氣道：「前例可鑒，好多事會壞在你們這幫秘書跟班手裏。正經的見識沒長多少，盡學些糟粕……你盡捶一處幹嗎？」（第22頁）

　　考諸《檢察大員》精彩的敘事，大員無疑是、或只是權力的暫時代理人，如同莫名其妙上了絞刑架的典獄長是、或只是蘭橋監獄的偶然掌管者。他們都是權力世界中曇花一現的玩偶，存活期不會超過權力規定的一剎那──只是權力特殊的記時方式此處來不及詳論。總而言之，對於無時間性的權力，所有人都是群眾，所有人都是過眼雲煙。但正如俗語所說的，「一朝權在手，便把令來行。」大員顯然懂得並深諳這一律令；該律令被包裹在流動的現實中的記時方式之內，並組成了這種性質的記時方式的內在紋路。果不其然，大員對婁兒輕描淡寫的批評，馬上引起了婁兒在動作上的突變：「滑」字在此顯然表徵著快速、膽怯以及由膽怯引發的恐慌。但這一切都包含在快速之中、首先包孕在快速之中。隨著敘事的深入，權力的佛光開始向幽微之處發展：伴隨著大員不怒自威的斥責，婁兒的動作更加紊亂了──他在敲擊大員的肩頭時，居然只專心致志地敲擊某一個固定的地方，完全忘記了大員的肩膀的疲勞是全方位的。它需要「散」打而不是「點」射。這顯然違背了權力按摩術的一般規則。按說，像婁兒這類精通此術的屁兒精，不會犯下這等低級錯誤，但在權力面前就是另外一回事了。海德格爾（Martin Heidegger）在某處說過，人總是首先在他的行動中而不是在理論中領會他的存在。婁兒用實際行動證明了老海的總結、概括能力。在此，婁兒的動作再真實不過地表明瞭：無時間性的權力處處可以假借有罪的群眾之手將自己現實化，它能將一切帶把或不帶把的人，都改造成本質上的試驗田。

　　婁兒較為拙劣的表現，不過昭示了權力驅使動作紊亂和失常這個規律的表面現象，最多只能算這個規律的初級症候。如果只是到此為止，權力就沒什麼了不起，也沒什麼讓人危懼的。它還得拿出更具威懾力的方式。「權力三部曲」提供了這種方式。《重現之時》在寫到 X 醫生從家裏被帶走的第一晚發生的事情時，有過如下描寫，非常善解人意地為我們的論述提供了證據，只不過此時的敘事人不再是 X，而變作了第一人稱「我」──「我」是 X 醫生的即時顯形：

> 　她（即 L——引者）仰著臉，似乎腳下就是祭台。除了漸漸加
> 重的呼吸外，看不出她的面部表情有什麼變化。她對我的試探
> 無動於衷，甚至眼睫毛也不曾抖動一下。……這麼說來，連她
> 面龐上閃爍的情焰也是一種假相嘍？不過我更傾向於是這樣
> 的：她的身心已經進入一個更幽深、更不適合語言的世界。她
> 的聽覺暫時關閉了。她根本不知道我在絮叨什麼。於是我們的
> 身體靠上了欄杆，嘴唇長久、愚蠢而又不可遏制地燃燒在一
> 起……（第 155 頁）

　　是無時間性的權力，而不是「我」在她（即 L）身上迷狂和紊亂
的動作使她喪失了聽覺。和味覺接受五味相似，聽覺接受五音；和權
力可以隨意擺佈和調控性相仿，權力也能隨意驅使和支使聽：它能讓
人在某些時段聽覺格外敏銳，面對科長的前程和五分錢也會面色赤
紅；它還能使人在另一些時刻聽覺格外麻木甚至完全關閉。L 只是權
力歷史上喪失聽覺的一個小例證。具體到《重現之時》，情況很可能
是這樣的：組織上委派一個性感、漂亮、高雅、既像野雞又像淑女的
L 來脅迫 X 醫生，很可能把 X 醫生的見色起異都預先考慮進去了；L
之所以在 X 醫生「組織為何物」的試探性發問面前裝聾作啞，顯然
也在組織的算計之內。因此，到了最後，她，L，唯一能做的，不過
是回應 X 醫生的挑逗。《重現之時》迷宮般的敘事能夠知會我們，即
使在最投入和最為頂峰的時刻，L 秉承著組織原則也不會有任何實質
性的反應。即使叫床也只是生理性的。而此處所謂的生理，僅僅是未
經權力打磨過的意思；權力之所以對叫床這等大事居然不聞不問，是
因為叫床暫時不危及權力，或在此時此刻對權力有用。所有的實用主
義者都知道，有用即真理；而真理，向來就不是我們這些人民群眾能
夠違反得了的。

　　現在，我們可以進入到權力驅使動作失常這個規律的較為重要的
部位。那實在是一個敏感的、需要層層包裹和小心呵護的部位。《法
院》有一個小情節暗示的就是這麼回事。當「我」再次、再一次向預

審承辦人員供述自己的罪行，以便罪行更進一步長大成原罪時，突然感到十分無聊，於是乾脆做起夢來：

> 夢境不可能很長，但我似乎遊歷了法庭的所有房間……並且打開一隻司法黑盒看到了我無法說出的東西──我是同時看到和做到這一切的──身體被不斷地減去一些重量，最後因為沒有掌握好重心而一下子跌坐在地上。……椅子也翻在我身上。這時候我顯然還沒來得及進入現實，也就不感到疼痛。法官指著我大笑不止，他忘記了自己還有一隻手在書記員白皙的脖子上。她也吱吱地笑著，但我看得出來，她並不是從我身上取樂子，只是內心的顫抖用錯了表現形式罷了……（第79頁）

人犯竟然在預審承辦人員面前公然做夢，預審承辦人員當著人犯的面竟然公開調情，這究竟意味著什麼？考諸《法院》營造出的整一語境，唯一的答案只能是：權力使人疲憊。儘管權力擁有三位一體所昭示的種種功能，擁有兩種版本的幽默感所昭示的那種溫柔，但權力很可能忘了這一切都是不夠的：老讓人處於三位一體的場域之中，再生猛的人也會倍感疲憊──不只人犯如此，權力的低級代理者（比如那些預審承辦人員）也會如此。更重要的是，這種性質的疲憊還帶出了一個額外的結果，它將使權力大驚失色：老是讓人疲憊的權力及其輔助性的三位一體不值得正經對待。人犯做夢以致於捧倒在地、辦案人員一邊提醒人犯一邊忘我地調情，大體上說明了不值得正經對待究竟是什麼意思。這或許就是權力的幽默感的第三種版本。和前兩種版本不同，第三種版本的幽默感是人民群眾強加給權力的。因此，第三種版本的幽默感較之前兩種版本的幽默感，更能徹底暴露權力更多的實質；實際上，「權力三部曲」越來越接近這個實質了。

不僅那些看起來明顯反常的動作是紊亂的，一些初看上去至為正常的動作其實也是失常的：它們只不過從反面更加深刻地證明了動作失常與紊亂的無處不在，正如意識必須要依靠紊亂的潛意識來支撐，

清明的自我向來都由雜亂的本我來體現。在說到檢察大員進入蘭橋監獄的大門時，《檢察大員》有過十分精彩而暗含幾分幽默的描寫：

> 大員深深吸了一口氣……突然發現左手一幢外表剛剛粉刷過的三層小樓裏走出四五個人，……其中有一位姑娘發現了大員。……然後，幾乎是不約而同，他們一起撒腿，繞過門前的小花圃，啪嗒啪嗒地奔將過來。這個開場顯然出乎大員所料。……不到一分鐘，這群人就奔到大員跟前。然後，他們喘著氣，舉行了顯然是預先設計好了的儀式：一齊把手舉向天空；而且像魔術師那樣每人手裏都多了一束花兒——他們舞動花束，嘴裏發出歡呼聲。（第9頁）

撒腿，繞過，奔將，奔到，喘氣，舉手，舞動，歡呼……這一連串漂亮流暢的動作，初看上去是如此自然、質樸和令人熨貼，但它們不過是權力驅使動作紊亂這個規律的表面現象或初級症候，如同婺兒敲打、「點」射檢察大員肩膀的同一部位。這一連串動作的一氣呵成，無疑把婺兒的「滑」中包孕的速度給大大強化了：所謂「不到一分鐘」。快速向來都是權力滋生動作的題中應有之義：在一般情況下，權力不允許被它掌握了的群眾動作遊弋、遲緩，它要求堅定和疾速，因為革命目標據說總是擁有「一萬年太久只爭朝夕」的怪癖。正是從這裏，我們看到了掩蓋在正常之下的那個巨大而隱蔽的動作失常。實際上，整部「權力三部曲」無處不在暗示我們：無時間性的權力的根本要義之一，就是驅使所有的動作紊亂，儘管所有的動作在絕大多數時刻看起來都正常之極。所謂正常之極，不過是我們長期身處其中以致於熟視無睹罷了，正好比入鮑魚之肆久而不聞其臭。

上述場景顯示的都是局部性的動作紊亂，看起來只是個別人在個別時刻的動作失常。這樣說當然算不得大錯，只是不夠周全和過於短視。因為還有一種更為嚴重、範圍更大的動作失常——整個「權力三部曲」就是明證，「權力三部曲」就是承載動作紊亂的巨大容器。當然這是個寓言性的容器，正好對應著寓言性寫作。無論作為讀者的我

們如何細心，也不可能知道，檢察大員從京城騎著高頭大馬千里迢迢來蘭橋監獄幹什麼，難道就是為了處死那個敬業的、間或有點神經質的典獄長？如果檢察大員只是為了親自驗證絞刑架才華卓著，而且無論流年利與不利都不肯改變自己的秉性，作為一名權力的洞悉者，檢察大員難道不早就知道這個常識嗎？為什麼還要大老遠跑來幹這麼一件無趣的事情？即使有了權力的做夢（或夢見）能力做底，即使把權力的各種幽默版本（甚至包括第三種版本）都考慮進去，我們還是不知道，法院為什麼不對「我」進行宣判，難道預審承辦人員代表權力提醒「我」、夢見「我」、逼「我」供述，只不過是為了把「我」開釋？我們更不知道，借重 X 醫生的那個組織究竟是幹什麼的，儘管它讓自己的群眾幹了那麼多莫名其妙的事情，也為此驅使和引誘了那麼多神秘莫解、不知出處的人物。這就是「權力三部曲」經過繁複和神神道道的敘事，貢獻出的集體性的動作紊亂。儘管這樣的事情只發生在張小波的寓言性寫作當中，但現實生活裏的例證比比皆是：比如「文革」中人民群眾動不動就舉起來的鐵拳，比如希特勒（Adolf Hitler）治下的德國動不動就掃射的機關槍──動作紊亂和失常是我們生活的常態，只不過我們這些過於麻木的人對此絕少察覺。

但「權力三部曲」在敘事中為上述問號提供的所有理由，都不過是表面上的理由，不足以說明各色人等的動作為什麼會如此這般地紊亂。它顯然是小說家的故意性伎倆，也是小說家的智慧的暗中表達。既然如此，我們只有從別處尋找原因──但要順著小說家的伎倆和智慧。排開所有型號的無謂糾纏，考諸「權力三部曲」的敘事邏輯，解決這個問題我們至少有兩條線索可用，而且這兩條線索還相互關聯。第一條可用的線索，就是植根於某種形而上學的寓言性寫作。按照我們不無強硬的解讀，張小波的寓言性寫作的目的，就是要尋找到變動不居的現實之下那個亙古不變的現實、本質的現實。從邏輯上講，這種性質的現實只有一個要求：必須要有一個流動的現實，而且必須要這個流動的現實體現出亙古不變的現實的根本特性；至於流動的現實中各色人等之間的關係、各色人等的動作／行為之間的關係究竟怎

樣、究竟有沒有邏輯性，概與不變的現實無關。在這一點上，本質的現實表現出了巨大的寬容心。經過過於複雜的敘事，「權力三部曲」展現出來的現實剛好有兩類：變動不居的現實、潛藏在變動不居的現實之下的不變的現實。鑒於上面說過的原因，導致流動的現實中集體性動作紊亂的理由，肯定不能充當不變的現實中集體性動作失常的根據。它不過是不變的現實的必然結果，而不是相反。就在這個當口，像計算好了一樣，另一個線索說來就來了：這就是和寓言性寫作密切相關的無時間性的權力，尤其是無時間性權力的神秘性。是權力的神秘性導致了被權力控制的每一個人在動作上的內分泌失調，也導致了集體性的動作紊亂與失常。這恰恰是形而上學和寓言性寫作的題中應有之義：它只需要一些表面上飛速發生的事情就行了，它只需要一些差強人意的幌子為自己作證。形而上學嘛，總是一方面強硬無比，另一方面又得過且過、稀裏糊塗。

悖論就在這裏：權力的神秘性導致了人民群眾的動作失常，人民群眾也會以自己的動作紊亂證明權力的大小便失禁。無時間性的權力的神秘性的最大實質就在這裏：它也不知道自己究竟是個什麼東西，更不知道自己究竟要到何處去。它唯一要做的，不過是以原罪為工具讓自身得到體現，並順帶證明自己還活著，早上起來能又一次看見太陽。它同樣會為此在暗中感恩戴德，畢竟沒有任何一種人間的權力會超過太陽。在此，諸如「好死不如賴活」、「活著僅僅是為了活著」一類屬人的格言，正好也悲劇性地屬於無時間性的權力。就這樣，權力更深刻的嘴臉在此暴露出來了：它是一個板著面孔的嬉皮士，依靠它的臣民的動作紊亂維繫自己的生命，但又給了自己一個最為冠冕堂皇的面孔。作為一個嬉皮士，權力不得不偶爾容忍它的臣民不那麼正經地對待它。正是這種「不值得正經對待」的方式，比如面對權力的代理者公然做夢，面對權力的懲罰對象公開調情，恰恰打中了無時間性的權力的軟肋，也進入了無時間性的權力使用種種伎倆——比如三位一體以及幽默的兩種版本——拼命維護的那個老巢，那個隱秘的、讓人窺谷忘返而又屢屢伸手不得的三角區。

權力的技藝

依靠三位一體和權力的第一、第二種版本的幽默感,權力既將原罪製劑成功地注射到了人民群眾的自我之臀當中,又圍繞著自身、以自身為第一代領導核心(當然也是最後一代領導核心),組建起了一整套優質而複雜的藝術系統。這就是權力的技藝。秉承著寓言性寫作悠長的召喚,權力的技藝在「權力三部曲」中,得到了淋漓盡致地表達。我們從「權力三部曲」迷宮般的敘事中,至少可以抽取出權力的技藝的三種樣態:贖罪技藝、殺人技藝、組織技藝。這三者之間並無必然的邏輯聯繫(當然也不是毫無邏輯聯繫),重要的是,它們都以各自的呼吸、心跳與生殖,分別體現了權力的技藝某一個不可或缺的側面。

原罪的首要指令是:人必須在權力面前贖罪,但原罪卻不準備給贖罪者以任何形式的寬容。考慮到權力的准宗教面孔,自我之臀挨了一針原罪製劑的基本群眾需要贖罪,就更是理所當然的了。贖罪的技藝至為複雜,《法院》不過是提供了一種具體的方式。情況大致上是這樣的:專司肛門職事的痔瘡大夫「我」某一天在給一位女患者治療時,不經意間碰到了患者的私部(整個事件不超過五秒鐘),卻被患者指控為性騷擾。於是「我」就來到了某個看守所。考諸「權力三部曲」的整一性語境,尤其是考慮到具有濃厚形而上學特徵的寓言性寫作及其基本要求,問題根本就不在於是否有過性騷擾,因為那頂多只是個由頭;問題的根本實質恰恰在於:原罪需要一個就坡打滾的由頭。也就是說,「我」就這樣被原罪機緣巧合般挑中了。這自然會讓權力和原罪大為欣喜,但這只是我們這些碰巧揀了一筆小錢的群眾的常人之見;因為對權力和原罪來說,那不過是題中應有之義。我們看得很清楚,權力見到由頭之後,馬上就使出了自己的絕技:所謂三位一體,即提醒、法官與罪犯相互夢見以及罪在供述中不斷成長的總和,成了贖罪的開端甚或前提。贖罪被劃定在這個狹小的圈子內。於是「我」開始了漫長的供述。而供述,正是對贖罪技藝的直觀表達。

正當「我」為等待宣判（這是贖罪技藝的目的之一）勞神費心之時，突然被開釋了。換句話說，肛門大夫自由了。但這種自由顯然不是真的自由，權力的各種版本的幽默感對此無濟於事，即使是第三種版本對此也一籌莫展。按小說中的話說，那種自由僅僅是豬的自由：「我」仍然是有罪的，無論是在大街上還是在家裏，情況都將是這樣。在此，一個看似鬧劇實則悲劇的情景出現了：自由了的「我」還將在此後漫長的歲月裏不斷贖罪。這就是贖罪技藝的高妙之處：它把贖罪權遞交到每個個體身上，讓每個個體隨時都處在變了形的看守所、或無從變形的三位一體的密切監控之下，卻又拒絕對每個個體進行宣判。他們餘下來的後半生的唯一任務，就是滿足贖罪技藝的要求。他們是贖罪技藝拼命榨取的剩餘價值。

但也有一些幸運者註定要被宣判。和處於贖罪技藝製造出的滑稽氛圍中的那些個體相比，被宣判的人無疑是幸福的，尤其是那些被判了死罪的人。這種令人作嘔的語氣和結論聽上去荒謬透頂，卻不關我的事，因為那是權力給出的邏輯的註定結局。這種邏輯的要訣僅僅在於：人死後，不再需要包括贖罪技藝在內的一切形式的權力技藝。死人處於權力的管轄之外，儘管按照權力的本義，它是連死人也不會放過的。就是在這裏，我相信我們逼近了一個有趣的結論：儘管權力擁有宗教的面孔，但它不製造來世，也不生產天堂和地獄。它是一種具有唯物主義特性的宗教。若干年來，人類為處死罪犯，不辭勞苦地發明了許多精緻的殺人方式，各種匪夷所思的消滅肉體的技藝被炮製出來，並被重複性地落到了實處，大體上能夠說明這種唯物主義性質的宗教的本性。總的說來，感謝權力，殺人技藝在歷史的長河中，總算逐漸由殘忍變得相對溫柔，由血腥變得比較溫和。為此，《檢察大員》貢獻了一個非常有意思的例證。在接待檢察大員的晚宴上，典獄長向大員彙報了他們新近發明的殺人技術。典獄長說：

　　「那天晌午，一個年僅十八歲的劫機犯被帶進了我的辦公室——當時，高院對他的死刑命令已經下達，但我們並沒有急於

向他宣佈──全部原因基於這一點：任何人都有免於恐怖的自由。他進屋時，神色異常慌亂，以致腳步都有點不穩。我向他微笑，並且命人除去了他的手銬，而且還邀請他坐在我的對面。通過一段時間的聊天，我終於使他平靜下來，而且還暗示其極有可能被免於極刑──『如果你的行為得到完全的實施，你自己的命運就是另一類情形嘍。』他幾乎有點喜形於色，而且差一點就要跪下去謝恩。我連忙站起來，繞過桌子過去阻止他這樣做。這時候，我見到這個孩子眼睛裏已經淚光閃閃了──這是一個很好的時機，我的雙手搭住他的肩膀的一剎那，一位行刑隊員已經戴好手套悄悄貼近他身後，一枚染有劇毒的纖細的鋼針舉了起來，毫不猶豫地刺進死囚的耳後……」（第 31 頁）

看起來權力是仁慈的，因為它願意給血液中流淌著原罪製劑的人犯以溫柔的閃擊，以便讓他在幸福中安然斃命。那個只有十八歲的少年確實在幸福中死去了，但為什麼讓他死去的典獄長會發出驚恐的大叫（關於這一點我們的引文省略了）？權力的仁慈看來只對死者有效，對製造幸福感的殺人技藝和實施這個技藝的人完全失效。它只帶來恐怖。典獄長大叫一聲摔倒在地，就很準確地昭示了這層意思。對權力的技藝來說，這無關緊要，因為它只針對罪人。不管怎麼說，殺人的技藝對於被殺者越來越接近仁慈和善意。福柯（Michael Foucault）講得好：「犯罪使個人處於整個社會的對立面。為了懲罰他，社會有權作為一個整體來反對他。這是一種不平等的鬥爭，因為一切力量，一切權力和一切權利都屬於一方。」[8]福柯無疑道出了實情。基於這個堅硬的事實，殺人的技藝越來越接近仁慈和善意就是值得稱道的。關於這一點，《檢察大員》還有更為深刻的描寫：典獄長就是在幸福中被拖上絞刑架的。作為一個深諳殺人技藝的資深的權力代理者，典

---

[8] 【法】蜜雪兒‧福柯《規訓與懲罰》，劉成北等譯，三聯書店，1999 年，第 99-100 頁。

獄長在臨死前除了必不可少的幸福感外，附帶還有一點歎息：他想起了臨死前那晚上和他的女秘書堪稱動作紊亂的做愛，就是這個娘們夥同他人將他送上了絞刑架。典獄長肯定知道，那顯然是讓他得以幸福的必要環節，是仁慈的殺人技藝必不可少的步驟。在到達生命極限處的那一刹，典獄長的歎息是極為深刻的：「連最後那幾下抽搐的快樂其實都是替別人準備的。」

　　和前兩種權力的技藝形式比起來，組織技藝似乎更為隱秘、更為複雜，也充滿了更多的悖論。《重現之時》中的 X 醫生被組織脅迫後，就被不斷地告知了很多組織原則，諸如「不要提問」、「盡可能地利用黑暗」、「在組織裏，事態一經宣佈就註定是正確的」。組織技藝的唯一目的，就是要在妙到毫巔的藝術性中，盡可能保證權力的神秘性不受到任何形式的破壞。只有神秘的東西才能讓人害怕。權力諳熟這一秘密。它顯然利用了巫術，或者權力本身就是一個大巫師。此處不妨引用一段較有說服力的話。這是一位土人對前去調查他的人類學家說的：

> 我們怕天地之間的一切精靈，所以天長日久，我們的祖先才定下了那麼多規矩；這是從世世代代的經驗和才氣中得到的，我們不知道，也猜不出原因在哪裡，我們遵守這些規矩，是為了平平安安過日子，凡是不知道的東西我們都怕，身邊見到的東西我們怕，傳說和故事裏講的東西也怕，我們只好按老規矩辦，只好遵守我們的禁忌[9]。

　　但問題顯然不在於組織技藝本身，也不在於組織為什麼有那麼多自相矛盾、充滿各種悖論的規則，問題在於權力的技藝必須要假借組織原則，才能將自己的神秘性貫徹到底；通過這一技術，才能保證原罪製劑在人民群眾的自我內涵中永久性地發揮作用。自我之臀生來就是挨針的，這也是一種技藝。

---

[9]　轉引自王學輝《從禁忌習慣到法起源運動》，法律出版社，1998 年，第 9 頁。

贖罪技藝讓人一勞永逸地獲得了罪人的身份,殺人技藝讓人一勞永逸地免於一切權力的技藝形式。在這兩種情況下,人要麼永遠只有一種身份(罪人身份),要麼永遠不再需要身份(死人無所謂身份)。比上述種種有過之而無不及的是組織技藝:它最終讓人失去了身份卻又命令人活著。這是一種更為嚴厲的懲罰。無論在任何時代,一個沒有任何身份的「肉人」都是不可思議的。他只是一個紙人、一道陰影;因此,指稱這個「肉人」的「他」必須轉渡為「它」。在這裏,所謂「比死還可怕」的俗語不是修辭,而是事實。根據《重現之時》的敘事邏輯,不僅 X 醫生,而且是被《重現之時》包納進去的所有人等,最後都將在組織技藝的操策下,落得喪失身份的下場。比如說,那個肉感而觸手可得的 L 是誰?那個酒後吐真言、無意間被權力的第二種幽默版本掌控了的博士是誰?反覆出現的那個「泥表妹」是誰?他們從哪裡來?他們究竟在幹什麼?他們分別是妻子、丈夫或別人的情人嗎?而頂替 X 醫生的那個傢伙又是誰?難道他在組織技藝的密切關照下,最終不會成為另一個將被別人全方位頂替的 X 醫生嗎?

如果說權力的神秘性帶來了各色人等在動作上的紊亂和失常,從邏輯上講,權力的技藝則會給各色人等帶來動作上的迷霧感和虛幻感。這是一種集體性的迷霧和虛幻。在此,所謂迷霧,就是不清晰;所謂虛幻,就是不真實。無論一勞永逸地成為罪人、一勞永逸地不再忍受權力的技藝的折磨,還是徹底喪失身份而又堅強、無奈地活著,各色人等在動作/行為上都充滿了迷霧和虛幻。是權力的技藝讓他們時而往東時而往西,是權力的技藝讓他們像無頭蒼蠅一樣隨意出沒,像幽靈一樣既沒有背景,也沒有出處。在權力的技藝的操策下,每一個人都是本質上的非人,每一個人的動作看似目標明確實則毫無目的。他們都是胡奔亂竄的力比多,是毫無方向感的自由電子。因此,假如說動作的紊亂和失常讓我們窺見到權力的嬉皮士面孔,動作的迷霧感和虛幻感則讓我們看到了權力的詩人本性。但它無疑是一個精於計算和算計的詩人:它總是在計算和算計被它掌控了的人民群眾的動

作。一方面，它極具想像力，頭腦始終處於亢奮發熱的狀態，以致於讓它的人民群眾疲於奔命；另一方面，在它掌握下的所有人的動作都得到了它的精心考量。正是在權力的技藝如此這般地擺佈下，「權力三部曲」中的各色人等歸根到底都不需要身份，因為身份是無關緊要的；集體性的動作迷霧和虛幻才是目的。他們都是「肉人」。「權力三部曲」的寓言性寫作導致的敘事，正給了表達上述意念以極大的方便。

靈魂在下邊

現在，我們終於可以較為直接地說到「權力三部曲」植根其中的形而上學究竟是什麼意思了。無論我們在前邊如何囉囉嗦嗦地講述過雜交時代、權力的無時間性、原罪等什物的種種特性，它們最終都不過是指向同一個東西，就像傳說中的九九歸一那樣：它們都指向不變的、本質的現實。這個不變的、本質的現實既是上述一切的結果，又以上述一切為內容。在「權力三部曲」中，這差不多是自然而然的事情，正好對應了寓言性寫作的基本要求。至此，我們看得異常清楚，所謂的形而上學只具有表面上的神秘性，它不過是指稱一種無時間性的歷史：無論時間如何無事忙般忙著它的流逝，也無論時間在永恆的流動中，帶出了何種具體的、面孔各異的現實，但以權力的無時間性、罪的絕對性為根本內容的不變的本質的現實，始終是無時間性的歷史的恆定內容。由此，「權力三部曲」最終給出了對於歷史的另一種解讀法：我們的人類生活中，始終存在著一種形而上學的歷史；具體展開的、具有唯一現實性的流動的歷史，不過是對形而上學的歷史熱火朝天的體現。在這裏，不變的、本質的現實全方位等同於形而上學的歷史：兩者互為形式和內容，也互為「因為」和「所以」。但它們在骨殖深處，不過是關於權力的哲學的不同說法或不同名稱而已。

從表面上看，形而上學的歷史和黑格爾（G.W.F. Hegel）的歷史哲學差不多：前者以權力和罪的無時間性為根本，後者以絕對觀念為實質。但這顯然是一種荒唐的結論、窮措大的結論。大體說來，黑格

爾的歷史觀是所謂絕對觀念的無時間性的自行推演，它有自己的目的，其最高形式據老黑保證說，就是他神聖的普魯士王國；「權力三部曲」提供的歷史形式儘管也是無時間性的，但它從來就不曾在無時間性中自行推演，而且在具體的推演過程中，帶出了集體性的動作紊亂和失常、集體性的動作迷霧和虛幻，因而形而上學的歷史根本不存在一個最高形式的目的或終極歸宿。黑格爾的歷史是在絕對理性的層面上理性地展開，否則不會合乎邏輯地達到一個最高形式，而且碰巧還是他的普魯士王國；「權力三部曲」給出的形而上學的歷史從表面上看，也在理性的層面上理性地展開，諸如三位一體、前兩種版本的幽默感就是出於理性的考慮而設置，但它最終的後果卻是非理性的，否則就不會有集體性的動作紊亂和失常、集體性的動作迷霧和虛幻。更重要的還是雜交時代的出現。雜交時代顯然具有雙重性（出於寫作技術上的考慮，本文一開篇只強調了它的形而上學特性）：一方面，它獲得了本質的現實、無時間性的歷史的授權，因而具有高度的不變性；但另一方面，它又是框架三位一體、各種幽默版本、權力的神秘性和權力的技藝的時間容器。因此，雜交時代歸根到底只是一個臨界點：它一頭連接著本質的現實，另一頭則連接著流動的現實。它是一個橋樑。正是這一點，隱隱約約暗示了形而上學的歷史根本不會有所謂的最高目的、最後歸宿。它只是它本身。

千萬不要以為「權力三部曲」是在為形而上學的歷史叫好，雖然「權力三部曲」的敘事邏輯能夠讓我們很容易得知，形而上學的歷史才是一切流動的現實的邏輯依據、一切流動著的歷史展開自身的唯一出發點。「權力三部曲」不過是在揭示出形而上學的歷史已經存在的基礎上，對形而上學的歷史展開的批判罷了。這就是「權力三部曲」的基本目的之所在。即使是最為粗心的讀者，也會較為容易地從「權力三部曲」中，窺見各個敘事人對這種亙古不變的歷史掩飾不住的厭惡、情不自禁的憎惡。「權力三部曲」之所以不惜以精湛的筆法，揭示、暗示、昭示權力以及輔助性的三位一體、原罪以及它所需求的各種贖罪方式、幽默版本、權力的神秘性以及它帶來的後果、權力的技

藝以及它的各種表現形式……是因為它最終想表達對形而上學的歷史的絕對憎恨。這實在是沒什麼好說的了。

小說和哲學相比有一個極大的區別：小說為動作編碼，哲學為動作下結論；小說直接面對動作並以動作體現小說的目的，哲學則直接賦予動作以意義並將動作掩蓋起來。「權力三部曲」通過寓言性寫作、通過寓言性寫作帶出來的具有臨界點性質和橋樑性質的雜交時代，對權力、原罪進行層層追剿，最終將權力落實到人民群眾的動作上。但那不是一般的動作：它就是我們反覆提及的集體性的動作紊亂和失常（由權力的神秘性提供）、集體性的動作迷霧和虛幻（由權力的技藝提供）。雖然這兩者都導致了歷史的非理性，但對於權力本身，它們仍然有著巨大的差別。前者表徵的是無時間性的權力的嬉皮士面孔，後者則揭露了權力的詩人面目。嬉皮士面孔暗中昭示了權力的失敗和無能，詩人面目則公開表明了權力的絕對成功。前者告訴我們：我們有能力以自己的動作紊亂和失常破罐破摔地反抗權力，推翻加在我們頭上的原罪；後者則表明：我們最終不過是權力掌控下的虛幻的人、虛構的人──如果考慮到權力的詩人面孔所表徵的對動作的計算和算計，情況也許就更加明顯。

儘管「權力三部曲」表達了對形而上學的歷史的絕對厭惡，但它也清醒地道明瞭：從盤古王開天闢地到而今，權力大體上是成功的，否則，根本就不存在不變的、本質的現實，根本就沒有形而上學的歷史這種人類的基本生存事實；畢竟敢於動用權力的第三種幽默版本（即權力不值得正經對待）的人，總是少之又少，即使有人偶爾勉強動用這一幽默版本，也始終處於偷偷摸摸之中，就像革命時期的床上行為一樣──那也是一種反抗。少數勇敢者的出現，根本不足以說明任何問題，更不足以動搖形而上學的歷史的根基。何況少數勇敢者的目的，也不是要去動搖人家的根基，而是想從人家的宮殿上分一杯殘羹冷炙，想充當人家的臨時代理人。因此，我願意十分悲哀地說，許久以來，無數的哲人、恒河沙數的思想家和藝術家對人類精神的讚揚很可能搞錯了，因為他們給了人類精神、人類靈魂以某種向上的姿

勢。這剛好和權力命令我們低頭有著根本性的抵觸。當然,向上的姿勢值得我們永遠尊敬,但它無疑是悲壯的,也不那麼可信。或許和許多前輩大師們的作品一樣,「權力三部曲」中的種種描寫才算道出了一鱗半爪的真相,儘管這真相讓我們震驚,卻不能讓我們欣喜。畢竟真相總是讓我們沮喪。「權力三部曲」通過對動作的編碼,通過對權力及其各種特性、本質的現實、原罪及其各種表現形式的揭發,給了我們的靈魂一種現實中的去處。這個現實同樣是本質的、不變的現實。

在《檢察大員》臨近結尾處,多年前差一點被蘭橋監獄的絞刑架絞殺的檢察大員,和即將親自驗證絞刑架之功能的典獄長,討論了絞刑架與靈魂之間的關係:

> 「……這麼多年來老夫一直放不下一個問題:如果事情沒有轉折,我究竟會怎樣死去?此前我還以為自己被繩索扯離地面一點點死去哩,誰知道死亡是朝著相反的方向——是墜入死亡,是永劫不復的……」
> 「待會兒我會領您去下面那間看看,」典獄長說,「那口石槽也要被更換。」
> 「我就不下去了。老夫對靈魂方面的事情興趣不大。」(第38頁)

《檢察大員》接下來簡短、令人眩目的結尾會更清楚地告訴我們:只要作為權力的物化形式的絞刑架存在一天,我們的靈魂就始終處於下邊。上了絞刑架的典獄長親自證明了這一結論:靈魂在下邊。這是權力運作的結果,是形而上學的歷史中和本質的現實中亙古不變的內容,也是人類生活史上最為隱蔽的內容。無論是三位一體、權力的幽默版本還是權力的神秘性、權力的技藝及其三種表現形式,都以它們的合力而不是以它們各自單獨的力量,始終在矢志不渝地促成這一內容的不斷生成。通過集體性的動作紊亂和失常、集體性的動作迷霧和虛幻,我們的靈魂在不斷地一步步向下、再向下。那裏,是我們靈魂的居所;那裏,才是我們最終的家園。多少年來,一切美妙的彼

岸承諾，一切超生和超升的說教，一切向上飛翔的姿勢，既是對「靈魂在下邊」這個基本事實的持久反抗，因而讓我們為之感激莫名；又是對形而上學的歷史的根本要求的暗中回應，這讓我們每念及於此，不禁萬念俱焚。沒有人會比權力本身更清楚如下事實：所有形式的反抗，最終沒有哪一次不是在給「靈魂在下邊」這個堅硬的命題以巨大的推動力。這就是不變的、本質的現實最為內在的涵義：

> 一個不分主次記述事件的歷史學家，所遵循的是這樣一條真理：對於史學來說，過去發生的任何事情都沒有消失。確實如此。不過，人類只有獲得贖救才能全盤接受它的過去——也就是說，人類只有獲得贖救，其過去的每一刻才是可喜可賀的。到那時，它所經歷的每一刻都將受到嘉獎——而那時便是最後審判日[10]。

2005 年 2 月 12-16 日，北京豐益橋。

---

[10] 【德】瓦特・本雅明（W. Benjamin）《歷史哲學論綱》,《本雅明文選》，陳永國等譯，中國社會科學出版社，1999 年，第 404 頁。

邏輯研究

慘澹柴桑句，蒼涼易水絲。
夜長夢不破，灰冷氣難吹。

——張岱

開篇

　　自從有了語言，也就有了包涵在語言當中的邏輯。語言和邏輯始終有機地混合在一起：它們是一枚硬幣的正反兩面並最終構成了那枚硬幣。雖然語言和邏輯的起源是一個難題和絕密，但如果有人說，語言是和邏輯一道逐漸心思縝密起來的，大概不會有任何執法部門找這個人的麻煩。感謝語言和邏輯，因為有了它們，我們才擁有了把握物理世界與生活世界的武器。時光在嫁風娶塵中翩然流逝；到了黑格爾（G.W.F. Hegel）的時代，邏輯學被認為是研究純粹理念的科學，是研究思維、思維的規定和規律的科學[1]。老黑過於病態的科學主義崇拜我們不必理會，儘管他有他的道理；我想說的是，邏輯學除了有可能是科學外，更有可能成為非科學的東西。它的基本情形大體上是：在嚴密的推理後，相對於生活事實，得出的卻是錯誤的結論；在謹慎的推拿後，得到的剛好是具有黑色幽默性質的理念——正是在這裏，邏輯或邏輯學以它自命的高貴特性從反面嘲諷了科學，也從正面調戲了生出它或經由它才呱呱墜地的生活。千萬不要由此天真地認為，非科學的邏輯學就是無效的邏輯學；恰恰相反，在不少時刻，它的效用

---

[1]　參閱黑格爾《小邏輯》，賀麟譯，商務印書館，1980 年，第 63 頁。

往往超過了自命科學的邏輯學——儘管我們確實在按邏輯行事，但邏輯肯定不是我們行事的唯一憑據，甚至不是主要憑據。

儘管中國沒有專門的邏輯學（因明學不能算中國特產），卻絲毫不能說明中國人居然沒有邏輯，只不過咱們中國人民藉以為生的「邏輯學」和黑格爾崇拜的科學主義邏輯學關係不大。試比較如下兩個推理，我敢擔保它們都來自土生土長的漢語：

> 曰：「以馬之有色為非馬，天下非有無色之馬也。天下無馬，可乎？」
>
> 曰：「馬固有色，故有白馬。使馬無色，有馬如已耳，安取白馬？故白馬非馬也。白馬者，馬與白也。馬與白馬也。故曰白馬非馬也。」[2]

陳清揚找我（即王小波中篇小說《黃金時代》的主人公王二）證明她不是破鞋。……我對她說，她確實是個破鞋。還舉出一些理由來：所謂破鞋者，乃是一個指稱，大家都說你是破鞋，你就是破鞋，沒什麼道理可講。大家說你偷了漢，你就是偷了漢，這也沒什麼道理可講。至於大家為什麼要說你是破鞋，照我看是這樣的：大家都認為，結了婚的女人不偷漢，就該面色黝黑，乳房下垂。而你的臉不黑而且白，乳房不下垂而且高聳，所以你是破鞋。假如你不想當破鞋，就要把臉弄黑，把乳房弄下垂，以後別人就不說你是破鞋。這樣做當然很吃虧，假如你不想吃虧，就該去偷個漢來。這樣你自己也認為自己是個破鞋。別人沒有義務先弄明白你是否偷漢再決定是否管你叫破鞋。你倒有義務叫別人無法叫你破鞋[3]。

上面兩個看似搞笑的推理，一個來自被中國的知識精英們大聲嘲笑了兩千多年的公孫龍子，另一個來自當代中國小說家王小波的中篇小說《黃金時代》。至少從表面上看，兩個推理都堪稱思維縝密，但

---

[2]　《公孫龍子·白馬論》。

[3]　王小波《黃金時代》，《王小波文集》第 1 卷，中國青年出版社，1999 年，第 4-5 頁。以下凡引該書中的文字，一律隨文只注頁碼。

從把握事實的層面上，我們卻看到了邏輯本身帶出來的荒謬性和戲謔性：按照公孫龍子的推導，即使是遍尋世界恐怕也很難找到一匹馬，因為每一匹馬，都令公孫龍子或高興或絕望地具有不同的膚色[4]；依照王二（即上引《黃金時代》中的「我」）嬉皮笑臉的邏輯推拿和修辭按摩，尚不是破鞋、也從未想過要成為破鞋的陳清揚，實在有必要寬衣解帶、仰面朝天地變作一隻破鞋。如果採用黑格爾的慣常方式，對上述兩種推理過程進行純粹思維上的提煉，由此而來的邏輯學，大概不能算作科學意義上的邏輯學，很可能正好是科學的反面。

我們有足夠的經驗和理由相信，我們的生活或者動作／行為在不少時刻，遵循的並不是科學的邏輯學（比如「吸煙有害健康所以不能吸煙」就被廣大香煙愛好者棄若敝屣），而是公孫龍子尤其是王二信奉的那種邏輯學（比如「因為我討厭 XX，所以我相信 XX 決不是真的或 XX 根本就不存在」）[5]。除此之外，更值得考慮的是，各個不同的時代都擁有各不相同的邏輯學，各種不同的邏輯學往往還喜歡披上一件科學的或類似於科學的外衣（比如理學中常常宣稱的「天不變道亦不變」）；之所以有必要披上這件刺人眼目的黃馬褂，是因為科學擁有高度的保真能力，該邏輯學也就因此具有了掌握群眾的絕對合法性，頗有些類似於一加一等於二、三角形的三個內角之和等於一百八十度——誠如舍斯托夫（L.Shestov）曾經嘲笑過的那樣[6]。儘管從事實的層面上看，古往今來的各個朝代的各種邏輯學並不真的具有科學性，儘管它們的推導，差不多都建立在一些東倒西歪的邏輯演算的基礎上，但這絲毫不妨礙它們自命科學，絲毫不影響它們對自身合法性具有獨裁或極權主義般的保障。然而，最應該注意的卻是：應和著該

---

[4]　公孫龍子在邏輯思維的形式化方面的努力是非常重要的，但此處我們不可能對此有什麼申說，因為那不是本文的任務。

[5]　關於這一點，王小波在《黃金時代》中有過十分有趣的描寫。參閱《王小波文集》第 1 卷，中國青年出版社，1999 年，第 17-18 頁。

[6]　參閱舍斯托夫《在約伯的天平上》，董友等譯，三聯書店，1992 年，第 8-20 頁。

邏輯學的囂張和狂妄，作為應對這種邏輯學的可能方式，諸如王二式的戲謔性的邏輯學的悄然現身，就是完全可以想見的事情了。

透過字面的表層稍微往裏看，戲謔性就是軟性、無可奈何與不可救藥的軟性，或者就是靠近軟性那一端的東西。感謝一貫善長把話給說回來的辯證法，軟性並不意味著沒有力量。我們的莊子就用比喻的方式論證過，天下至柔之物莫過於水，但天下最有力量之物也莫過於水；巴赫金（Mikhail Bakhtin）則從經驗主義和歷史主義的雙重角度論證過，打擊過於板正的體制的最有力量者，莫過於看似柔軟的戲謔性。巴赫金在前蘇聯那個想抽煙卻沒有煙抽的戰爭年代，神色嚴峻地說，看看人家拉伯雷（F.F.Rabelais）是怎麼幹的就知道此中秘訣了[7]。這一切，或許正好暗示了一個和我們此時此刻的目的渾然相關的結論：邏輯學是在時間的線性流逝中不斷誕生的，更是在單向的時間之矢中方生方死、旋起旋落的。除了那些真的具有純粹科學特徵的邏輯學（比如高度形式化的數理邏輯），沒有哪種與某個時代密切相關、水乳交融的邏輯學真的會天長地久。古往今來，各個朝代早已四散開去，擺放在這片龐大廢墟之上的主要事物之一，正是四散開去的不斷誕生出來的五花八門的邏輯學。這些邏輯學從時髦學者所謂的「學理」與「合法性」方面，的確成功地支撐了各個朝代的正常運轉；而當一個朝代轟然坍塌後，屬於這個朝代的邏輯學也就應聲倒地，新的時代和新的邏輯學則拍馬趕到──儘管新的邏輯學未必與其前任有本質區別。於是，我們才有機會瞻仰到那麼多四散在歷史廢墟之上的邏輯學的屍首與木乃伊。那的確是充滿著另一種戲謔性的好景致，雖然它常常被痛心疾首的歷史學家痛心疾首地命名為悲劇。

公孫龍子距離我們太過遙遠，黑格爾的邏輯學又太具有自命的科學主義色彩。它們（他們）都和我們今天的生活關系不大，實在沒有必要說三道四。此時此刻，我最感興趣的，是在《黃金時代》中誕生

---

[7] 參閱巴赫金《拉伯雷的創作與中世紀和文藝復興時期的民間文化》，李兆林等譯，河北教育出版社，1998年。

的那種特殊的邏輯學。但我不準備不自量力地追溯《黃金時代》中那種特殊的邏輯學誕生的起點和誕生的原因，只願意知趣地把它的存在當作既成事實，進而描述它的各種情形。實際上，我們之所以能夠這樣做的理由，已經被《黃金時代》的作者預先攤明瞭：

> 本世紀初，那個把倫敦的天空畫成紅色的人，後來就被稱為「倫敦天空的發明者」。我這樣寫了我們的生活，假如有人說，我就是這種生活的發明者，這是我絕不能承認的。眾所周知，這種發明權屬於更偉大的人物、更偉大的力量。（《王小波文集》，第 1 卷，第 393 頁）

王二的邏輯學

按照中篇小說《黃金時代》充滿狂歡色彩的敘事，王二顯然生活在一個荒謬絕倫的年代。依照敘事人王二的暗示：荒謬，只有荒謬，才是那個時代生活的基本內裏。和所有時代一樣，那個時代也有它特定的、支撐了那個時代的邏輯和邏輯學；和其他所有較為長壽或較為短命的時代所擁有的邏輯學一樣，它也能夠思維縝密地保證荒謬完好地推演它自身，並由此組建了一個令人目瞪口呆，但在當時看上去又極為合理、極為正當、極具「科學」特性的年代。在《黃金時代》中，這個年代叫文化大革命，叫知識青年上山下鄉，按照需要，有時也叫祖國山河一片紅。那個時代的邏輯學（簡稱時代的邏輯學）的基本句法是：因為我註定要將諸位帶向一個人間天堂，所以我有權要求諸位按我說的話去做，哪怕為我付出生命的代價——低於生命的代價就更不用說了。這是一種強硬的邏輯，但它是科學的麼？儘管從「因為」、「所以」上看很像那麼回事。作為一個剛滿二十歲的年輕人，被時代的邏輯學敲鑼打鼓從北京趕往雲南某農場修理地球的王二，無疑正處於自己的黃金時代。按照他彼時彼刻的心理和生理欲求，他「想愛，想吃，還想在一瞬間變成天上半暗半明的雲」。（《王小波文集》，第 1

卷，第 8 頁）看得出來，黃金時代自有它來源於力比多（Libido）之深處的邏輯和邏輯學，這種可以被名之為黃金時代的邏輯學的東西，由於力比多的過於強大因而力大無比，並不因它寄居的時代的荒謬性改變其性質；這種性質的邏輯學反對沉重的土地，嚮往輕盈的飛翔；最後，這種性質的邏輯學的基本句式是：因為我年輕，所以我有幻想的權力；因為我有太多的力比多，所以我必須得到滿足。和時代的邏輯學一樣，這種邏輯學也是一種強硬的邏輯學，即使是《黃金時代》過於俏皮的敘事語調，也無法降低它的強硬性，或者說，俏皮的語調反而在暗中凸顯了它的強硬性。惟因其俏皮所以更見力量。但也就是在這種俏皮的敘事中，黃金時代的邏輯學與時代的邏輯學發生了激烈的衝突。前者從力比多那裏獲得的教益是發自肺腑地認定：王二兩腿之間那個「通紅發燙、直不楞登、長約一尺的東西」無比重要，它甚至就是黃金時代之存在本身；後者對此卻持完全相反的看法。依照時代的邏輯學堅定、決絕的意見，王二身上那個尺把長的玩意正好是罪惡的化身——它的最大罪惡，就在於它有可能阻礙時代的邏輯學的正常輻射，從而阻礙一個時代的正常運行。因此，在那個特殊的年代，供王二那類力比多無比正常的人得以超升大化的天空被完全擯除了，留給他們的，只是痛苦的土地、揮霍與浪費黃金時代的土地（此即「修理地球」的根本語義），但它又令人驚訝地促成了黃金時代對自身的建構。對王二來說，建構的動力當然來源於黃金時代的邏輯學，但更來源於黃金時代的邏輯學與時代的邏輯學相互之間構成的巨大張力，這種張力最終構成了王二的邏輯學。

其實，一切時代都存在著這種邏輯學上的衝突——在暗中支撐一部二十四史的最大秘密也正在於此；這種性質的衝突並不為某個特別搞笑的時代所獨有——畢竟分屬於每一個時代的邏輯學大都是長者們炮弄出來的。而長者，根據柏拉圖（Plato）的定義，就是喪失了性渴望，因而備受尊敬的人[8]——至於性渴望的喪失和長者、長者所代表

---

[8]　Plato, The Republic, Translated by Benjamin Jowett, 1937, Cambridge, p122, p187.

的時代的邏輯學有何關係，大可以去諮詢佛洛伊德（Sigmund Freud）。即便如此，王二面對的情況仍然具有特殊性：一個荒謬的時代之所以荒謬，其邏輯學必定有它更為匪夷所思的地方。喬治‧奧維爾（George Orwell）在《一九八四》中給出的描寫，或許能部分切中那個「更為匪夷所思的地方」。奧維爾的女主人公，也就是那個在絕對禁欲主義時代裏熱愛性交的裘利亞，一語中的般地說：「你做愛的時候，你就用去了你的精力；事後你感到愉快，天塌下來也不顧。他們不能讓你感到這樣。他們要你永遠充滿精力。什麼遊行，歡呼，揮舞旗幟，都不過是變了質、發了酸的性慾。要是你內心感到快活，那麼你有什麼必要為老大哥、三年計畫、兩分鐘仇恨等等感到興奮？」被老大哥的邏輯學壓抑得過於長久的裘利亞，終於受虐性地得出了她的一整套邏輯學，並由此開創了濕漉漉、毛茸茸的充滿了性感與心跳的生活。裘利亞的邏輯學具有極為強烈的悲壯色彩——裘利亞是聽從肉體和靈魂的召喚，冒著被槍斃的危險參與到做愛大軍中去的；黃金時代的邏輯學在同自命科學的時代的邏輯學的衝突中，則誕生了王二的邏輯學。僅僅從《黃金時代》的敘事語調上，我們就能窺知，與裘利亞過於悲壯的邏輯學截然相反，王二的邏輯學在本質上是一種戲謔性的邏輯學：嬉皮笑臉、滿臉壞笑，而又滿載著自身的荒誕、黑色幽默與精液的濃烈腥味，尤其是調笑性的精液的濃烈腥味。在《黃金時代》中，戲謔性的邏輯學始終與力比多血肉相連。但歸根結底，它來自於黃金時代的邏輯學與時代的邏輯學之間的漫長對峙、嚴厲逼視。它是兩種邏輯學的合力的結果，從來就不單獨來自兩者之中的哪一種——從比喻的意義上說，它遵循力的平行四邊形法則；從「邏輯」上說，既然任何一個時代都存在著黃金時代的邏輯學和時代的邏輯學之間的衝突，那麼，衝突的結果並不只是戲謔性的邏輯學。後者不過是被王二迎頭撞上了而已。在此，戲謔性的邏輯學遵從的邏輯句法是：因為時代的邏輯學看似科學實則荒誕，所以王二的邏輯學必須具有戲謔特性因而必須是黑色幽默的，而黑色幽默最終表徵著一種犬儒主義式的反抗。但這是一種至關重要的反抗，因為沒有它，王二連一個荒誕的人

生都不會擁有，或者，王二在一個荒誕的時代根本沒有活路──《黃金時代》在嬉皮笑臉的敘事框架中，早已暗示了這個結論。

戲謔性的邏輯學（即王二的邏輯學）來自於黃金時代的邏輯學和時代的邏輯學之間力量懸殊的角鬥，所以它必須擁有善解人意的特性；黃金時代的邏輯學無論從任何角度看，都遠低於時代的邏輯學，所以戲謔性的邏輯學看待自己的眼光自然就要低一些。這決不是比喻或修辭，僅僅是挺立於某個時代之要塞上的強硬事實。它就平平常常地擺在那裏。因此，《黃金時代》中誕生的那種邏輯學所暗含的善解人意，必須是對時代的邏輯學的寬宏大量。一方面，秉承著力比多的教誨，同時也在戲謔性邏輯學的教唆下，一向清高自傲、根本就不熱愛性交的陳清揚終於和王二搞起了破鞋，而且極盡淫蕩之能事──這當然體現了戲謔性邏輯學的強大；但另一方面，當王、陳二犯東窗事發被捉拿歸案到「人保組」時，王、陳二犯不僅秉承領導上的旨意關起門來寫交待，還心悅誠服地接受人民群眾的大會批判──這無疑是戲謔性邏輯學的善解人意了。作為小說的敘事人，王二對此有過極好的陳述：

> 後來人保組的同志找我商量，說是要開個大的批鬥會。所有在人保組接受過審查的人都要參加，包括投機倒把分子、貪污犯，以及各種壞人。我們本該屬於同一類，可是團領導說了，我們年輕，交待問題的態度好，所以又可以不參加。但是有人攀我們，說都受審查，他們為什麼不參加。人保組也難辦。所以我們必須參加。最後的決定是來做工作，動員我們參加。據說受受批鬥，思想上有了震動，以後可以少犯錯誤。既然有這樣的好處，為什麼不參加？到了開會的日子，場部和附近生產隊來了好幾千人。我們和好多別的人站到臺上去。等了好半天，聽了好幾篇批判稿，才輪到我們王陳二犯。原來我們的問題是思想淫亂，作風腐敗，為了逃避思想改造，逃到山裏去。後來在黨的政策的感召下，下山棄暗投明。聽了這樣的評價，

我們心情激動，和大家一起振臂高呼：打倒王二！打倒陳清揚！（《王小波文集》，第 1 卷，第 31 頁）

上引文字中有許多明面上的「因為」、「所以」，還有不少掐頭去尾、暗藏起來的「因為」、「所以」，更有許多建立在「因為」、「所以」之上的似是而非的推理。那種種推理並不符合科學，但它成功地生產出了具有滑稽特性的動作／行為：那些「因為」、「所以」組成的邏輯推導，只是對戲謔性邏輯學的具體展開，但暗藏在推導過程中的胳膊與大腿、胸腔與排骨，卻從動作／行為方面肉身化地組建了王二的邏輯學。作為這種邏輯學的承擔者兼發明者，不用說，小說的敘事人王二對此肯定心知肚明。更重要的是，從上引文字中，至少從表面上看，黃金時代的力比多和戲謔性的邏輯學一道，向自命科學的、堅硬的、板正的時代的邏輯學繳械投誠了；黃金時代的力比多，大規模地敗給了那個時代之精囊深處四下晃蕩的、更為混濁晦澀的力比多。但這只是表像。實際上，戲謔性的邏輯學因了它柔軟的戲謔性，早就擁有了足夠多的狡猾和調皮，因此，所謂善解人意，最終不過是一種以退為進、以守為攻的新型游擊戰術──犬儒主義的游擊戰術。它屬於黃金時代，也屬於特定年頭某個人的黃金時代的力比多。透過《黃金時代》嬉皮笑臉的敘事表皮，我們看得非常清楚，就是在這種怪模怪樣的邏輯學的推動下，王二展開了他在黃金時代期間豐富多彩的個人生活。

在《黃金時代》中，王二的生活始終以充滿戲謔性的性生活為中心。這是黃金時代的邏輯學所支持和認可的。要做到這一點並不難：首先，王二邏輯謹嚴地向陳清揚證明，他和後者搞破鞋，始終在王二的邏輯學的控制範圍之內，也為王二的邏輯學所鼓勵和支持，這弄得陳清揚覺得自己不和王二瞎搞都不好意思；然後，為躲避時代的邏輯學的管制，依照戲謔性邏輯學開出的線路──那無疑是散發著精液之腥味的線路──，被時代的邏輯學逼迫著從北京前往雲南修理地球的「王陳二犯」，逃到了雲南的大山裏，在天高野闊之間，在清風和綠草之間，在黑夜之頭和白晝之尾，夜以繼日地做愛。但也就是在這種

極具軟性特徵的邏輯學的幫助下,「王陳二犯」善解人意地給了時代的邏輯學以顯示自己的機會:他們有感於時代的邏輯學的威風,趁著放縱的間歇下山了,自願回到他們存身的農場接受批鬥。但戲謔性的邏輯學顯然不會到此為止:它在給予時代的邏輯學以機會的同時,也沒有讓「王陳二犯」在鬥爭會和寫交待的間歇,放棄搞破鞋;更有甚者,它還讓「王陳二犯」在明知有人注視和偷窺的情況下,明目張膽地瞎搞。更加不可思議的是,每次挨了批鬥回到住處,陳清揚都會性慾勃發。作為戲謔性邏輯學的發明者和執行者,王二理所當然要迎合他的同伴。

出於對時代的邏輯學的唱和,在《黃金時代》中,鬼使神差地出現了王二的邏輯學以及這種邏輯學的基本句法,也命定地出現了王二的邏輯學的基本內涵即戲謔性與黑色幽默。至此,王二以他動作/行為上的放縱,終於將自己推到了一個受虐狂的位置上:時代的邏輯學和黃金時代的邏輯學相互之間的張力,最終體現在受虐狂的形象上,並為受虐狂的形象所承載——「王陳二犯」心悅誠服地高呼打倒自己的口號,正絕好地表明瞭這一形象的涵義。但是,出於對王二的邏輯學的忠誠,《黃金時代》中的受虐,歸根到底是一種戲謔性的受虐,是受虐者心如明鏡似的、帶著笑意的受虐,也是化眼淚為笑臉的受虐。受虐狂的形象十分完好地體現了戲謔性邏輯學的本義,受虐本身就具有一種邏輯學上的內涵;如果你不嫌寒傖,我願意說,這種內涵剛好和王二的邏輯學的本質內涵一拍即合:如果無法從正常的渠道滿足黃金時代的邏輯學的基本要求,從不正常的渠道(比如受虐)尋找突破口,又有什麼不對?

王二的如上舉動,很可能讓人覺得他太過放縱、太不要臉。但這恰好是戲謔性邏輯學的根本秘密,也是那個特殊年代受虐的邏輯內涵的最大隱私。和哈謝克(Jaroslav Haek)筆下的好兵帥克一樣,王二也無師自通地掌握了一套讓派他打仗的人輸掉的藝術,這個藝術的唯一秘訣,就是故意帶著笑意和明鏡般的內心,心悅誠服地接受受虐狂的身份;和帥克以自己表面上的弱智完成了這一藝術不同,王二是在尺把長的那玩意、那個黃金時代之存在本身的指引下,以公開的、故

意受虐性的不要臉，嬉皮笑臉而又準確無誤地證明了時代的邏輯學內部伸手不見五指的黑暗。不過，與事物深處的黑暗絕然不同——事物深處的黑暗始終充滿了善意的秘密，並以此支持了事物的和諧、保護了事物的和諧——時代的邏輯學內部的黑暗，意味著它深入骨髓的荒謬。這種荒謬絕不僅僅針對黃金時代、尺把長的小和尚（即王二的生殖器——引者注）、性和力比多。正如偉大的革命導師史達林同志所說，對付強盜最好的方式就是強盜的方式，對付荒謬的較好辦法或許就是雙倍的荒謬。因此，在王二的邏輯學中，在王二的自願受虐中，旁若無人地性交，或者是在向「人保組」寫的交待材料中，無所顧忌地敘述自己的淫蕩，更是雙倍的荒謬。不要臉就是雙倍的荒謬。受虐就是雙倍的荒謬。王二的邏輯學，就這樣得以讓王二在一個荒謬的年代，以自動受虐者的身份保證了身體的正常抽搐，保證了他像一條異常活躍的精蟲一樣，理所當然地四處奔竄，以便把自己的黃金時代盡可能高質量地花完。不過，我們願意在此大煞風景地追問一句：那真是高質量的嗎？

因此，王二的邏輯學歸根到底是一種反諷性的邏輯學。和黑格爾、費希特（Johann Gottlieb Fichte）、施萊格爾（Johann Elias Schlegel）等人對反諷的要求與定義有些類似，反諷性的邏輯學首先針對的不是它的敵人，而是它自身。它的內在口吻是：在這樣一個偉大的時代，你只配過這種不要臉的公開亮出隱私和隱蔽部位的日子；其次才針對時代的邏輯學，它的內在口吻是：在這樣一個偉大的時代，它的子民過著如此不要臉的生活是無比正當的事情。不過，完全沒有必要把反諷性的邏輯學拔高到對時代的邏輯學進行有意消解的崇高位置上。時代的邏輯學不可能得到反諷性邏輯學的消解——我們早就論證過，王二的邏輯學歸根結底表徵著一種犬儒主義式的反抗，沒有能力動搖時代的邏輯學暫時還顯得十分深厚的根基。古往今來的經驗和教訓早已教導過我們，時代的邏輯學只能依靠自身內部狗咬狗式的自我運作，才能自我消解。因此，這個時代中的人唯一能做的有價值的事情是：反諷性地生活著，犬儒主義式地活著，坐等這個時代的坍塌。王二的

邏輯學深知個中要的。它就是這麼幹的。在這麼幹的過程中，還順帶把那個時代獨有的、一種叫做自我內涵的東西，注射進了王二的骨髓。在這種邏輯學的幫助下，王二的黃金時代一方面大獲全勝：他用盡了尺把長的小和尚尺把長的小和尚也用盡了他；但另一方面，王二的黃金時代又全方位地潰敗了：他不過是用盡了尺把長的小和尚尺把長的小和尚也不過是用盡了他。但無論是勝利還是潰敗，都是戲謔性邏輯學的題中應有之義、反諷性邏輯學的根本旨歸。王二就在這種自覺自願的受虐中，贏得了他始終位於海平面之下的尊嚴。

陳清揚的邏輯學

依照《黃金時代》的描寫，陳清揚和王二都來自中國人民的偉大首都北京。除了這一點，至少在故事的起始處，陳清揚和王二恐怕再無任何共同特性。陳清揚比王二長約五歲，已婚，漂亮，對性愛毫無興趣，完全是一副潔身自好的做派；她對那個荒謬的時代看不出有多大的不滿，更沒有反對它的任何企圖。和每個人一樣，從小說一開始陳清揚就擁有她自己的邏輯學。在那個人人自危、也人人忙於陷他人於自危狀態的時代，陳清揚的邏輯學至少能夠證明她還不是個俗人。從《黃金時代》的敘事細節看，有太多的動作／行為方面的證據可以說明這個問題：

> 因為陳清揚年輕、漂亮，又是農場的醫生，丈夫進了監獄，所以被有些人認為肯定在搞破鞋。實際上，她並沒有同任何一個帶把的人瞎搞過。一個偶然的機會，她認識了找她打針的王二；她覺得王二確實是來打針的，不同於那些假裝找她看病實則是看破鞋的人，於是想讓王二證明她不是破鞋。她的想法很古怪。據她說，她絲毫不蔑視破鞋；因為據她觀察，破鞋們都很善良，樂於助人，最不樂意讓人失望，因此她對破鞋還有一點欽佩。陳清揚對王二說，問題不在於破鞋好不好，而在於她

根本就不是破鞋。如果像王二這樣的人能夠證明她不是破鞋，肯定十分具有說服力。(參閱《王小波文集》，第 1 卷，第 4 頁)

在陳清揚的邏輯圖示當中，這牽涉到她的自我內涵問題：自己的「所是」就這樣被人輕而易舉地修改了，那是她無論如何都不能接受的事情。但滑稽的是，過了不久，農場裏的人又傳說她和王二搞破鞋。於是她又來找王二，希望後者給出他們清白無辜的證明。而且，即使後來真的和王二搞起了破鞋，她也對王二那根尺把長的東西十分痛恨。很容易看出來，到此為止，陳清揚的邏輯學雖然有些古怪，但大致符合時代的邏輯學的基本要求。因為時代的邏輯學至少從表面上看是反對性生活的，正如裘利亞所說，性生活註定會分散人們對時代的邏輯學的注意力，註定會降低時代的邏輯學的權威性，因而會影響時代的邏輯學對子民們的輻射。

在《黃金時代》的起始處，陳清揚就擁有她應該擁有的原初性的邏輯學。和得之於力比多的黃金時代的邏輯學大不一樣，原初性的邏輯學不過是對時代的邏輯學的分有和默許；與此相對應，從《黃金時代》的敘事過程看，原初性的邏輯學首先建立在被動狀態之上：時代的邏輯學給她什麼她就接受什麼。即使是她對破鞋的古怪看法，以及對自己的清白的捍衛，也始終處於被動狀態之中，因為她僅僅認為自己不是破鞋，而不是認為真的搞了破鞋是件多麼了不起的事情。但是，不管是幸運還是揹運，陳清揚終於遇見了王二，就像摩西在西奈山遇見了上帝之靈。這意味著原初性的邏輯學命中註定地遭遇到了戲謔性的、反諷性的邏輯學。它們註定會摩擦生電。事實上，在王二得之於力比多的太過強大的邏輯學的慫恿下，陳清揚很快就修改了保持長達二十六年之久的循規蹈矩的邏輯學，正式「分開雙腿」，真刀真槍和王二搞起了破鞋。陳清揚分開雙腿時，小說敘事僅僅進行到第十頁。如果王二的邏輯學的基本句法，來源於黃金時代的邏輯學與時代的邏輯學的漫長對峙，陳清揚的邏輯學，則明顯來自於王二的邏輯學的外部感染：它是王二的邏輯學派生出來的；如果說王二的邏輯學是

一種戲謔性、反諷性的邏輯學，陳清揚的邏輯學則是一種忠誠的邏輯學。只不過忠誠只針對個人，比如王二，不針對時代以及時代的荒謬性。它對時代沒興趣，儘管它也是時代的產物──一如所有的歷史主義者都喜歡說的那樣。在戲謔性邏輯學的感染下，忠誠的邏輯學修改了時代的邏輯學對個人的要求，它對時代的邏輯學的嚴正要求不感冒。仰仗這種個人色彩十分濃烈的邏輯學，陳清揚在那個嚴酷的時代，似乎找到了一把保護傘。她由此擁有了專屬於她一個人的人生意義。

按照《黃金時代》充滿狂歡色彩的敘事，在女大夫陳清揚那裏，忠誠的邏輯學很快就全方位地取代了原初性的邏輯學；陳清揚的自我內涵也由此得到了全面修改。不過，即使是在這個過程中，陳清揚仍然處於被動狀態，就如她面對時代的邏輯學採取了仰面朝天的姿勢那樣。一切都起因於戲謔性邏輯學在黃金時代的力比多的鼓勵下，向遵從原初性邏輯學的陳清揚邏輯謹嚴地撒了一個謊：王二願意把偉大友誼奉獻給陳清揚，並且誓死不變；被這樣的邏輯學打懵了頭的陳清揚，倉促之間只好回敬說，她要以更偉大的友誼回報王二，哪怕王二是個卑鄙小人也決不反悔。說完了這些吹牛不打草稿的誓言後，戲謔性的邏輯學終於代替王二說出了王二的真實想法：鑒於後者已經二十一歲了還是一個童男子，所以後者十分願意和陳清揚搞破鞋。陳清揚後來為自己輕易就這麼著了「道兒」，也有過深刻的反思：她始終沒有搞明白，王二那個偉大友誼是真的呢，還是臨時瞎編的；但那些話的確像咒語一樣讓她著迷，哪怕為此喪失一切也不懊悔。──忠誠的邏輯學就在這種不痛不癢的反思中點火啟錨了。從此，陳清揚變成了一個嶄新的，連她自己都認不出的風流女人、淫蕩的女人。

毫無疑問，忠誠是一種偉大的品德。國家要求公民忠於國家利益，皇帝要求臣民忠於皇帝本人，時代要求子民忠於時代的腰身，都是看中了忠誠作為一種偉大品德的神聖性。實際上，任何一個時代的邏輯學得以成功支撐這個時代的秘密，就在於它對忠誠的貪婪佔有，哪怕是對假冒偽劣的忠誠的佔有──一日而三次反省自身的曾子，無疑是他那個時代的邏輯學的好臣民。因此，任何一個時代都願意公開

提倡忠誠的邏輯學。但是很明顯，脫胎換骨的陳清揚的邏輯學，和任何一個時代所要求的那種邏輯學都風馬牛不相及。這基於一個根本原因：荒謬的時代擁有的那種邏輯學，除了保證為每一個人的動作／行為與神色、氣質賦予荒謬性以外，其他一切都不能保證；因此，與其向時代貢獻忠誠，不如把忠誠奉獻給那個看起來子虛烏有的「偉大友誼」。雖然時代的邏輯學和偉大友誼歸根到底都是烏托邦，但偉大友誼離陳清揚可能更近一些，也更能打動她一些。對此，《黃金時代》的敘事人王二有過上好的交待：

> 陳清揚後來說，她一輩子只交了我一個朋友。她說，這一切都是因為我在河邊的小屋裏談到偉大友誼。人活著總要做幾件事情，這就是其中之一。以後她就沒和任何人有過交情。同樣的事情做多了沒意思。（《王小波文集》，第 1 卷，第 38 頁）

這就是忠誠的邏輯學的基本句式：既然偉大友誼和時代的邏輯學都是烏托邦，既然時代的邏輯學指示出的烏托邦已經被證明為子虛烏有，那就有必要轉而相信另一種或許同樣會被證明為子虛烏有的烏托邦，比如偉大友誼——至少可以試一試。這就是陳清揚全面修改她的自我內涵的根本理由，也是她改宗新的邏輯學的根本原因。

忠誠的邏輯學的被動狀態就體現在這裏：在那個荒謬的時代，可供陳清揚選擇的邏輯學總歸是有限的，尤其是像她那樣不落俗套的女人。因此，忠誠的邏輯學更為內在的口吻，只能是關於選擇的邏輯學。選擇是這樣一種玩意：一方面，選擇一個東西，意味著拋棄其他所有東西，正如歌德（Johann W. Goethe）所說，一個人不能同時騎上兩匹馬；另一方面，選擇者並無必然的證據，能表明被選擇者必然會將自己帶往光明的境地。薩特（J.Sartre）曾經精闢地指出，人不是別的，他的實際生活是什麼，他就是什麼，如果用沒有兌現的烏托邦來說明一個人，那只能是對他的否定性說明，只能說明他不是什麼[9]。忠誠

---

[9] 參閱薩特《存在主義是一種人道主義》，周煦良等譯，上海譯文出版社，1988年，第 25-32 頁。

的邏輯學剛好遇到了類似於薩特所說的那個尷尬的關節點。因此，選擇即冒險，選擇即把自己置於茫茫不歸路，和福柯（Michael Foucault）筆下上了「愚人船」的瘋癲者，在漫無邊際的大海上遇到的情形大體相若[10]。

陳清揚在被動狀態中，顯然還懷揣著一條道走到黑的決心。在小說敘事中，陳清揚通過她的動作／行為，終於把自己塑造成了忠誠的邏輯學最為忠誠的士兵，面對另一個即將被證明為有或者被證明為無的烏托邦，陳清揚勇敢地邁開了象徵著出發的步子。於是，戲謔性的邏輯學和忠誠的邏輯學接下來聯手製造出了一大堆滑稽的事情，就是符合邏輯的了：人家夫婦做愛叫敦倫，這對狗男女無夫婦之名，因此他們的野合不配稱敦倫，但他們卻有夫婦敦倫絕對沒有的「敦偉大友誼」；既然是敦偉大友誼，就不怕別人知道，即使讓別人觀摩也無妨。這一邏輯推導，獲得了王二的邏輯學與陳清揚的邏輯學的共同認可。因此，我們才會看到，每次挨了批鬥回到住處，陳清揚都會性慾勃發；每次將被批鬥時，陳清揚都有某種難以言明的快感甚至幸福感；每次在「人保組」寫交待材料時，陳清揚都決不避諱「敦偉大友誼」的每一個細節，直到把讀交待材料的上級領導弄得面紅耳赤，狀如王二的小和尚……

但上述一切絲毫不能證明忠誠的邏輯學是戲謔性的或反諷性的，實際上，它從骨殖深處到每一根外在的毛髮，都是嚴肅的，甚至是板正的。它教導它的遵從者必須從最為淫蕩的角度，去完成這種嚴肅和板正。這是忠誠的邏輯學從其內部發出的嚴厲指令。陳清揚以她的動作／行為完成了這一指令。同樣，上述看似荒謬的舉動，絲毫不能證明忠誠的邏輯學和時代的邏輯學沒有瓜葛，或者忠誠的邏輯學竟然是對時代的邏輯學的公開反抗。實際上，忠誠的邏輯學不過是以戲謔的、反諷性的邏輯學為仲介，與時代的邏輯學展開了暗中的對話。但那僅僅是對話，和反抗扯不上關係，我們也不必指望人人都是王二那樣的英雄好

---

[10] 參閱福柯《瘋癲與文明》，劉成北等譯，三聯書店，1999 年，第 1-30 頁。

124

漢，何況陳清揚自從擁有了忠誠的邏輯學，很可能再也沒有把時代的邏輯學真的放在心上。但這種性質的對話自有它的特殊模式：

> 忠誠的邏輯學：對不起，我選擇了你不需要的忠誠，但我是被動的，我請你原諒。
> 時代的邏輯學：凡我不需要的就是我要反對的，凡我反對的就是我要懲罰的。
> 忠誠的邏輯學：那好吧，我接受，我完全接受……

但這種對話模式，同樣不能證明忠誠的邏輯學把它的子民擺在了受虐狂的位置上。陳清揚對受虐沒有興趣，她那樣做，僅僅是因為她覺得有義務回報王二的偉大友誼。王二是個自覺自願的受虐狂，陳清揚不是；王二是喜劇性的，陳清揚卻是悲劇性的；王二通過自覺自願的受虐，展示了自己既成功又失敗的人生，陳清揚從一開始就註定是要失敗的，因為忠誠的邏輯學作為被選擇的產物，在陳清揚那裏始終以隱蔽的被動狀態存在著，王二則是在力比多的邏輯的指引下，主動選擇了戲謔性的邏輯學，順帶還把陳清揚發展成了同盟者。然而，夢總會做完的，烏托邦最後無一例外將會還原到它的原始語義上去：ou（無）和 topos（處所）。

和時代的邏輯學的推導過程及其結論完全不同，陳清揚絲毫不覺得自己極盡淫蕩之能事究竟有什麼罪過。在小說最後一節之前，在真相大白之前，在烏托邦露出它的本來面目之前，她始終認為自己是清白無辜的。這種堅定的自我認同，來自於忠誠的邏輯學的堅定支撐[11]。在任何一個時代，忠誠於時代的邏輯學都意味著那個時代的幫兇；忠誠於尺把長的東西和偉大友誼，則意味著獲得了私人性的成就感。但

---

[11] 趙汀陽曾經十分有力地論證過：「身體性的唯一性是個體自我認同的真正根據，而思想性的自我只有在以身體性的唯一性作為根據時才能夠連帶地具有唯一性。心靈和思想當然有著個性，但心靈或思想在本質上是公共性的，它的來源和所表達的東西都是公共可理解並且可分享的。」（趙汀陽《沒有世界觀的世界》，中國人民大學出版社，2003 年，第 61 頁）但陳清揚的自我認同顯然具有私人性，儘管它也是公共的、可理解的。

也正是在這裏，我們看到了陳清揚的邏輯學深入骨髓的荒誕，這種荒誕是對時代的荒謬近乎本能的應對，儘管從表面看上去，它是被動選擇的結果。因此，如果說王二的所作所為還有不要臉的嫌疑，陳清揚貌似不要臉的行徑則嚴肅無比、悲劇意味十分濃厚。這一切，完全得自於那個全盤顛倒的時代；而在那樣一個時代裏，諸如陳清揚一類的普通人僅有的舉動，差不多也就是忠誠的邏輯學，和其他一些可以想見或無法想見的微不足道的東西了。

有意思的是，即使在與王二瘋狂地「敦偉大友誼」的時候，陳清揚也說不上多麼熱愛性交。和那個裘利亞不同，陳清揚從來不認為性交是對時代的邏輯學的暗中反抗。她只把這件事當作對偉大友誼的忠誠與回報。這無疑是真實的。但得自於偉大友誼的忠誠而來的激情，完全抵消了她對性交的厭惡，可能也是真實的。當然，這無關緊要。要緊的是，在小說結尾前的一點點，陳清揚終於認為，她的忠誠最終是受到了王二的冒犯，而不是時代的邏輯學的冒犯。這基於一個令人無比震驚的邏輯推導。據陳清揚說，他們在逃往深山時，王二背著陳清揚，因為天高野闊，四下無人，景致幽雅，王二觸景生情，用手拍打了陳清揚的屁股幾巴掌，這讓陳清揚前所未有地心旌動盪，感到自己愛上了王二。陳清揚對此又恨又怕。因為忠誠的邏輯學的核心只是偉大友誼，和男女之愛沒有關係。他們的性交在陳清揚眼裏根本不叫性交，而叫「敦偉大友誼」。對此，陳清揚在忠誠的邏輯學的幫助下，有過極為深刻、也令人震驚的反思：做過「敦偉大友誼」（這不是性交）這件事和喜歡「性交」這件事性質完全不同。愛上了王二就意味著喜歡上了性交，就意味著真正的淫蕩。它褻瀆了偉大友誼。當陳清揚搞清楚了這個荒謬的邏輯推導後，她知道，誕生於那個荒唐年代的忠誠的邏輯學完全破產了。她沒有必要再見到王二。但她一轉身卻撞見了悲劇。她和悲劇擁抱在了一起。她屬於悲劇。只是她知道得太晚了。陳清揚回到了她應該去的地方，從此再也沒有現身；按照《黃金時代》結尾處不無哀傷的口吻，陳清揚以她的消失，籲請忠誠的邏輯學永遠死掉，最好人間再也沒有那種性質的邏輯學。

王小波的邏輯學

　　巴赫金最讚賞的是拉伯雷式和陀思妥耶夫斯基式的創作。在巴赫金的思想疆域中，後者是一種對話式寫作：在主人公和主人公之間，在作者和主人公之間，都具有一種對話關係。而對話意味著平等[12]。不過，恐怕連巴赫金也不能否認，所有的作品都是作家製造出來的，作家的意志總是居於絕對主導地位。作家能給予主人公的「民主」其實是極為有限的。在此，即使我們不能說《黃金時代》的敘事人王二就是王小波，但我們肯定能說：王二（當然還有陳清揚）是王小波製造出來的；王二的邏輯學與陳清揚的邏輯學，肯定要或隱或顯或多或少地受制於王小波的邏輯學。

　　在許多非小說性的文章裏，王小波多次提到了文化大革命，也多次表達了他對文化大革命的反思。作為一個小說家，王小波給自己的首要任務是：必須找到應對一個時代的荒謬性的有效方式；作為一種被最後尋找出來的應對方式，王小波的邏輯學在小說敘事中赫然現身了。在追溯《黃金時代》的寫作動機時，王小波對此有過精明、清晰的夫子自道：

> 眾所周知，（20世紀）六七十年代，中國處於非性的年代。在非性的年代裏，性才會成為生活主題，正如饑餓的年代裏吃會成為生活的主題。古人說：食色性也。想愛和想吃都是人性的一部分；如果得不到，就成為人性的障礙。然而，在我的小說裏，這些障礙本身又不是主題。真正的主題，還是對人的生存狀態的反思。其中最主要的一個邏輯是：我們的生活有這麼多的障礙，真他媽的有意思。這種邏輯就叫黑色幽默[13]。

---

[12] 參閱巴赫金《陀思妥耶夫斯基詩學問題》，白春仁等譯，三聯書店，1988年。
[13] 王小波《從〈黃金時代〉談小說藝術》，《王小波文集》，第4卷，中國青年出版社，1999年，第319頁。

我們可以把王小波的邏輯學命名為黑色幽默的邏輯學。在《黃金時代》中，黑色幽默就是對任何事情都不抱希望，僅僅是「沒事偷著樂」罷了，僅僅是反諷而已。這種邏輯學的基本句法是：我要懷著中了六合彩一般的心情，像受虐狂一樣接受這個荒謬的時代，但我有權以調笑的方式對待這個時代——接受這個時代和調笑這個時代互為前提，互為因果；我以調笑的方式對待這個時代，並不表明我對其他時代懷有更多的好感，也不表明我對所謂的「好世界」，那個未來世界抱有希望[14]，我僅僅是想以自己的受虐來虐待這個時代，並從中獲得一種滑稽的激情，藉以讓我在這個不義的世界上看似有意義、有趣地活下去。正是在這樣的句式中，王小波的邏輯學終於將陳清揚的邏輯學、王二的邏輯學統一了起來；王二的邏輯學和陳清揚的邏輯學，最終只是對王小波的邏輯學的分有，儘管在三者之間，也存在著類似於巴赫金所稱道的那種對話關係，但顯然以王小波的邏輯學為主導。它才是真正的召集人，雖然它最終來源於對時代的邏輯學的應對。

上述結局之由來基於如下程式：既然時代的邏輯學的句式是：「因為我註定要將諸位帶向一個人間天堂，所以我有權要求諸位按我說的話去做，哪怕為我付出生命的代價，」那麼，出於對這種句式的回應，王小波的邏輯學的內涵之一，就應該是或可能是黑色幽默的；但作為小說家，按照小說的通常定義和通常做派，王小波必須要以敘事中得出的諸多動作／行為，來體現他的邏輯學——王二和陳清揚就是這種要求的產物。王二以自動受虐的方式體現了、分有了王小波的邏輯學的一大半，陳清揚則從忠誠的維度，補充了王二遺漏掉的那一小半。從數學運算上看，王二的邏輯學加上陳清揚的邏輯學，等於王小波的邏輯學。因此，從最根本的角度上說，巴赫金大肆稱道的那種對話關係，在《黃金時代》中歸根到底是不存在的；實際上，王二與陳清揚，不過是王小波的邏輯學派生出的兩條傑出而怪誕的精蟲，他們代替王

---

[14] 事實上，王小波就寫過一部叫《未來時代》的小說，從那裏，我們同樣看到了荒誕、荒謬和拯救的不可能。《未來時代》的具體描寫或許可以為我們此處的觀點作證。

小波，遊到了已經過去了的那個時代的子宮深處，以他們的相互嬉戲為方式，代替王小波對那個時代做出了刻骨銘心的認證，並由此把黑色幽默及其內涵發揮到了極致。

因此，《黃金時代》的敘事內驅力，來源於四種邏輯學的共同作用：時代的邏輯學、王小波的邏輯學、王二的邏輯學和陳清揚的邏輯學。它們相互之間的關係是顯而易見的。放眼過往的歷史，我們會發現，仰仗這四種邏輯學，《黃金時代》有能力通過表面上為數不多，實際上卻十分具有總結功能的動作／行為，揭示了一個重大的主題：不僅僅是王二、陳清揚遭遇的那個時代才有那麼多的障礙，而是一切時代都有無數障礙；因此，不僅王二、陳清揚的時代是荒謬的，一切時代都是荒謬的。在這個世界上，不存在一個可以實現的烏托邦，不存在一個居然可以免除荒謬的時代。荒謬是一切時代的根本特徵。這是王小波的邏輯學的真正旨歸，也是黑色幽默的根本大法，因為在《黃金時代》中，我們沒有看到任何可以被超越的現實，我們看不到任何形式的希望。因此，並不是王二和陳清揚可以擁有他們各自的邏輯學，而是一切時代中人只要願意，都可以擁有這樣的邏輯學。也許王小波的邏輯學不是一切時代中最有可能出現的邏輯學，但它肯定是最為打眼、最有力量的邏輯學之一。如你所知，面對時代的障礙，我們每一個人都渺小如草芥，我們最大的理想，或許就是像王二、陳清揚那樣有尊嚴地活著。我們別無選擇，儘管他們的邏輯學都是非科學的，但它們給了我們有效的生活。因此，黑色幽默的邏輯學事實上暗含了一個本質性的主題：一切時代的邏輯學都是荒謬的、不科學的，雖然它可能具有合法性，但並不具有正當性，因為它只保證障礙的絕對性，從不保證解除障礙的可能性。事實上，時代的邏輯學的合法性是它自己給自己賦予的，正當性卻來自我們的內心。科學性根本不可能保證正當性。但正當性永遠是我們的渴望，並不因任何一個具體時代的特殊情況而有任何改變。正當性在骨子裏具有形而上學的特性，它拒絕從歷史主義的維度得到解釋，雖然正當性早已得到了歷史主義的處理因而成為不同形式的、具體的正當性。我們數不清的悲哀大半來

源於此。正是在這個意義上，我們可以把王小波當作一個故意違反邏輯學之科學性的哲學家，《黃金時代》就是這位元哲學家的重要作品。

2005 年 8 月 8-10 日，北京豐益橋。

一部歷史應該少到可以拿在手中

一日天之，二曰地之，三曰人之，四方、上下、左右、前後，
熒惑之處安在？

《管子》

袖珍人類史或五香街

「一部哲學應該少到可以拿在手中，」保羅・瓦萊里（Paul Valéry）
在他的《雜文集》第 24 篇，說出了這句至為精彩的睿智之言；但早
在《雜文集》第 12 篇中的某處，瓦萊里就提前給出了這部哲學應該
包納的主要內容和它必須要完成的任務：「我過去、現在和將來都要
追求我所謂的『完整的現象』，即包括意識、關係、條件、可能與不
可能在內的一切……」1985 年或 1986 年某日，正在向美國聽眾吹噓
百科全書式的小說是何等優異的卡爾維諾（Italo Calvino），在引用了
上述言論後，並沒有忘記向他的聽眾暗示：《雜文集》就是一部可以
拿在手中的哲學；詩哲瓦萊里近乎完好地實現了他的夙願[1]。

實在應該感謝瓦萊里，因為他給我們提供了一個好思路。仿照他
的看法，我們完全可以設想一部應該少到可以拿在手中的袖珍人類
史。和可以拿在手中的哲學必須表達出「完整的現象」一樣，袖珍人
類史也絕不應該出於體型瘦小，就必定內容稀少，恰恰相反，正因為
可以拿在手中，其密度倒是應該成倍地增大。對於袖珍人類史，密度
的加大，絕不僅僅意味著事件與事件的相互擁擠或相互疊加——那顯

---

[1] 參閱卡爾維諾《美國講稿》，見《卡爾維諾文集》，蕭天佑譯，譯林出版社，
2001 年，第 413 頁。

然是編年史的勾當——，而是關鍵細節一個不少地集合在同一個容量有限的時空內；密度的加大，也不僅僅意味著關鍵細節在數量上的單純羅列——那是學究們撰寫通史時玩弄的小伎倆——，而是各個關鍵細節之間通過相互磋商、搏鬥，最終指向人類亙古不變的主題，或人類歷史中最重大的問題。所謂關鍵細節，無疑是指最能通向歷史秘密的細節。從比喻的意義上說，袖珍人類史和那些體積不大、幾乎已漸成宇宙垃圾的中子星頗有些類似：即密度超凡；但又和絕對沈默、只吃不拉的中子星迥然不同：後者早已魂歸太虛，前者卻始終是活體，是正在與喧囂著、踢踏著的歷史一起俯仰運動的有機物。很顯然，歷史也擁有一張充滿肉慾氣息的婚床，淫亂才是它的根本旨歸。

　　無論是從袖珍人類史的體態、面容的角度，還是從袖珍人類史對關鍵細節苛刻要求的層面，我都願意說，殘雪女士寫於 1988 年的長篇小說《五香街》[2]，正絕好地符合袖珍人類史各項指標的要求，儘管從表面上看，它只是一部小說，通常難以進入史書之列。但先哲有言：史書上的人名都是真的，但事情很可能是假的；小說中的人名都是假的，但事情很可能是真的。也許是有鑒於此，素以實證主義門徒自居的美國漢學家史景遷（Jonathan D. Spence），在研究中國清代山東某個小縣城（即郯城）的災變史的過程中，居然將《聊齋志異》中的某些片斷當作信史，援引進板正、嚴肅的歷史研究當中[3]。本人斗膽將《五香街》看成史書，並想就歷史或歷史哲學的角度來一番撲騰，充其量只能算作對史景遷的拙劣模仿[4]。除了上面已經陳述過的原

---

[2]　2002 年，《五香街》由海峽文藝出版社重新出版。據殘雪 2005 年 7 月 18 日告訴筆者，「海峽版」《五香街》是中國大陸迄今為止第一個未刪節本。本文的所有立論都建立在「海峽版」的基礎上。

[3]　參閱史景遷《王氏之死》，李璧玉譯，上海遠東出版社，2005 年，第 85 頁以下。

[4]　儘管殘雪在為日文版《五香街》寫的介紹性文字中說：「主要人物 X 女士作為作者藝術自我的化身操縱一切，但她自身卻是沒有實體的、完完全全空靈的影子，她必須依靠五香街的各色人等來確定其存在。於是從這些『下里巴人』們粗俗的議論之中，從他們圍繞著『性』展開的烏七八糟的活動中，藝術自我赫然現身。通過五香街人滔滔不絕的關於性，關於愛情的遐想和『胡

因，說《五香街》是一部袖珍人類史，倒不是因為它的敘事人在行文中不斷戲謔性地提到過「歷史」、「歷史進程」、「歷史作用」、「改變了歷史」……等撩撥人心的語詞，而是說，它確實在神神道道的敘事結構之內，將幾乎所有關鍵性的歷史細節全部彙聚在了《五香街》當中，並通過敘事行為產生出的奇異的化學反應，揭示了貫穿整個人類歷史的重大問題；在《五香街》這個少到可以拿在手中的敘事空間當中，那些重大問題和人類一樣古老，只要人在，它就在。——整部《五香街》渾身上下都充滿了這種自信的口氣，雖然它在敘事上故意採取了一種幽默的、自貶的、敵我不分的反諷性姿態。至於那些重大問題究竟是什麼，接下來本文將會一一分解。這裏先要申說的僅僅是，本著這一要求，《五香街》既合乎邏輯地充滿了感性（因為它首先是小說），也必然性地具有了高度的抽象性（因為它同時也是概括性的史書）。

據敘事人介紹，五香街是一條長達十里的街道，至少擁有一條「致命的斜坡」、一個在歷史情節和概括能力方面富有包孕性的十字路口，當然還有發表各種重大資訊的黑板報、適合各式各樣人從事各式各樣活動的各式各樣的房子、公廁、大會堂、戶籍管理處、賣瓜子的炒房、垃圾回收站等等[5]。總之，從純粹地形學的角度說，它的位置、形貌和諸般構架，與我們現實生活中的任何一條街道沒什麼區別；從最為寬泛的政治學的層面上說，它善於講求秩序、必須講求秩序、口口聲聲以傳統審美觀念自律的做派，也和我們現實生活中的街道共用

言亂語」，東方藝術家在追求理想的途中批判世俗自我，突破性觀念的困惑，力圖讓藝術與現實之兩極相通的努力，以及由此而產生的痛苦得到了表達。……書中作為兩極對立的主要人物是寡婦和 X 女士，可以說，寡婦屬於受到作者全盤否定的世俗形像的化身，X 女士則相當於純理念。二者缺一不可，正如肉體與精神之間的相互依賴。」（殘雪《五香街簡介》，列印稿，未刊）但本文將避開殘雪申說的主題，只在必要的時候對此才有所涉及。

[5]　如果我們就「五香街」中的「五」來一番詞源學上的考辨，也許是有意思的。因為「五香街」或許正是依靠中國文化對「五」的過分推崇或迷信，暗示了這條不那麼大的街道上恰恰有著無窮無盡的細節、無窮無盡的眾生相（對「五」的考辨參閱葛兆光《中國思想史》第一卷，復旦大學出版社，1998 年，第 140-141 頁）。

著同一副面孔；就它的人民群眾具有相互窺探、時而同仇敵愾時而勾心鬥角的品性來說，更和我們天天寄身其中的街道毫無二致。但就是這條看起來普普通通、肉慾而性感的街道，卻極富抽象性：我們既不知道它來自何方，也不知道它將延伸到哪裡；它既有可能是對人類空間的截取，又有可能在本質上充當著人類空間的全息圖，甚至乾脆就是人類存身的空間本身。《五香街》五迷三道的敘事風度還通告我們，這條不確定的街道恰恰因了它的不確定性，給五香街的歷史打上了廣泛的恍惚性。明眼人稍加思索肯定會清楚，在《五香街》中，歷史的恍惚性正好構成了歷史的重大問題或重大主題之一，恰好是袖珍人類史和袖珍人類史敘事必須關注的重大問題。所謂歷史的恍惚性，不過是指歷史在自身看似謹嚴的秩序中的不斷搖擺：它既不直線前進，也不邁著八字步做螺旋式上升，而是跳著迪斯可，忽左忽右、忽前忽後。像吃了搖頭丸一樣。《五香街》通過它詭異的敘事知會我們，歷史遵循的主要規律甚或唯一規律，其實就可以被比喻性地稱作搖頭丸規律。毫無疑問，這也是人類歷史亙古不變的重大主題之一。現在，請允許我們倉促間先給出一個結論：正因為搖頭丸規律的堅實存在，所謂的進步神話最終只能等同於鬼話或黑話[6]。當然，歷史的恍惚性附帶給了「創造歷史」的人──比如五香街人民──以嚴重的搖擺性，就更是歷史的重大主題或重大問題了。歷史之船如此乘風破浪，不堪搖擺的群眾於是開始暈船和嘔吐。有意思的是，五香街人民似乎人人都走得很穩妥，或自以為很穩妥，除非有破壞這一穩妥的外來分子。──這算不算人類史上又一個有趣的問題？就是在這裏，表面上平穩行走實則暈船、嘔吐的人，以自己充滿矛盾的動作／行為，組建起了自盤古王開天闢地到《五香街》中的故事開始之前五香街的幾乎所有

---

[6] 愛因斯坦就說：「關於人類始終不渝地向進步方向發展的信念，鼓舞著 19 世紀的人們，現在，這種信念已經讓位給普遍的失望。……我們根據自己固有的經驗知道，所有這些（即科學技術──引者）成就既不能從本質上減輕那些落在人們身上的艱難，也不能使人們的行為高尚起來。」（愛因斯坦《R. 凱澤爾的〈斯賓諾莎〉序》，《走進愛因斯坦》，商務印書館，2005 年，第 207 頁）。

歷史。說故事開始之前五香街的歷史是平靜的、穩妥的，不過是五香街人民心造的幻影而已，目的是為自己脆弱的內心，找到一個看起來不那麼脆弱的靠山；好在歷史的根本涵義之一，本來就不是為了記住而是為了忘卻，五香街人民毫不費力，就成功地忘掉了歷史上幾乎所有風起雲湧的事件，恰好為我們的論點做了一個準確的注腳。但筆者此處願意違背積習和原則地隨大流，乾脆賣五香街人民一個面子得了。因為據《五香街》那個鬼頭鬼腦的敘事人說，五香街人民個個溫文爾雅、自信得有如傳說中的磐石，堅硬、強硬而又溫馴和富有耐心。

和通常的史書不一樣，作為袖珍人類史的《五香街》，是通過象徵而不是仰仗紀實，才完成了它的袖珍人類史身份。從表面上看，《五香街》中彙集的所有關鍵性歷史細節都荒誕透頂，以致於根本不可能宣稱它是對現實與歷史的真實揭示；只有等到「一篇讀罷頭飛雪」後，我們才有可能恍然大悟：惟其荒誕到極致，才處處體現出它對現實境遇、歷史境遇具有近乎照相般的真實性和說服力。難道我們的現實和歷史居然不是荒誕的？在殘雪的私心中，象徵的多解化帶來的力量，顯然超過了單純寫實所具有的魔力。或許正是這樣，這部混合著卡夫卡（Franz Kafka）和博爾赫斯（Jorge Luis Borges）之珍貴氣質的袖珍人類史，才格外引人注目；也可能正是出於這個原因，這部僅僅三百餘頁的小說才有資格成為一部袖珍人類史、真正意義上的人類史。

現在，是到了介紹小說故事梗概的時候了。由於這個故事實在太簡單，我們似乎可以用很少的文字來轉述：X女士和丈夫在五香街開了一家賣瓜子的炒房並借此謀生，但X女士偏偏不務正業，熱衷於「迷信活動」，熱衷於「創造奇蹟」，天天在家照鏡子、研究顯微鏡，迷信眼珠的顏色的變化，信奉音質優異的聲音，從不參與五香街人民熱衷的所有事情，比如集體納涼、說閒話、以五香街人民特有的方式偷情，等等。因此和全體居民格格不入。這顯然足以惹惱按部就班的人民群眾。後來突然傳說她和來自五香街之外的Q男士有姦情，經常在十字路口約會——十字路口在這裏顯然充滿了象徵意味——居

民們頓時群情大嘩；五香街人民一方面對 X 女士破壞傳統審美觀念
十分氣憤，另一方面，則有了使五香街的歷史恢復平靜的義務，從而
找到了他們對五香街的歷史責任──天天都為生計奔波勞碌的人民
群眾，於此之中總算找到了提升自己境界和道義的機會。看起來這是
一件雙贏的好事情，但就是在上述兩個方面的共同作用下，最終引發
了一場 X 女士和全體居民之間曠日持久的對立。不過，到最後，小
說還是以 X 女士被五香街的居民強行推選為五香街的代表而結束。
也就是說，五香街人民經過沉痛反思，迫於某種他們並不認可的歷史
規律的壓力，終於認可了 X 女士的荒誕行徑，並把她尊為五香街的
形象代言人。

　　X 女士是五香街的外來戶；被人民群眾指認為與她通姦的 Q 男士
也是外來戶。從敘事人幽默的口氣中推測，或許正是他們破壞了五香
街安靜的歷史、穩妥行進的歷史步伐；是 X 女士的到來，最終讓頂
多只有本事邁著八字步做螺旋式上升的歷史，開始了迪斯可舞蹈。
按照敘事人的話說，從前的五香街可是風平浪靜、水波不興。（參閱
《五香街》，第 148-149 頁）的確，外來戶，無論是以某個具體的人
物為形式、還是以某個特殊的意念為形式的外來戶，才是故事或事故
的開端；我們將會看到，殘雪通過《五香街》、《五香街》的敘事結構
以及敘事結構帶出來的特定結果，頗有說服力地給出了關於一切人類
歷史敘事的普適公式，這或許就是海頓‧懷特（Hayden White）在作
古正經當中，屢屢稱道的元敘事[7]？《五香街》及其敘事結構對此頂
多只是會心一笑，因為它的起始，恰恰就在五香街的安靜歷史被打破
的那一剎。由此，袖珍人類史開始了它的敘述。這無疑是一個創世紀
的故事：

> 關於 X 女士的年齡，在我們這條五香街上，真是眾說紛紜，莫
> 衷一是。概括起來，至少有 28 種意見……

---

[7]　參閱海頓‧懷特《元史學》，陳新譯，譯林出版社，2004 年。

群眾史或搖頭丸規律

　　早在 19 世紀末葉，威廉・奧斯勒爵士（Sir William Osler）就曾嚴肅地將鴉片視作上帝之藥[8]。這個命名確實堪稱神來之筆；只是我不太明白，為什麼見識超群的奧斯勒爵士沒有將鴉片和人類史、尤其是人類文明史和精神史聯繫在一起。那樣做不是更能說明問題嗎？不是更能明白我們的歷史和歷史規律是個什麼玩意嗎？難道鴉片和人類的精神經歷、文明歷程沒有關係？作為一種遲到和渺小的補救，我願意在此續上爵士大人的未竟之言：作為較鴉片晚出多時的事物，搖頭丸也是上帝之藥；不過，它更是一種具有戲謔特性的上帝之藥。其藥效的施力方向與鴉片正好相反：鴉片使人安靜，使人進到飄飄然的太虛幻境；搖頭丸則讓人癲狂，讓它的被掌控者邁入毫無方向感的運動當中，恰如我們的歷史一般。的確，如果仔細追究起來，人類製造搖頭丸自有它的必然性。從某種意義上說，搖頭丸就是作為歷史規律一個象徵性的物化形式才得以應運而生；從比喻的角度上說，它對應了歷史自身所擁有的毫無方向感而又奔湧不息的力比多；從羅蘭・巴爾特（Roland Barthes）十分擅長的符號學的角度說，這或許就是搖頭丸身上沾染的最為重大的文化學價值。作為一部袖珍人類史，《五香街》對此肯定心知肚明，也自然心領神會。

　　在沒有外來戶攪和局面的情況下，一如五香街的著名群眾、五香街人民心悅誠服的「五香街代表」即受人寵愛的寡婦所說，五香街依靠傳統審美觀念，確實在一定程度上維持著自身歷史的平靜和平穩發展，五香街的歷史彷彿就這樣直線前進，至少人民群眾願意這麼看待問題。（參閱《五香街》，第 201 頁）看起來，傳統審美觀念才是五香街人民心目中的歷史規律，或歷史規律的真正內核；誰反對或試圖打破這個規律，誰無疑就是五香街的敵人，誰就是阻礙五香街歷史向前

---

[8] 參閱馬丁・布思《鴉片史》，任華梨譯，海南出版社，1999 年，第 100 頁。

滾動的絆腳石。歷史，那可是不能隨便招惹的東西呀。但讓傳統審美觀念至為難堪的是，命中註定的敵人來了，那個名叫 X 的女士來了，裹挾著她的種種怪癖以及對傳統審美觀念的高度蔑視。就是從這個看似無足輕重，實則至關重要的當口開始，《五香街》貢獻出了一大批象徵性的關鍵細節；經過這些細節的反覆醞釀，經過這些滿載著歷史秘密的細節在相互爭鬥與配合之後實施的曲徑通幽運動，那個亙古不變的重大主題終於被揭發出來了：歷史規律的真正內核，不是平靜的傳統審美觀念，而是歷史的恍惚性；歷史進程不遵循傳統審美觀念給出的線性邏輯，而是遵循表徵著沒有任何方向感的搖頭丸規律；歷史沒有理性，只有奔湧不息的力比多。這情形恰如一位高人所說，歷史有規律，但沒有歷史規律。而從《五香街》即袖珍人類史敘事的開端，我們就可以看出：從前至為和諧的五香街的歷史，於此之間終於恍惚起來，五香街的人民群眾，終於開始了他們命中註定的眩暈和嘔吐——假如歷史可以再一次被比喻為一艘船的話。

《五香街》極富象徵性的袖珍人類史敘事從它的第一句話起，就這樣拋錨啟航了。但《五香街》的敘事人和《五香街》的作者一樣清楚，在這條僅僅產生於夢境和靈感的十里長街上，（參閱《五香街》，第 148-149 頁）亙古不變的搖頭丸規律，終於和被它掌控的群眾勾結在一起，並彼此從對方或抽象或感性的運動中得到了體現：搖頭丸規律通過群眾的動作／行為上的搖擺性，讓自身得到了實現；群眾則通過對搖頭丸規律的下意識遵循，從而創造性地創造出了五香街的新歷史。在此，我們必須要像敞開魔術師的後臺讓觀眾參觀一樣，必須坦率地承認，我們的論述從一開始就具有濃厚的倒敘特徵：我們預先給出了搖頭丸規律的實質，然後才在已經拋錨啟航的袖珍人類史敘事當中，尋找它的生產過程。「倒敘」之所以合法的原因僅僅在於：《五香街》成色濃厚的袖珍人類史敘事，首先就將搖頭丸規律當作了自己的當然出發點，然後才像通常所說的概念先行那樣，去尋找和袖珍人類

史敘事相契的關鍵細節[9]。同樣沒有多少疑問的是，這個生產過程與所有其他形式的生產過程非常不同。常規的生產過程一概由人控制，並經由這一過程製造出了人們念想中能夠預見的產品——大到太空船，小到一根針；更為關鍵的是，這個過程和這個過程的終端即產品，始終外在於人——我們總不能說太空船、針和我們的面孔同一，或就在我們的身體之內。搖頭丸規律的生產過程和經由這一過程而來的產品（即搖頭丸規律自身），卻從來就內在於人——這就是歷史、歷史規律與人之間的血緣共生關係。我們必須將歷史、歷史規律和對歷史規律的生產及其生產過程，理解為內在於人的事物，否則，按照《五香街》典型的袖珍人類史敘事的暗示，我們就不能真正理解這一切。原因很簡單：我們不僅處於歷史之中，而且我們本身就是歷史；規律不僅存在於歷史，而且我們本身就是規律。即使沒有《五香街》及其敘事結構，我們大概也能知道這一結論。這實際上意味著：作為一件始終屬人的禮物，歷史的搖頭丸規律通過人對它自覺或不自覺地運用，被遞交到人手中；人自覺或不自覺地接受了這件禮物，並創造性地生產出了新的歷史和歷史的搖頭丸規律之本身。搖頭丸規律、搖頭丸規律的生產過程，始終和人緊密團結在一起，並內化到了人的動作／行為上。此情此景，打個不那麼恰當的比方，頗有些類似於海德格爾（Martin Heidegger）論述作為一種禮物的語言和人之間的關係[10]。但海德格爾念想中的人和語言之間的關係，較之人與歷史、歷史規律之間的關係，實在要簡單得多。

---

[9] 按照卡爾·波譜爾（Karl Popper）的看法，從來就不存在感性上升到理性的事情，有的只是從理性出發去尋找能夠證明理性命題的感性證據（參閱卡爾·波譜爾《通過知識獲得解放》，李本正等譯，中國美術學院出版社，1996 年）。但依照我的看法，這個問題肯定比波譜爾想像的還要複雜。首先，理性命題確實是從感性材料中得來的，但作為一個有意識的人，通過教育，我們早已掌握了命題，因此才能從理性出發尋找感性證據。這中間決不只一種迴圈（參閱敬文東《隨貝格爾號出遊》，未刊稿，2004 年）。

[10] 參閱海德格爾《在通向語言的途中》，孫周興譯，商務印書館，1997 年，第5-24 頁。

　　殘雪對此當然是太清楚不過了，因為她就是這一切的炮製者，因而洞穿了這一切，並且她洞穿的東西，還是我們目下所遵循的論證邏輯的引擎；我們甚至可以說，滿本《五香街》幾乎就是對這一隱秘性生產過程的全盤演示，但它又分明徵得了無數關鍵細節的認可與贊同，從而重新構造出了這一生產過程，以及這一生產過程的終端產品即搖頭丸規律。負責任的讀者都能看出，無論是群眾對 X 女士的姦情的窺視、監督，還是對 X 女士的「迷信活動」的跟蹤、尾隨，無論是群眾在公共廁所（那是五香街的資訊集散地）裏，對 X 女士的怪癖發表評論，還是群眾在精英人士才能參加的「黑屋會議」上，對 X 女士的口誅筆伐，在滿載著倒敘特性的《五香街》充滿反諷和幽默的袖珍人類史敘事構架中，都不過是對搖頭丸規律的精確呈現，不過是搖頭丸規律在小說中構造自身、生產自身所需要的關鍵細節。

　　在此，本著實事求是的精神，我們必須要承認：按照某種教義的宣諭，歷史確實是人民群眾創造的；但我們似乎不能因此忘記另一個更為基本也更為隱蔽的事實：歷史的最終來源從來都是那些外來戶，不管他是人、先知還是理念或精神。這決不僅僅是說，如果沒有外來戶，傳統審美觀念統治下的人民就沒有歷史；毋寧更是說，如果沒有外來戶，歷史規律與歷史本身和人一道，根本不能得到有效地生產。《五香街》早已暗示過我們，這絕不是說外來戶才是歷史和歷史規律的生產者，而是說外來戶只是創世者，只是歷史和歷史規律的發源地，他們也只滿足於創世者和發源地的身份；真正的生產者從來都是人民，都是我們這些群眾。誠如我們知道的那樣，外來戶是突然闖入的，正如 X 女士像那個毫無出處的孫猴子一樣，毫無徵兆地進入五香街；外來戶是不明飛行物，正如《五香街》花了二十多萬言，也未能清楚地交代出 X 女士的身份和出處——更有甚者，連 X 女士的年齡和身段都沒能弄恰切。但正因為如此，外來戶才處處體現出歷史的搖頭丸規律的題中應有之義。但外來戶一詞中所謂的「外來」，從《五香街》詭秘的敘事中推測起來，恐怕絕不僅僅指稱某個確定的空間，反倒更應該指稱一個幾乎完全沒有出處的地方。就是在這裏，《五香

街》專門給出了一切人類歷史敘事必須遵從的普適公式：歷史從外來
戶開始。——因為外來戶最有可能裹挾了搖頭丸規律，也最有可能通
過自己的動作／行為生產出搖頭丸規律。

　　群眾，相互簇擁而來相互簇擁而去的群眾；群眾，那些相互吐口
水然後相互忘掉的群眾[11]！但我們必須放下這些實在想法，而又著實
無聊透頂的感歎，因為我們此時此刻必須首先要搞清楚的是：在我們
迫不得已才實施倒敘行為的論述模式中，群眾，那些具有上述滑稽特
徵的群眾，究竟是怎樣內在性地生產歷史和搖頭丸規律的？考諸《五
香街》和袖珍人類史敘事，答案或許只有一個：通過群眾的動作／行
為和動作／行為自身所沾染的恍惚性。只要稍微細心閱讀《五香街》，
我們就能明白：群眾們那種種表面上至為清晰的動作／行為，其實在
骨子裏就充滿了恍惚性。這沒什麼好笑，也沒什麼不可理解，因為它
正好是我們這些被統稱為人民群眾的人的生存常態：我們動作／行為
上的恍惚性，既是對搖頭丸規律的絕對遵從，也是在此之中，對搖頭
丸規律或主動或被動地生產。《五香街》極為詭異的敘事，包括它對
群眾的基本動作／行為故意採用的那種極為恍惚而不確定的語氣，正
明確無誤地昭示了：掩蓋在肉眼可視的動作／行為之下的，正是動作
／行為所擁有的肉眼不可視的力比多，那四處奔湧的、毫無方向感的
力比多。這一切，除了上述原因，在袖珍人類史的敘事構架中，還來
源於搖頭丸規律本身所擁有的內在矛盾。這很可能只是一個附帶性的
緣由，但並非不足為訓：一方面，搖頭丸規律表徵著歷史的毫無理性，
顯示了歷史的力比多毫無方向感的極度紊亂；但另一方面，《五香街》
通過自身敘事結構揭示出的搖頭丸規律卻極為理性，幾乎容不得解釋
學上的半點花招。這就像我們不能說測不准原理本身就測不准一樣。
但就是這種集理性和非理性於一體的規律，夥同上面已經申說過的緣
由，共同導致了群眾在動作／行為上的種種品性；這種集理性和非理
性於一體的規律也通過群眾的動作／行為，在群眾那裏內在性地生產

---

[11]　此妙論來自鍾鳴。參閱鍾鳴《旁觀者》，海南出版社，1998 年，第 299 頁。

出了搖頭丸規律之自身。殘雪的高超才能或許正好顯現在這裏：為了表達這個亙古不變的歷史主題，她故意在敘事中採用了一種極為恍惚、極不確定的語調。也就是說，本著她的目的，殘雪發明了一種和袖珍人類史相匹配的語調，發明了一架可以穿透肉眼不可視的力比多的高倍顯微鏡。殘雪借此看清楚了歷史的搖頭丸規律的絲絲縷縷、腸腸肚肚。她渡過了這一黑暗的橋樑，但她真的能代表我們這些人民群眾找到光明的未來嗎？

在此，受人寵愛的寡婦——也可以說成是傳統審美觀念的寵物——是個好例證。說該寵物是好例證當然是有原因的。首先，據敘事人說，「寡婦不是由於她的個體的特殊性，正好是由於她的普遍性與代表性，才在我們五香街獲得如此顯赫的地位，受到眾人愛戴，成為一個巾幗英雄的人物的。」具體說來，情況的由來大致上是這樣的：第一，和五香街每一個基本群眾一樣，該寡婦也具有強烈的性慾，到老年仍絲毫未減（這值得慶賀）；第二，讓五香街人民敬佩的是，寡婦遵循傳統審美觀念，自始至終都將自己的性慾在壓抑中給打發掉了，從未與丈夫之外的其他男人發生過關係（這值得景仰）；第三，寡婦目光敏銳，正好代表了五香街人對外來戶極度敏感的基本素質（這應該受到革命群眾的禮贊）；第四，寡婦對敵友有著良好的辨別力，正代表著五香街人的集體品德（這更應該成為我們這些鼠目寸光之輩學習的好榜樣）。（參閱《五香街》，第 286－294 頁）綜上所述，寡婦顯然稱得上傳統審美觀念的堅決捍衛者、五香街之平靜歷史進程的創造者和維護者；她的種種動作／行為（不管恍惚還是不恍惚），證明她完全是傳統審美觀念的奴僕和生產者。但就是這個人在「X 女士事件」中，對自己的所作所為有過相當深刻的檢討：

> 我註定了是一個傳統的維護者。……我不否認我有弱點，也不否認由於我個人的弱點影響了歷史的進程，如果我再堅強一些，警覺一些，不那麼單純，輕信，好多事情一定是另外一種面貌。……我願意承擔由於這個缺陷造成的損失，也願意從靈

魂深處找原因，因為我是使大家犯錯誤的關鍵人物，本來一切全是可以避免發生的，而對這種令人沮喪的局面我心中有愧。（《五香街》，第 201 頁）

　　儘管據《五香街》的敘事人十分幽默地說，十裏長街上的幾乎所有群眾，都自認為是五香街歷史進程中不可或缺的關鍵人物，但依照上面介紹的四條理由，寡婦肯定更有資格成為關鍵人物；同樣毫無疑問的是，在五香街上，該寵物還是洞悉了搖頭丸規律之奧秘的少數幾個人之一，否則，她不會做出如此坦誠的檢討。或許正因為這個緣故，她才能較為清楚地意識到自己的動作／行為中暗藏著的恍惚性，並為自己對此無能為力深感內疚：因為這個捍衛傳統審美觀念的人在不知不覺間，居然參與到了對搖頭丸規律的生產過程當中。這是她一萬個不答應的事情，卻又是不得不在身不由己的動作／行為上予以堅決支持的事情。此人因此違背本願地成為了五香街歷史上著名的悲劇性人物。這或許就是她後來堅決支持將 X 女士推選為五香街代表的心理動因？

　　就這樣，《五香街》從象徵的角度，給了我們的人民群眾——無論他是黃頭髮的還是白皮膚的，無論他是藍眼睛的還是黑面孔的，更無論是他還是我——一部至為簡潔的歷史。《五香街》保證，從創世的最初那一剎，我們這些群眾受制於搖頭丸規律並跌跌撞撞開創新歷史的種種品性，就已經跌跌撞撞地開始了。很顯然，在《五香街》那裏，這部歷史具有亙古不變的特性；只要袖珍人類史敘事擺明的、具有如此這般秉性的群眾史沒有實質性地改變，無論我們今天擁有了多少肯德基、Email，無論我們能夠上火星或是下深海，我們的人類史都不能假借群眾的名義，宣稱我們已經取得了實質性的進步[12]。那頂多不過是黑話或鬼話。我們更沒有必要依照歷史主義的教導，居然去

---

[12] 無論學者們如何爭論，有一點可以肯定，進步神話是歷史主義的產物，他的邏輯建立在時間的線性即不可逆性的基礎上。歷史主義本來是想為人類提供一個美好的未來，但它最終給我們帶來的是絕望（參閱卡爾·波譜爾《開放社會及其敵人》，鄭一明等譯，中國社會科學出版社，1999 年）。

歷史地看待群眾的歷史問題，也沒有必要把群眾史僅僅理解為一個歷史問題──以這種方式看待群眾史，恰恰意味著我們只能用恍惚的眼光，去打量早已恍惚和搖擺的群眾；我們也將在方法論上，永遠受制於歷史的搖頭丸規律。歷史主義是一條絕路。從表面上看，《五香街》在用一種極為遊弋和恍惚的口吻敘說故事，但從效果上看，惟其遊弋與恍惚，才更能給群眾史一個堅定不移的、近乎於形而上學般的說明：它就是這樣，至少到目前為止它還稱得上亙古不變。任何一個負責任的讀者都應該看出，敘述如此這般群眾史的袖珍人類史（即《五香街》），恰恰以它跳出了歷史主義、歷史的恍惚性、歷史的搖頭丸規律為前提。順便插一句，這也是《五香街》之所以具有倒敘特性的根本緣由。它單位容積中容納的關鍵細節之多，即使是我們這些群眾在跟隨《五香街》的敘事結構參觀自己的歷史時，也有一種喘不過氣來的感覺。這都是因為《五香街》說得太真實、太讓我等信服了。因此，面對有關方面想方設法剷除搖頭丸而不得的尷尬局面，袖珍人類史敘事完全有資格和它開玩笑說：得了吧，老兄，人民之所以需要搖頭丸，不過是因為他們必須遵循歷史的搖頭丸規律，必須義務性地生產出這種規律。在此，我，一個深受歷史主義之戕害的小知識份子，願意斗膽接上《五香街》在其敘事邏輯中想說卻來不及說出的話：這才是我們這些人民群眾自盤古王開天闢地到而今的真正經歷、亙古不變的本質性經歷。

偽先知史或純粹理念

和一切號稱以寫實、紀實為務的作品截然不同，《五香街》在本質上是一種形而上學式的寫作。這種寫作方式的最大特點，就是對事物變動不居的表面不屑一顧或深懷疑懼，傾心嚮往的，卻是事物的深層結構──它致力於從歷史主義看來無物常駐、變動不居的事物當中，尋找支配各種易於消失的事物的那個巋然不動者、那個恒常恒新的本質。在一個歷史主義大行其道的時代，人們普遍願意相信也喜歡

說：形而上學式的寫作真的已經過時了，而且不值得哀悼。具體到《五香街》，我們可以斷言，形而上學式的寫作應該直接等同於袖珍人類史敘事，儘管從邏輯的角度看，殘雪發明的袖珍人類史敘事，只不過是形而上學式寫作的方式之一。因為肯定還有更多的方式有待我們去發明和尋找。但毫無疑問，探索無物常駐的人類史中常居常在的事物，無疑是形而上學式寫作最偏愛、最關心的主題——這只要默想一下形而上學的語義就足夠了。

這種特殊的，在膚淺、平面而又快速的當下近乎失傳的寫作方式，導致了一系列打眼的敘事學問題：人物形象必須具有高度的抽象化和象徵化（這顯然有違老牌「文學概論」的教唆）；人物的動作／行為必須具有模糊性與不確定性（以求象徵性地對應歷史主義所謂的變動不居），但又必須在此之中，清晰地揭示出確定無疑的東西（以求達到形而上學式寫作的根本要求）……應該說，《五香街》在它的敘事結構中，恰切地完成了這一系列高難度的動作，也體現了這一系列高難度動作所要求的那種微言大義，並在這個過程中，循環性地構築出了形而上學式的寫作之本身[13]。但要真正達致形而上學式寫作的要求，還需要一種類似於二元對立式的思維邏輯。理由很簡單：形而上學式的寫作就需要善惡對立，就需要「一」與「雜多」對立。對此，《五香街》的處理方式很簡單，也合乎形而上學式寫作的美學要求：它在描敘亙古不變的群眾史的同時，須臾也未曾忘記，在我們的人類史中還隱藏著一部偽先知史。無論是在《五香街》還是在《五香街》的念想中，群眾史和偽先知史都是相輔相成的。對於五香街人民，沒有先知的歷史總歸是不可思議的；對於偽先知，沒有群眾也就沒有生存的機會。群眾是偽先知的營養和充滿了營養的雞大腿。

---

[13] 此處之所以要專門性地說「迴圈性地」，顯然與前邊說「倒敘」時的原因一樣，即《五香街》完全是一部概念先行的小說，無論是從表面上看還是從深層上看，都是這樣：先有一個觀念，然後再由此出發去尋找細節。具體到這裏，就是先確定形而上學式的寫作本身，然後再由此出發去尋找關鍵性細節，並讓關鍵性細節成就形而上學式的寫作本身。這或許是殘雪所有小說共同使用的思維方式。

　　偽先知是這樣一種人：儘管他不是真先知，但他的一切仍然只是傳說，和真先知一樣，他依然只能存在於群眾的言談當中，他棲息的地方，只能是語言縱欲術營造出的太虛幻境，但他又能奇蹟般地、真實地對群眾發生作用；他們一般都從事著賤業，但他們能預言未來……總之，偽先知表徵著一種新的生活方式、表徵著歷史那種種毫無方向感的突變。在《五香街》中，作為群眾的對立面，作為一個外來戶，作為群眾討厭的對象，X女士正充當著偽先知的角色。最重大的證據是：極其討厭她的五香街人民，最後不得不承認她雖然生活在當下，但實際上過的是未來的生活；而那樣一種生活，依照被五香街人被迫接受的搖頭丸規律，就是五香街人民不久後將過的生活，而且這種生活與這種生活的得來，在思維上頗類似於基督教所謂的末日審判。X女士依靠在群眾那裏受到承認的未來性成為了先知。在人民群眾的傳說中，她，X女士，還有過諸般「神跡」：她完全和群眾不一樣地熱衷於星象，熱衷於創造無以名之的奇蹟；她匪夷所思地不用眼睛卻能看見、不用耳朵卻能聽到；她還古裏古怪地癡迷於鏡子和顯微鏡；而讓早已喪失翅膀的群眾們無比驚訝的是，她甚至會飛，儘管並沒有人真的見到過；她的愛情觀尤為離奇：尋找伴侶主要要看對方眼珠的顏色的變化、聲音是否迷人、是否有一雙優秀的手……反正X女士決不是傳統審美觀念的生產者或奴僕。

　　傳說是先知（無論真偽）的必備條件。這也是一個亙古不變的鐵律。即使是土老冒陳勝，也要在夜半的墳堆後裝鬼叫、往魚肚子裏塞私貨。據說，在遠古時期，我們的先知（我指的是堯、舜、耶穌、穆罕默德而不是陳勝之流）在誕生時都有來自上天的預兆，偽先知誕生前的預兆卻不來自上天，而是來自群眾們的傳說。這一點，即使從最善良的史官們筆下都可以看出。陳勝之所以等而下之，就在於關於他的傳說首先來自他本人。毫無疑問，真先知的時代一去不復返了，現在是一個偽先知的歷史時期。更為要命的是，我們根本不知道這個時期從何開始，從何而終。因此，在《五香街》中，作為偽先知的X女士的所有「神跡」，都在憤憤不平的群眾口中越傳越庸俗，連她的

性生活史也被群眾搞得沸沸揚揚：「她的性觀念絕不是與上床毫無關係，而是密切相關的，上床是這件事的目的和高峰，是無比美妙的瞬間，簡直可以說是她的理想的實現。」（《五香街》，第 61 頁）看起來，在群眾眼中，X 女士只是一個熱愛性交的先知、喜愛淫蕩的先知。可歷史上有熱愛性交的先知麼？這無疑意味著，在古往今來漫長到永無休止的偽先知的歷史時期，對偽先知的傳說從來都是流言蜚語。很顯然，傳說在這個幾乎亙古不變的新的歷史時期，無可奈何而又充滿必然性地贏得了新的語義。因此，看得出來，當傳說經過從來自上天到來自群眾之口的轉渡後，群眾對偽先知就沒那麼恭敬了，相反，偽先知倒成了群眾調笑和試圖加以改造的對象——只要想想耶穌的某個門徒因偶爾不信任耶穌竟然悔恨得幾乎跳崖，就不難明白個中區別。而《五香街》的主題之一，或者說，形而上學式寫作、袖珍人類史敘事的目的之一，就是要在二元對立的思維邏輯中，揭示出群眾和偽先知之間相互爭鬥的敵對史。先知與群眾發生衝突是顯而易見的；但就是在這裏，《五香街》無疑給出了又一個亙古不變的歷史主題：自真正的先知（比如堯、舜、耶穌和穆罕默德）不幸消失後，偽先知從此與群眾展開了曠日持久的搏鬥；而真的先知在人民群眾的傳說中，無時無刻不與群眾們聯為一體。而這，正再一次深刻地意味著：我們的人類史從此進入了一個漫長的、或許永遠無法結束的偽先知的歷史時期。

所有的偽先知都是外來戶。在群眾的傳說（即流言蜚語）中，所有的偽先知不過是一群自私自利的個人主義者；他們威脅了傳統審美觀念的安全，引發了歷史的不穩定；他們從不和群眾往來，從不和群眾通姦、上廁所、集體納涼、打麻將、開黑屋會議，只想過一種自絕於人民的生活……本著形而上學式寫作的本己要求，《五香街》援引了來自人民群眾的無數關鍵細節，終於證明了偽先知即 X 女士，確實是個荒誕不經、毫無性感的蠢婦。即使是對性感問題，在群眾雪亮的銳眼中，X 女士也表現出極其愚蠢的一面：「她完全置『生理功能』於不顧，荒唐地認為自己的性感來源於她那雙喪失了視力的眼中的波

光。」(《五香街》，第 59 頁)更重要的是，即使 X 女士有意(？)顯露神跡，比如她在海上被浮冰緊緊粘住，既不撤退卻又能完好無損地抽身而出，也被五香街的人民群眾當作虛妄之談，予以迎頭痛斥。讓我們從歷史主義的角度和邏輯的角度鼓掌稱頌：還有什麼比如此這般看待「神跡」更能打擊「神跡」的炮製者呢？此時此刻，作為懵懂的讀者，我們自然要問：這種情況的發生，真的只是五香街人民沒有寬容心嗎？他們幹嗎那麼敵視 X 女士？畢竟她和五香街人民前世無怨近日無仇。面對這一疑惑，《五香街》以袖珍人類史敘事的嚴謹口吻通知我們：破壞傳統審美觀念其實只是群眾敵視 X 女士的表面原因，更深層的緣由尚存在於其他地方。

來歷不明的 X 女士來到五香街後，馬上就以其怪癖、以其偽先知的種種做派，引起了五香街人民的嚴重不安；當然，五香街人民對她的傳說和誹謗也接踵而至。但掩蓋在這個簡單事實之下的，是堪稱驚心動魄的實質。在此，且讓我們斗膽一一道來：作為偽先知，X 女士才是搖頭丸規律的最初生產者，她像個恐怖分子一樣，攜帶這一自製的重磅炸彈來到了五香街，也就意味著將搖頭丸規律拋擲進了歷史進程原本十分平靜的十裏長街；作為偽先知，X 女士自然知道飽受搖頭丸規律之苦的群眾對她恨之入骨，自然知道群眾們必然要編織針對她的種種謊言，以解心頭之恨；但同樣作為一個偽先知，X 女士就是要報復性地來到和逗留在五香街，她就是要親眼看一看，那些敵視她的人究竟在如何接受搖頭丸規律帶來的痛苦，更想實地考察一下五香街人民在被脅持中，如何創造性地生產他們不喜歡的搖頭丸規律──就像他們本來是想生一個大胖小子，最終卻生了一隻沒有毛的公雞；作為一個偽先知，X 女士預先就知道五香街人民最終會被迫接納她，就像他們最終被迫接納了搖頭丸規律；同樣作為一個偽先知，她發誓要將這項歷史遊戲進行到底。《五香街》的敘事人在說到 X 女士顯露神跡時，十分會意地寫道：「她現在的態度是：決不挪動。即決不違背自己的心願，這就是說她要把這出戲演到底……」(《五香街》，第222頁)

《五香街》成色濃厚的形而上學式的寫作口吻，在很多地方都向我們暗示過：X女士其實也是搖頭丸規律的受制者，儘管她是該規律的發源地和初級生產者。她一定要來五香街，一定要對五香街的人民群眾有上述種種做派，正是對搖頭丸規律的公開響應。這實在怪不得X女士，因為她只是一個偽先知歷史時期中的偽先知，受制於歷史規律、在受制於歷史規律之中再一次地生產出歷史規律，是她必盡的義務。只有上帝那樣的先知——當然上帝不是或根本不屑於充當先知，折中一下，我們就當他是所有先知們的先知吧——才只創造規律而決不受制於規律。因為上帝不是人。他只是上帝。

和《五香街》透過變動不居的事物表面、通過徵集關鍵細節揭示亙古不變的群眾史相似，《五香街》使用形而上學式的寫作方法（即袖珍人類史敘事），同樣給出了一部偽先知史。和群眾史的基本面孔相同，偽先知史在《五香街》的敘事結構中，同樣具有亙古不變的特性。和群眾史是對古往今來所有群眾的歷史的本質性總結一樣，偽先知史也是對古往今來所有偽先知的歷史的本質性總結。殘雪發明或使用的形而上學式寫作方式，無論是從技術上、從寫作學上還是從敘事學的層面上，都有力地支持了這種本質性總結，也支持了這種本質性總結的過程本身。但更令人吃驚的是，這種寫作方式還給出了一個更令人震驚的消息：

> X女士這個若有似無的人物，將給我們的歷史留下數不清的謎語，她的某個似曾實施之行為，是絕對不能運用邏輯、理智去判斷的，因為這個人物本身，即屬一種不可靠的假定，就如一棵華蓋巨大，根子淺薄的大樹，輕輕地搖撼即會使其倒地不起，確定的只有那種虛幻感，那永恆的迷霧和煙雲，激起我們無比濃厚的興趣。（《五香街》，第176頁）

這無疑是在暗示：與形而上學式寫作或袖珍人類史敘事恰相契合的是，偽先知史的真正主人公或曰內核，差不多只是一個純粹的理念。它像一道遙遠的反光，空虛、悠長、落寞，滿載著本質性總結所

帶有的那種惆悵。這當然是形而上學式寫作的題中應有之義。不過，即使在《五香街》中，這個純粹的理念最終也要由 X 女士來承擔，不管是以她的肉身還是以她脫去了肉身的影子，也不管在五香街人民的流言蜚語中，這個肉身或影子是幾乎不存在的還是肯定存在的。重要的是，作為一個偽先知，X 女士的確是群眾傳說中的那樣，是一個個人主義者；但正是這一點，更讓《五香街》動用袖珍人類史敘事，輕而易舉就得出了更進一步的推論：在一個漫長得無以復加的偽先知的歷史時期，唯一稱得上先知的，僅僅是那個徹底的個人主義者。X 女士在五香街上決絕的做派，正昭示了什麼才叫徹底的個人主義者：所謂徹底的個人主義者，在偽先知的歷史時期，意味著只有我一個人，絕對的一個人。這個先知無論攜帶了何種歷史規律，無論昭示了何種形式的新生活，他能給人民群眾的，只是群眾對他的敵視。我不知道《五香街》在它的敘事結構中洞明瞭這一切後會有什麼感覺，儘管它確實以反諷實則高度讚揚的口吻，讚揚了 X 女士的勇敢與魅力。

史官的誕生或反諷主義者

　　《五香街》的敘事人在不少時候自稱「筆者」，有時忍不住又大言不慚地自稱「藝術家」。從他的動作／行為遺漏出的資訊看，他顯然是五香街「致命的斜坡」、公廁、各式房屋的穿梭者，是「黑屋會議」的參加者，是群眾中的一員，雖說有時候不那麼招群眾待見；但五香街人民更願意將他稱作「青年速記員」，意思是，他只是偽先知和人民群眾的起居注的撰述人。《五香街》的敘事人一開始對這個稱謂還有些反諷性的反對，後來在反諷本身所具有的特性的教誨下，反諷性地認可了這一稱謂或頭銜。儘管此人很好地完成了五香街人民賦予他的歷史使命、寄予他的重託，但該敘事人最終卻出五香街人民意料地，將起居注變成了一部袖珍人類史，並且違背起居注之本意地極具抽象性和象徵性。此人之所以能夠成功地偷樑換柱、僅僅拿狸貓做釣餌就換回了太子，端在於暗中將自己的速記員身份置換成了史官身

份，並且還成功地麻痺了幾乎全體五香街居民；另外，他在撰寫五香街人的起居注時，還鬼鬼祟祟地使用了一種叫做形而上學式的寫作方法。他肯定很清楚，這種寫作方法顯然違背了起居注的撰寫法則，不但不能給事情一個清晰的面孔，反而把人民群眾清楚明白地創造出來的歷史，搞得神鬼莫測。

懷揣著一個重大的革命秘密，為騙取五香街人民的信任，該敘事人假裝站在群眾一邊，還口口聲聲「我們五香街人」如何如何；更為惡劣的是，為了讓人民相信他撰寫的起居注純屬實錄，不惜在群眾面前淚如雨下，假裝誠心誠意地接受群眾的指教，賭咒發誓要弄出讓人民滿意的作品來。玩弄了這些花招之後，該人在暗中收集了大量關鍵性的歷史細節，並將這些符合形而上學式寫作之要求的細節，混裝在形而上學式寫作的敘事框架中，成功地搞出了一部頗具先驗色彩的群眾史，一部專門出人民群眾之洋相的偽先知史。尤其讓人民群眾不解的是，該人竟然吃裏扒外，暗中通匪，對偽先知的態度顯然是小罵大幫閒（或者根本就沒有罵），對那個淫蕩的 X 女士崇拜得五體投地，卻對人民群眾明褒暗貶，極盡諷刺之能事……但就是依靠這種不誠實的、滑稽的品性，一個令人稱道的史官呱呱墜地了。

該史官是一個漫長的偽先知歷史時期最應該誕生的人物。憑著他小丑一樣的行徑，他把自己弄成了隱藏在歷史中的探子。從目前已經能夠看到的這部袖珍人類史的角度講，恐怕再沒有人能像他那樣精通歷史哲學，像他那樣掌握了一整套歷史的撰寫方法。而且，公平地說，這個史官還是個類似於董狐那樣的良史，但又修改了傳統意義上的良史的涵義。董狐以秉筆直書讓後人尊敬，他只記事；以青年速記員為掩護的史官則要發問，因為他面對的所有事情據他說都是不確定的，他收集的所有關鍵細節，都不幸散發著搖頭丸規律的瘴氣因而模糊之極。但他給自己設定的目標，卻是一個近乎於不可能完成的任務：一定要寫出一部清晰的、堅定的、毋庸置疑的袖珍人類史，而且是那種本質上的袖珍人類史。鑒於上述原因，我們可以設身處地也善解人意地說，該史官遇到的難題和董狐遇到的難題，完全不在一個量級上。

實際上，我們從《五香街》曲裏拐彎的敘事風度中處處都能發現：像《城堡》中那個倒楣的 K 始終無法進入近在咫尺的城堡一樣，我們的小丑史官也無法輕易獲得事情的真相，尤其無法獲得對他的袖珍人類史具有說服力的關鍵細節。但最終，該史官卻比 K 幸運得多：他達到了目的，進入到了 K 夢寐以求卻不得其門而入的城堡，那個單單屬於這位歷史哲學家的城堡。

在這裏，唯一的訣竅只在於：青年速記員、藝術家、筆者，那個史官，在看似與人民打成一片的過程中，將自己從人民中剝離了出來；在看似置身於五香街人民創造歷史的現場，將自己從歷史現場撤離了出來。也就是說，比全體人民幸運，甚至比偽先知 X 女士幸運，在整條五香街上，我們的史官才是唯一一個不受歷史搖頭丸規律整治的人。因為只有他，這個史官，才是唯一一位洞悉了搖頭丸規律之奧秘的人，而且他還是唯一一個成功地從搖頭丸規律中逃逸而出的幸運者。因此，他既不屑於遵從搖頭丸規律，也不屑於參與到對搖頭丸規律的生產過程當中。他在動作／行為上的恍惚，只是一種故意性的行為，目的是為了麻痹群眾；他在群眾面前的種種花招，全是偽裝和詭計。只有他才是群眾的敵人；儘管他只是個史官，不是先知，甚至連偽先知也算不上，群眾對他也毫無傳說。但群眾和 X 女士共同受制於歷史的搖頭丸規律以致於互相敵對、互認對方為仇敵，卻完全忘記了暗藏在他們身邊的這個小丑。這究竟是歷史搖頭丸規律的故意性行為，還是它的失察？也只有這個史官才配得上先知的尊號：對不受歷史搖頭丸規律支配卻又能洞悉它奧秘的人，我們無以名之，只能稱他為先知。

和以董狐為代表的傳統史官不一樣，應和著形而上學式寫作方式的要求，應和著袖珍人類史敘事的嚴正目的，該史官大膽動用了一個估計董狐想都不敢想的絕招：反諷。但反諷在該史官手中，決不僅僅是修辭行為，儘管它首先是一種旨在麻痹群眾的修辭行為；反諷在《五香街》中更具有本體論的色彩。仰仗這一絕技，史官先生才有能力透過無物常駐的事物表面，深入到事物的核心部分；他也才有能力發

現，在事物的核心部位，確實存在著一個亙古不變的結構，就像歐陽
江河在某首詩中宣稱的：水在果實中從不流動。經過滑稽的敘事行
為，該史官最終把自己搞成了一個反諷主義者（ironist）。對此，理查·
羅蒂（Richard　Rorty）有如下之言：

> 反諷主義者（ironist）必須符合下列三個條件：（一）由於她深
> 受其他語彙——她所邂逅的人或書籍所用的終極語彙——所
> 感動，因此她對自己目前使用的終極語彙，抱持著徹底的、持
> 續不斷的質疑。（二）她知道以她現有語彙所構作出來的論證，
> 既無法支持，亦無法消解這些質疑。（三）當她對她的處境做
> 哲學思考時，她不認為她的語彙比其他語彙更接近實有，也不
> 認為她的語彙接觸到了在她之外的任何力量。……相對的，反
> 諷主義者是一位唯名論者（nominalist），也是一位歷史主義者
> （historicist）[14]。

很顯然，我們所謂的反諷主義者在某種程度上，恰恰是羅蒂的反
諷主義者的反面。因為我們的史官的最大目的，就是要找到那個「終
極」，就是要反對那個「歷史主義」。他之所以不受搖頭丸規律的擺佈
和整治，沒有像人民群眾那樣被搖頭丸規律修理得死去活來，僅僅是
因為他早已跳到了搖頭丸規律之外而又始終身處歷史之內。要做到這
一點，實在應該好好感謝反諷。在該史官看來，反諷、反諷主義者之
所以能做到上述一切，全有賴於反諷的自然特性：反諷能把表面上看
似真實的東西重新顛倒過來；能把流動的事物留駐；能在一個歷史主
義盛行的時代滑稽地倒退到形而上學的黑暗時代。反諷的最大特性恰
好在於，它就像那個被伏契克（Julius Fuik）禮贊過的好兵帥克一樣，
無師自通地掌握了一套讓派他打仗的人輸掉戰爭的藝術。因此，到了
最後，反諷居然有能力將那個看起來幾乎無處不在的偽先知X女士，
處理成一個純粹的理念。而這個理念，無論在何種意義上說，都只能

---

[14] 理查·羅蒂《偶然、反諷與團結》，徐文瑞譯，商務印書館，2003 年，第
105-107 頁。

是我們在這個偽先知歷史時期所能達到的最高果位——就讓我們做那個徹底的、只有一個人的個人主義者吧。

我們雖然不能冒險說該史官就是《五香街》的作者殘雪，但我們基本上能夠斷定：敘事人的史官身份至少是殘雪的變體之一；我們當然不能冒險說殘雪已經擺脫了歷史的搖頭丸規律，但她通過自己的變體卻勇敢地表達出了對搖頭丸規律、對歷史主義的絕對厭惡，至少她像那個史官一樣，在理念中擺脫了歷史主義，也對那些人民、那些唧唧喳喳的群眾寄寓了無限同情，對那個偽先知 X 女士則給予了高度首肯——因為在一個偽先知的時代，X 女士是我們的最高楷模。但也許這個人、這種人從來都是不存在的；存在的，只是關於這個人、這種人的理念。我們甚至可以說，那個擺脫了歷史搖頭丸規律的史官，最終也僅僅是存在於殘雪腦海中的一個理念，一道靈感，一陣微風或一個深深的絕望。

2005 年 7 月 20-23 日，北京豐益橋。

未完全打開的具象之門

……我們可說的一切都先天必然地要成為無意義的。但儘管如此，我們總還是力圖衝破語言的界線。

——維特根斯坦

「漏（掉）」，語言的空心化

無論是作為消極結果還是積極結果，近世以來愈演愈烈的語言崇拜或曰語言拜物教，都不能被認為是語言轉向（language turn）在有意無意間催生出的副產品，也不能被視作索緒爾（Ferdinand de Saussure）發動的語言大發現（discovery of language）生產出的正宗後裔。以這種方式看待語言崇拜，無疑是窮措大在智力的逼仄之處貢獻出的淺見俗識。中國古代從無「語言轉向」一說，但我們的語言崇拜，絲毫不遜色於沐浴過「語言轉向」之深恩厚澤的歐美諸國；各種獨具中國特色的咒語、令人避之唯恐不及的讖語、讓人目瞪口呆丟混落魄的隱語，至今仍在中國大地上威力無窮、法力無邊更兼呍三喝四，正明確無誤地道出了窮措大之淺見俗識之為淺見俗識的根本理由。此中情形，恰如韓少功所說，在古代中國，「『知言』與『立言』是君子們的畢生使命。他們挾萬卷經綸投入到偉大而艱難的『文治』，成為一群中國式的文字中心主義者，中國式的『邏各斯中心主義（logocentrism）者』。」[1]古印度似乎也不曾有過索緒爾意義上的「語言大發現」，但仍然不妨礙我們傾聽一部印度古經典的心聲：「一切母

---

[1] 韓少功《暗示》，人民文學出版社，2002 年，第 183 頁。以下引用韓少功的文字凡出於該書，一律只隨文注出頁碼。

音,皆當發之圓滿而清剛,以為如是乃助富力神之力也。／一切齒音呵聲,不可吞併,皆當張揚以出之,以為如是乃自奉於造物之神也。／其餘諸子音,當微微獨立而發之,如是思維:我當自脫於死神矣。」[2]瞧瞧,語言拜物教又何須語言轉向和語言大發現的教唆、促進和催化?

不需引經據典,也毋需乎「孔子曰」、「孟子曰」,有眼睛的人都不難看出:自古以來,膚色各不相同、地位相差懸殊的各色人等,對語言的崇拜和迷信幾近遺傳,也近乎天性。語言轉向和語言大發現,頂多是從語言轉向和語言大發現的特殊角度,強化了這種迷信,突出了這種崇拜,誇大了這種遺傳和天性。說起來,理由倒是簡單得路人皆知:畢竟在所有的人造物當中,唯有語言的來歷堪稱神秘莫測(神秘的東西總是惹人迷信和敬畏),唯有語言才是人類最為有力的開山板斧(有力的東西總是讓人膜拜)。語言是除語言之外一切人造物的正出子宮。無論那些東西叫天堂、地獄,還是叫飛船、原子彈,也無論那些東西叫當今、刁民,還是叫現代性或封建主義,歸根結底都不過是語言產的卵、下的崽。

正因為語言具有使人類上天入地、飛山翔海的超級才華,數千年來,恒河沙數的仁人志士拋頭顱、灑熱血,無一不在嘔心瀝血地致力於發掘語言的潛能,以榨取語言更多的好處或剩餘價值。就眼下的情形看,這實在是一個前赴後繼、永無休止的行程,現在還只能說是萬里長征才走完了第一步。就是在這個火盡薪傳的行程中,一個令人感慨和尷尬的結局似乎早已命中註定:一方面,被過度「開源」的語言確實讓人類擁有了近乎神仙般的偉力──人類的足跡已經漸次逼近遙遠的火星,正是上佳佐證;另一方面,天生不願智力「節流」的人類,在使用被過度「開源」的語言去面對日常生活時,越來越遠離了支撐著語言之行進步伐的原始基因,深陷於越來越抽象的概念和愈來愈形式化的術語,以致於在生活千變萬化的景觀面前駐足、凝目,卻

---

[2]　《五十奧義書》,徐梵澄譯,中國社會科學出版社,1995年,第117頁。

又屢屢啞然失語、言不及義或張口結舌。如今，我等草民被逼無奈，只好把前者（即上述所謂的「一方面」）稱作人定勝天，將後者（即上述所謂的「另一方面」）喚作專業化。無論是現代性的樂觀論者還是悲觀論者，面對這個萬難克服的既成現實，都不得不承認：人定勝天的代價看起來就是專業化、只能是專業化；人要想「上九天攬月」，就必須爽快地捨棄「下五洋捉鱉」的本領和機會。這就叫做魚與熊掌不可得兼。

韓少功在其大著《暗示》中公開表明：應和著現代性粗重、粗壯而碩大的喘息聲，語言在「無可如何」之下的抽象化和形式化（即專業化），無疑意味著對感性細節的精心過濾。在語言的抽象化、形式化和感性細節之間，還存在著一種類似於數學上的正比關係：愈抽象、愈形式化的概念，對感性細節的過濾程度愈高；依照魚與熊掌不可得兼的普適公式，語詞的專業化程度也就越甚，人在念想中所能擁有的登天入地的才能無疑愈大、愈神仙。不過，「過濾」是我使用的語詞；《暗示》最喜歡或最常用到的，卻是另一個更加土氣的「漏」或「漏掉」。對於我們這些從泥土中生長出來的中國人來說，「漏」和「漏掉」似乎比過於洋盤、過於中產階級的「過濾」更形象一些；考諸我們的感覺和「漏」的原始語義，「漏」和「漏掉」確實是一個粘乎乎的、沾滿了較多泥土氣息的語詞，也確實是一個距離中國的空氣和中國的水流更近的語詞。

韓少功和他的《暗示》一併認為，抽象的和過於形式化的語詞為著自身目的計，有意漏掉的那個或那些東西就是具象（有時也簡稱象）。「『象』區別於『文』或『言』，」韓少功寫道，它「是語言文字之外一切具體可感的物態示現，是認識中的另一種符號」。（《暗示》，第 8 頁）因此，具象在《暗示》中根據需要，有時也被稱作具象符號或象符。據韓少功及其《暗示》不厭其煩的介紹，具象最常見的面孔有事象（比如張三打了李四一拳）、物象（比如一棵歪著脖子的棗樹）、媒象（比如電視裏或者報紙上的汽車廣告）、環境或氛圍（比如讓人觸景生情的故鄉，比如公事公辦的辦公室和公事可以私辦的酒局）。

我們盡可以說，韓少功為具象尋找子孫輩的方法或許略有瑕疵，因為他的分類尺度確有不盡一致之處；但我們只要牢記具象在韓少功那裏，始終是與「言」、「文」相對照的東西，大體上也就差不多了[3]。

從《暗示》中隨時隨地都充滿睿智的字裏行間推測起來，與其說具像是一個時間概念，遠不如說它是一個空間概念。所謂空間概念，意味著某個特定的具象首先存在於某個地方，其次才是某個特定的具象某個時刻存在於某個地方。從空間上看，某個特定的具象確定無疑地存在於某個地方；從時間上看，它又可以確定無疑地存在於任何一個我們願意將之安放的地方。對具象來說，空間總是固定的，時間總是流逝的，因此，處於時間長河中的每一個人，在憶及固定於某一個空間之中的具象時，總可以將具象在記憶中挪至任何一個地方，以供眼前之所需。記憶向來就具有這樣一種無法被徹底根除的特異功能；而空間的固定，無論如何也架不住時間的流逝與綿延──正如柏格森（Henri Bergson）所說[4]。這大致上意味著，記憶──按照塞拉斯（Wilfrid Sellars）的看法，它本身就是一個語言事件──始終在以它特有的、充滿了具象的語言才華，始終在試圖幫助我們的日常生活充滿活力，讓日常生活像不腐的流水那樣因其存在而恒常恒新。但至為不幸的是，《暗示》公開申說道：當具象在言說中被言說有意漏掉時，悲劇也就必然性地出現在日常生活當中了──這就是韓少功所謂的語言的空心化。儘管韓少功提到這個術語的次數有限，但考諸《暗示》的總體思路和根本宗旨，語言的空心化仍然算得上《暗示》最為關鍵的語詞之一。而所謂語言的空心化，不過是具象在語言中的被「剔除」以致於「殆盡」；按照《暗示》的口吻，就是具象在言詞中被徹底「漏」光。

---

[3] 在結構主義者看來，天下萬物都是語言，具象不過是語言的特殊形式而已（參閱羅蘭・巴爾特《流行體系──符號學與服飾符碼》，上海人民出版社，2000年）。寫作《暗示》而不是寫作《馬橋辭典》的韓少功對此也有無可奈何的申說：「具象裏藏著語言。人類已經有了語言，已經藉語言組織了自己的抽象思維，就不可能還有之網以外的物象和事象。」（《暗示》，第 300 頁）這就是說，對人而言，和語言截然二分的具象、和語言不沾邊的具象幾乎是不存在的。

[4] 參閱柏格森《時間與自由意志》，吳士棟譯，商務印書館，1958 年。

就像韓少功本人一樣，機敏過人的《暗示》始終沒有忘記，語言的空心化自有一個其來有自的漫長進程；更有甚者，《暗示》繼續暗示說，語言的空心化還是以加速度的方式來完成自身和成就自身的。隨著時髦學者嘴裏的現代性在中國大地上的不斷迫近，語言空心化的腳步也在中國的街道上不斷加劇，蹄踏聲在漸行漸近。除此之外，《暗示》還用更為遼闊的篇幅更為明確地申述過：在最為嚴重的時刻，語言的空心化意味著語詞不再表徵任何事物。此時此刻，本著言說的需要，語詞和語詞之間被迫搭配的結果，頂多只產生一種邏輯效應，根本上玩的就是空手套白狼似的語義空轉遊戲──它在邏輯上或許無懈可擊，對我們的日常生活來說，頂多只能算是智力體操。而在語言的空心化較為溫柔的時刻，則意味著言詞輕度性地脫離了具象的控制──這是知識成就自身的最低代價，也意味著語言暫時性地脫離了具象的支持，只不過在言與象之間，還有那麼一點依稀可辨的血緣或遺傳關係。但無論是最為嚴重的時刻還是較為溫柔的時刻，隨著現代性的腳步聲愈踏愈重，語言終將走上一座自說自話的奈何橋。《暗示》中幽默與幽憤齊飛、悲憫共悲哀一色的話語流一再知會我們：在這種嚴峻的時刻，語言註定和我們庸俗的日常生活不會發生太多的肉體關係，也不會產生更多有效的摩擦力。語言因為與生活之間摩擦力的缺失，無可如何地摔倒在了生活的平臺上；它幾乎徹底失去了對日常生活世界的掌控。這當然是旨在人定勝天的屬人的智力，發展出的屬人的悲劇，也是無數仁人志士在語言的專業化方面，嘔心瀝血為自己和專業化製造出的雙重反諷。

為此，《暗示》給出了因言象隔絕（即「言」完全漏掉了「象」）、因語言的絕對空心化而生產出的瘋子形象：

> ……「感覺枯竭型」：言絕於象，於是對現實處境及其變化渾然不覺，以至視而不見，聽而不聞，餓而不饑，凍而不寒。他們的邏輯倒可能嚴密，知識甚至超群，但邏輯與知識都是從書本上照搬，偏執之下用得不是地方，俗語稱之為「認死理」「鑽牛角尖」「鑿四方眼」，是一些強詞奪理的「書呆子」。嚴格地

說，呆也是瘋，在日常生活中被人們斥之為「神經病」，即「瘋子」的同義語。（《暗示》，第 329 頁）

很顯然，《暗示》對這種特殊型號的瘋癲患者既充滿了嘲諷，也寄寓了較多的同情和悲憫。為了救愈這種表面上彰而未顯、實則病入膏肓的瘋子，《暗示》緊接著上引文字善意地推薦了一種治療方案，名曰「非語言心理治療」（nonverbal psychotherapy）：用雕塑、戲劇、化妝、音樂等曾經被「書呆子」們有意漏掉的具象，喚回一個普通人的正常感覺，打破他們心智上的危機，清除他們內心中寄存著的語言上的偏執性紊亂（《暗示》，第 330 頁）。千萬不要以為《暗示》的作者在向偉大的醫學或精神分析理論吐舌頭、做鬼臉；實際上，一貫以行文幽默著稱的韓少功在舉薦這個方案時，反到是嚴肅有餘幽默不足——事情或許真的已經嚴重到無法讓人幽默的田地了。

語言的空心化，知識的危機

必須承認，嗜談現代性的時髦學者在談及現代性和語言的關係時，偶爾也能差強人意地擊中要害：既然語言的專業化（即語言的過度抽象與形式化）和現代性的進程密切相關，甚至生死與共，既然現代性從語言的正出子宮出走後，業已成為脫韁之野馬，就勢必會車轉身來，強拖著語言向更高層次、更大規模的專業化呼嘯邁進；既然異常囂張跋扈的現代性已非人力所能控制，語言受制於也呼應著所謂的現代性，向更高層次、更大規模的專業化呼嘯邁進，自然也非人力所能控制；既然現代性的目標難以逆料（誰知道這哥們在信馬由韁之間將奔向何處？），語言意欲達到的專業化程度與規模，也將邏輯性地難以逆料。無論我們的時髦學者對此持歡迎態度還是拒斥心理，平心而論，都算摸準了事情的脈搏、按住了現代性的各大要穴甚或「七寸」。在這種情況下，誠如《暗示》所擔憂的，語言的空心化還將在各個可能的方向上，進一步得到惡化。

　　負責任的讀者將不難看出，《暗示》的主要目標，根本不是斤斤於語言的空心化在發生學上的原委，而是首先承認語言的空心化已經是既成事實，然後在此基礎上，著重指出語言空心化導致的嚴重後果。早在《暗示》的「前言」中，韓少功就一針見血地道出了實質：那就是知識的危機：「知識危機是（當今世界）基礎性的危機之一，戰爭、貧困、冷漠、仇恨、極權等等都只是這個危機外顯的症狀。」話說得不可謂不嚴重，甚至頗有一番天下罪孽惟由知識認領的架勢。鑒於事態的嚴重性，也鑒於《暗示》在幽默的行文中暗含著的咄咄逼人，我們滿可以問：語言的空心化怎麼就導致了知識的危機？知識的危機怎麼就導致了戰爭、貧困、冷漠等諸般嚴重之極的「事物」？在語言的空心化和知識的危機之間，通衢何在？橋樑安出？

　　據《暗示》舉例介紹說，事情的由來大致上是這樣的。比如說：

> 一個人在美國的公司遭到黑人搶劫，他很可能認定凡黑人都殘暴，可能推論黑人確實是一個劣等種族。事實上，種族歧視就是這樣建立起來的。殘暴、懶惰、偷盜、吸毒等等少數黑人的現象，被某些人當作了所有黑人的共性。這裏的可疑之處是：兇犯可能是一個 B 型血者，為什麼受害方不把所有的 B 型者推論為殘暴劣種？為什麼沒有對 B 型血的歧視？
> ……
> 如果說狹隘族群主義是一種視覺意識形態，那麼它也常常表現為一種聽覺意識形態。一個廣東人欺詐了河南人，受害者很可能記住了廣東口音，於是口口相傳，越傳越邪，直到所有廣東人在河南人那裏都成了可疑和可惡的對象。……當事者很少想一想，一個廣東人可能同時是一個感冒患者，一個基督教徒，一個汽車司機，為什麼可疑和可惡的是所有的廣東人而不是所有的感冒患者、所有的基督教徒、所有的汽車司機？（《暗示》，第 107 頁）

　　韓少功的舉證頗有說服力，頗有幾分暗含著的煽動力；其說服力和煽動力之大，甚至抵消了我們對上述結論之由來的歸納法所懷有的

疑懼。在《暗示》那裏，知識的起根發苗，總建基於人類對具象的歸納性闡釋：「黑人是劣等種族」是視覺意識形態引發的結果；「廣東人是可疑和可惡的，」則是聽覺意識形態的正出後裔。從《暗示》的字裏行間推測起來，韓少功無疑會認為，它們都是知識的一般形態[5]。即使把所有有關知識的知識性說教都考慮進去，韓少功也將大大半是正確的；如果我的理解沒有全錯，韓少功的意圖似乎就很明顯了：知識起源於具象，終止於觀念。而觀念，不過是知識建基於知識之上的樓盤——假如有些過於小氣的朋友認為知識和觀念還不是一回事的話。在上述兩個作為知識的結論性運算式中，具象，那些和「言」、「文」相對應、相對照，甚至在某些時刻還相對立的具象，完全被言詞在有意無意間給漏掉了——熟悉這一過程之關鍵要害的諸位人士都清楚：漏掉具象，是知識為了成就自身而處心積慮的有意之舉；按照語言哲學的 ABC，「黑人」、「廣東人」只是語言符號，甚至連專名都算不上，當然更不是具象。一整部《暗示》幾乎隨處都在保證：許許多多諸如此類的知識（或觀念），就這樣在陰陽差錯中陰陽差錯地形成了（參閱《暗示》，第 160 頁）。考諸上引例證，《暗示》的意思倒是很清楚：不是說所有的知識都是這樣形成的，而是說有病的知識往往就是這樣出爐的。

至此，我們能夠很清楚地看出：當言詞漏掉具象時，語言的空心化成型了，知識的危機出現了。如果說，言詞的過於專業化（即高度的抽象化與形式化）是知識危機的形式之一，有病的知識（或曰病態的知識）則是知識危機的又一種形式。如果說，語言的專業化使書呆子們失去了對生活世界的掌控，有病的知識或曰病態的知識，則在看似具有絕對能力掌控生活世界當中，最終失去了對生活世界的有效掌控。事情的弔詭之處也許正在這裏。雖然《暗示》不那麼同意知識或觀念直接等同於行動（參閱《暗示》，第 161 頁），但韓少功還是不得

---

[5]　此處不擬討論知識的一般形態究竟是何面目，因為這個問題既過於複雜並人見人殊，也不危及本文的立論。有興趣的讀者可以參閱趙汀陽《一個或所有問題》（江西教育出版社，1997 年）對知識及其形態的相關論述。

不承認：除了瘋子，每個人的每個自覺行為多多少少都有知識或曰觀念在其中做祟、做伐和做媒（參閱《暗示》，第 205-206 頁）。為了便於理解，我願意至為膚淺也較為具象化地說：這就是掛在一切馬列主義老太太嘴邊的「理論指導實踐」[6]。因此，當漏掉了全部具象而來的知識或觀念，在日常生活中發揮效力並註定要生產出新一輪的動作／行為時，危機便不由分說地出現了：黑人活該遭歧視（「黑人是劣等種族」），廣東佬永遠休想得到河南侉子的歡迎（「廣東人是可疑和可惡的」）——正如同希特勒治下的黨衛軍遵循「猶太人是豬」的知識（或觀念），向肉身凡胎的猶太人噴射卡賓槍中冰冷而又滾燙的子彈。

韓少功和他的《暗示》一道，有限度地發現了潛藏在人類生活深處的一個大秘密：正是通過一座座看似不那麼牢靠的橋樑，一條條看似不那麼清爽的通衢，語言的空心化和知識危機的兩種重要表現形式終於勾肩搭背，煞是親熱。只要通讀過韓少功的大著就不難發現，《暗示》中凡是談論有關戰爭、貧困、冷漠、仇恨、極權的具體事例時，無一不遵循這一潛在的思路，無一不接受這個對整本書都具有普適性規範能力的公式的指引。順理成章的是，從表面上看僅僅由百餘篇長短不一的隨筆構成的《暗示》，正由此做到了首尾相接、秩序井然和渾然一體。

依照《暗示》的理解，知識建立在無論哪一種人對具象的過度闡釋上，卻又在知識的成品中有意漏掉了具象——我們早已申說過，漏掉具像是知識成就自身的必經步驟之一。這就是經由語言空心化而來的知識與人類以及人類生活之間的尷尬關係：一方面是對具象實施過度闡釋之能事，一方面是知識在情急之中又毫無具象之蹤跡。兩個「方面」相加，知識因此更無法還原到具象的水平上，也就徹底意味著：知識不可能得到具象的有力支撐、有效支撐。因此，絕大多數病態的

---

[6] 作為一個有趣的例證，讀者可以參考老威的文章《居委會主任米大貴》（老威《中國底層訪談錄》，長江文藝出版社，2001 年，第 69-79 頁），此文對一個叫米大貴的馬列主義老太太有著十分有趣的具象化描寫。

知識和知識賴以出生的具象互不相識、相互撲空，也就是可以想見的事情；聰明過人的知識有時讓人無法有效掌控生活世界，其隱蔽的原因，也大率如此。就是在這種情況下，知識的危機確如韓少功所說，是當今世界最基礎性的危機之一。因為更加弔詭的是，我們正是依靠這些似是而非的知識籌畫自己的人生，正是依靠這些來歷不明、身份不清、面孔晦澀的知識組建自己的生活。可以想見，我們的人生與生活在那些渾身長滿病毒的知識的慫恿下，將會有一幅什麼模樣。它註定會敗壞我們的生活，而我們大多數人在大多數情況下尚不自知。為此，韓少功在一次演講中列舉了兩個頗有說服力的例子：

> 前幾年我看到有些中學生也掛 BP 機，其實也沒什麼用，只是覺得這東西挺時髦的。有時候覺得一定要用用才好，便跑到電話亭去把自己 call 一下。這是個很簡單的例子。這裏的 BP 機就是個符號，不實用，但有文化象徵的意味。我再舉一個例子。我到新加坡去，看到有些富婆家裏掛著貂皮大衣，有的一掛十幾件。你們想想，新加坡是一個熱帶國家，緯度接近赤道，她們買這個貂皮大衣幹嗎？根本就用不著、穿不上的。但是要買啊。這個貂皮大衣就是符號，與實用沒關係，只是表示她們的身份，表示我有錢、我體面，我趣味高雅，既然張太太有、李太太有，那我王太太也一定得有[7]。

千萬不要以為那個手持 BP 機的中學生、那個嬌柔作態的王太太是別的什麼人。實際上，他（她）就是我們自己。稍微反思一下我們的行為和知識之間的關係，就會發現，我們和王太太、和身佩 BP 機的中學生之間有著怎樣的「家族相似」。這或許就是病態的知識在指引我們籌措自己的人生的真實意思，也是我們的生活與人生的真相之一[8]。我們七倒八歪、南腔北調、四處漏風漏雨的生活，有相當一部

---

[7]　韓少功《冷戰後：文學寫作新的處境》，《當代作家評論》，2003 年第 3 期。

[8]　不過，韓少功看得很清楚，事情往往有其另一面。《暗示》中有一個叫魯平（又名魯少爺）的人物，堪稱 BP 機擁有者和王太太的反面。此人是個下崗工人，

分從骨子裏，就來源於那些病態知識的有意教唆。這歸根結底來自知識所具有的強硬權力。出於我們對知識的自覺認同和效忠，知識因而有資格逼迫我們即使明知沒用，也要佩一個 BP 機；即使臨近冒汗的赤道，也要給自己搞幾件貂皮大衣。知識的權力如此囂張，總有一天，我們會「前進」到人人都羨慕愛滋病的時代——如果按照雅典的蘇格拉底的知識公式，最終有一種知識說「愛滋病是好的」的話。以今日之世事和世情來推斷，我願意不無戲謔和悲哀地說，這或許也是可以想見的。

　　誠如時髦學者所說，知識問題是一個重大的現代性問題。如此毫不猶豫地照單接收時髦學者的時髦論斷，並不是說知識在遠古時代就不成其為問題[9]，而是堅定不移地承認：知識問題在當今世界上的嚴重性、密集度和緊迫感堪稱「空前」。最近若干年來，知識問題確實讓各路英雄豪傑殫精竭慮、夜不能寐；我們在觸及這個問題時，能不時看到福柯（Michael Foucault）、利奧塔（Jean Francois Lyotard）、布林迪厄（Pierre Bourdieu）或吉登斯（Anthony Giddens）等先哲們忙碌的身影，能聽見他們匆促的、慌亂的腳步聲。在此，我不願意冒險指認韓少功寫作《暗示》，究竟受到過古今中外何方高人的啟示；但我願意冒險保證，他的如許思路一定得之於他的私人生活——儘管私人生活註定要受到某些或公開或不那麼公開的知識的管轄：一個半年逗留都市享受現代化、半年蟄居鄉村享用田園風光的文化人，或許最容易看出現代化與田園生活各自的利弊[10]。這樣一個人在這樣一種情況下，走向對現代性的批判幾乎是符合邏輯的。

為了滿足自己的虛榮心，時常為給兒子買假冒偽劣的名牌服飾殫精竭慮。韓少功對此有過精彩的評論：「換句話說，如果沒有那些親愛的假冒貨，像魯少爺這樣手頭緊巴的父親，就得在兒子面前愧死，只能眼睜睜地看著兒子一身寒酸備受同學們取笑——他還算得上父親嗎？」（《暗示》，第 266 頁）說起來，這也是一個有趣的話題，更是一個心酸的話題，但此處為了簡便，只好從略。

[9]　比如說宋代就遇到過嚴重的知識危機，也因此產生過屬於宋代的生活災難。參閱余英時《朱熹的歷史世界：宋代士大夫政治文化研究》，三聯書店，2004 年。

[10]　參閱韓少功《冷戰後：文學寫作新的處境》，《當代作家評論》，2003 年第 3 期。

　　基於前面已經申說過的理由，對於《暗示》來說，批判現代性，就是批判知識；批判知識，就是批判知識的危機；批判知識的危機，歸根結底是批判知識的生產過程以及語言的空心化，尤其是語言的空心化：「漏（掉）」將再一次出現在韓少功現代性批判的視野當中。因為據《暗示》保證說，知識的危機及其兩種主要表現形式達成自身的具體機制，就搭幫了這位被喚作「漏掉」的動態仁兄。這毋寧意味著，現代性批判必須抵達源頭，何況《暗示》還多次申說過：在「漏（掉）」現身的地方，知識出現了，危機冒頭了，宛若《聖經》所說，上帝顯靈了，世界也就出現了。除此之外，《暗示》還反覆宣稱：正是這些遠離了具象的知識（無論是健康的還是病態的）支撐著我們親愛的現代性，支撐著我們在現代性籠罩下不斷展開的生活。

　　就如每一個人都認可的那樣，我們生活的每一根筋骨，都植根於知識當中，其中就包括了形形色色有病的知識。蘇珊・朗格（Susan Langer）在某處曾經一針見血地說起過：知識沒有過錯，關鍵是什麼知識。蘇珊說，真正的知識可以解放人，健康的知識能使人接觸現實，能使我們看到事實的真相，還能使我們接觸到自己的時代、自己的良心。接下來，這位偉大的美國女性還滿懷希望和悲憫地說：這樣的知識應該為人們所共有。毫無疑問，人類（當然包括我們多災多難的中國人）之所以淒淒慘慘一路廝混到今天，知識在其中無疑起了最重大的作用──也無論是健康的知識還是病態的知識。按照 20 世紀才興盛起來的人類學的一般見解，所有知識都起源於人對距離自己最近的事物的觀察，只不過這種觀察從一開始就是一個正誤交加的過程[11]；依照卡爾・波譜爾（karl Popper）的洞見，我們之所以在關於自然世界的知識方面時有寸進，完全是不斷試錯的結果[12]。但就是這個對自然知識之進步充滿樂觀情緒的波譜爾，對關於人類生活的知識是否進步滿儲著懷疑[13]。或許波譜爾真的是對的，因為顯然沒人能夠保證，

---

[11] 參閱弗雷澤《金枝》，徐育新等譯，中國民間文藝出版社，1987 年，第 19-57 頁。
[12] 參閱卡爾・波譜爾《猜想與反駁》，傅季重譯，上海譯文出版社，1986 年。
[13] 參閱卡爾・波譜爾《開放社會及其敵人》，鄭一明等譯，中國社會科學出版社，

21 世紀的中國人一定比孔子時代的中國人活得更健康、更幸福、更具有滿足感。可惜波譜爾死得稍微早了一點，如果他有幸生活在 21 世紀（即韓少功生活的年代），很可能會有相同的疑懼：為什麼我們辛辛苦苦獲得的知識一方面讓我們生活富足，一方面又讓我們變態、發瘋、失常和驚悸地夢哭？

知識的危機，解救之道？

在支撐現代性各項指標的所有知識當中，或許教育和鈔票才是最硬的知識、最有權力的知識[14]。金錢自然不必說了；按照福柯的理解，教育在本質上就是一種規訓：它借助某種機構，能把知識的權力內化於我們的心靈，從而調控和操縱我們的行為。數千年來，教育由此起到了基礎性的作用。至於教育和鈔票會不會在它們越挺越硬的行進過程中，出現或隱或顯的病態，我沒有本事給出確切的答案，只能敬請諸位高人默察。有一點我倒是敢擔保：即使不徵引任何文獻和前人所言，也絲毫不會影響人們對教育和鈔票作為最硬知識的深刻認識；但我更願意響應《暗示》的號召，畫蛇添足地引證兩個例子，以便具象化地說明本文試圖說明的問題。其中一個直接攫自當下生活，另一個則直接來自《暗示》。

據報載，北方交通大學一個名叫阿芳（估計是化名——筆者）的女學生，為了考上本校的研究生，扭扭捏捏之間，與其導師發生了扭扭捏捏的性關係，從而得到了兩門專業考試題以及標準答案。阿芳由於英語成績太差，最終未被該校錄取，「一怒之下」也「猶豫再三」，終於將事情給抖了出來。據說北京市海澱區檢察院已經立案偵察[15]。個中細節不用細表了；本著我們的目的，這裏只需要考慮的一個悖論

1999 年。

[14] 參閱福柯《詞與物》（莫偉民譯，上海三聯書店，2001 年）對此精闢而詳盡的論述。

[15] 參閱《新京報》2005 年 6 月 9-11 日的相關報導。

無疑是：一個把身體的尊嚴看得如此之重的女學生（據報載，阿芳告狀就是因為自己的身體受到了侵害），為什麼為了上研究生不惜犧牲身體的尊嚴？只要考諸知識擁有的權力，這個看起來難以啟齒而又被媒體認為過於複雜的問題，答案倒是至為簡單：來源於日常生活──按照《暗示》的定義就是生活實象──的知識，會嚴厲地告訴我們，在現代性橫行不法的現時代，只有高學歷才較有可能找到好工作，有了好工作才更有機會成為有品味、有氣質的中產階級。韓少功對此一語破的：「『文明』、『文化』、『文雅』、『文治』等中文詞都是『文』字當頭，『文』人和『文』士幾乎成為了文明的當然代表：這些食草食肉然後食『文』的物種，出入於學府，戴著眼鏡或夾著精裝書，以學歷、學位作為自己精英身份的證明，作為自己理直氣壯進入權力等級上層的憑證……」（《暗示》，第 2 頁）同樣來源於生活實象的知識，也告訴了那位名喚阿芳的女學生：大學才是高學歷的孵化機，才是知識的集散地，導師則是那個孵化機和集散地的看守與監護人。和韓少功一樣，對此問題，法國思想家利奧塔也堪稱一語破的，只不過利奧塔在顧盼自雄的言詞之間，頗有幾分語言崇拜的嫌疑：「在既定知識的觀念得到承認之後，知識的傳遞問題可再分為一系列語用學問題：誰傳遞？傳遞什麼？採用什麼手段？通過什麼形式？效果如何？大學政策是由一整套對這些問題的嚴密回答構成的。」[16]除此之外，同樣是生活實象導致的另一批知識，還會更進一步知會阿芳和阿芳的同類人：要想擊潰看守和監護人的頑強（？）抵抗，除了向他們發射用鈔票製成的糖衣炮彈外，最管用的，就是香噴噴的人體炸彈了。有關這一點，中國古代有一個人盡皆知的古典性小知識，同樣堪稱一語破的：「英雄難過美人關。」這句話的潛臺詞無非是：狗熊更加難過美人關。兩項相加的最終結果是：所有用泥巴捏成的男人都經不起肉體炸彈的摧殘。總而言之一句話，這個以阿芳為主角而被媒體和社會輿

---

[16] 布林迪厄《後現代狀態：關於知識的報告》，車槿山譯，三聯書店，1997 年，第 103 頁。

論廣泛炒作的醜聞，正貼切地道出了知識危機的主要表現——即病態的知識——的高度危害性[17]；其貼切程度恰似「宋江題《水滸》」。

知識來源於具象，但知識一旦成型並必然性地漏掉了具象之後，就成為特定的語言運算式，也就同時具有了語言空心化的特徵，從而有膽量丈量和定義一切可以想見的具象。福柯深刻地洞察到了個中要的，他因此始終願意強調知識（savior）和權力（pouvior）之間的心理紐帶（vior）；按照福柯的高見，在心理紐帶的幫助下，成品的知識，飽具語言之空心化特徵的知識，在幾經閃、轉、騰、挪之間，很快就獲得了自身的「肯定性無意識」。所謂「肯定性無意識」，從福柯的大著推斷起來，無非是指人在下意識中對知識的無條件遵從，對知識的權力的俯首貼耳、頂禮膜拜。知識的權力的最大秘密或許就在這裏：它是人對知識的過度迷信並由此成為知識的基本群眾，進而來達成知識的權威性的。教育、金錢之所以成為最硬的知識，其原因正在這裏；阿芳的所作所為，不過是對現時代中少數幾個和她密切相關的知識的遵從而已。

如果我辜負了阿芳女士提供的好例證不幸未能將問題說清楚，就讓我接著申說直接來源於《暗示》的一個小插曲。老同學聚會結束，大老闆兼奸商老木（又稱木老爺）出門倒車時，不小心撞傷了老同學兼下崗工人魯少爺（真名叫魯平）的兒子。財大氣粗也自稱良心不壞的木老爺賠了醫藥費後，還活生生地搭上了一萬元。幾乎人人都認為魯少爺此番遇上了紅太陽、揀了個大便宜。但下崗工人魯平同志對此非但不感激，反而大為不滿，滿肚皮都是對木老爺的不了然。據《暗示》敘述說，魯少爺倒不是嫌錢給少了，而是嫌老木的錢給得很沒意思。具體情況如下：當魯少爺將孩子受傷處的 X 光照片交給木老爺時，後者對著亮光看看片子，隨即打開保險櫃，甩給魯少爺一遝鈔票，

---

[17] 當然，本文所謂的知識危機的兩種主要表現形式之一的病態的知識，在程度上有強有弱，但無論強弱，按照《暗示》的看法，都是語言的空心化導致的結果。指揮阿芳女士做出種種行為的那種種知識當然在程度上強弱不等，但這並不意味著它們就不是病態的。

就回頭同客戶說業務去了。平心而論，木老爺的動作／行為完全符合現代性以及支撐現代性的各項知識的要求，因為在現代性的境域中，最大的知識據說就是「時間就是金錢，效率就是生命」，也就是查理斯・泰勒（Charles Taylor）所謂的「用美元估算人命」。難怪木老爺的下屬在目睹了木老爺的慷慨之舉後，要對魯少爺好得出奇的運道致以真誠的祝賀；我們也幾乎可以說，智力水平、知識水準還停留在農耕時代的魯少爺，確實是以小人之腹，深刻地誤度了木老爺的君子之心、仁者之心。因為他根本不知道，木老爺每和他多說一句話，就意味著從客戶的口袋裏掏出的錢少了不止一遝。但接下來，《暗示》本著對具象之意義進行敲骨吸髓之能事的敘事方式，對此還有過更加會心的描寫：

> 他（魯少爺──引者注）黑著一張臉沒吭聲，事後越想越氣：票子怎麼啦？我睡你老婆然後給一百元行不行？我扇你老娘然後給你兩百元行不行？我一腳踩癟你兒子的腦袋然後給你個十萬百萬行不行？他後來對我說，要是在鄉下發生這種事情，惹禍的人可能賠不起這個一萬，但可能心急火燎，一臉愧疚，全身哆嗦，手忙腳亂地下門板把傷者往醫院裏抬送，還可能馬上燃起松明到山上尋草藥……在那種情況下，一種溫暖的場景可能使魯少爺有火也發不起來，大事也可以化小。很顯然，那就是人情。人情不是空洞的東西，而是那些充滿著汗氣、煙草味以及松明火光的聲音和形影。在窮人那裏，人們賠不出錢但可以賠出一大堆有聲有色的情況──魯少爺覺得那更為重要。（《暗示》，第 261 頁）

不可救藥地裝備了如此心性的魯少爺，很可能傾向於拒不承認如下事實：對於現代生活或曰「現代性」來說，錢無疑是「漏掉」最輝煌的成果，是「漏掉」為自己建造的最大、最顯眼的紀念碑，因而也就最有力量，任何人在它面前只有膜拜的份。西美爾（G.Simmel）在《貨幣哲學》中，對這種最有力量的紀念碑有過一番耐人尋味的思考：

　　貨幣的作用和個人與其財產之間的空間距離相關聯。……貨幣
　　跨越空間的威力能夠使所有者和他的財產分離得如此之遠，以
　　致於兩者中的任何一方都能夠在很大程度上各行其是，其程度
　　大大超過了以往所有者和財產之間勾連在一起的時期[18]。

　　考諸《貨幣哲學》的整體思想，西美爾這段話遠沒有我們想像的
那麼複雜：只有存著著距離，貨幣才會發生最硬的作用——因為貨幣
根本不具有具象化的特性——正如同皇帝要讓自己的權威得到體
現，決不能和任何一個臣子親密無間，此即光武帝劉秀聽其謀臣進諫
的「天子無私事」。而在今天，貨幣也無私事。它的任務或曰職能，
據所有型號不同、良心各異的經濟學家保證說，就是發揮「公度」的
作用。在這裏，我寧願放棄西美爾先生珍貴而深沉的思考，更願意冒
險猜度一下：那些喜歡將「金錢崇拜」掛在嘴邊的道德批判家很可能
錯了——「金錢崇拜」的根本內裏是知識崇拜，因為崇拜金錢才是當
今世界最管用的知識；金錢崇拜的真正來歷是知識的「肯定性無意
識」，因為知識崇拜才是我們時代放之四海而皆準的普適真理，而且
對這個真理幾乎人人趨之若鶩，在最不濟的情況下，我們也要做出「雖
不能至而心嚮往之」的怪樣子。

　　在《暗示》的整一語境當中，錢或鈔票頂多只是一個輕盈的符號，
幾乎不具備任何形象和重量——但它又是語言空心化最大、最堅強的
物證，是對所有具象的高度抽象。按照森西尼的觀點，在現時代，種
種以為貨幣可以流通並可以將貨幣看作具象性「流通物」的老觀念，
都是些關於貨幣的撓癢癢的看法[19]。但就是這樣一種不那麼具備具象
性的東西（新近出現的電子貨幣就更其如此了），卻可以丈量和定義
一切可以想見的具象，大至橢圓形的星球，小到豬腰子形狀的人的腎
臟。一切可以想見的具象在錢或鈔票的丈量下，頓時原形畢露、貴賤
有別、等級森嚴：菠菜不值錢，大閘蟹比較值錢，鮑魚更值錢，生命

---

[18]　G. Simmel, The Philosophy of Money, London: Routledge, 1978, pp.333.
[19]　參閱 A.Cencini, Money, Income and Time, London:Pinter, 1988.

最值錢，鈔票最最值錢！──這或許就是當今世界特有的進化樹的一般造型。

更值得注意的，是韓少功在《暗示》中針對知識危機所採用的策略或稱解救之道。和他舉薦的名曰「非語言心理治療」的方案以解決知識的過於專業化一樣，解決知識危機的第二種表現形式（即病態的知識）的有效策略，據《暗示》保證說，本著解鈴還需繫鈴人的人間通則，似乎同樣是把漏掉的具象給重新拔拉回來：在鈔票和各種知識以及兜售各種知識的教育掃蕩過的大地上，重新注入「充滿著汗氣、煙草味以及松明火光的聲音和形影」，外加「一大堆有聲有色的情況」。韓少功的如許口氣讓我們聽上去有似曾相識之感：

> 古人觀理，每於活處看，故《詩》曰：「鳶飛戾天，魚躍於淵。」夫子曰：「逝者如斯夫，不舍晝夜。」又曰：「山梁雌雉，時哉時哉。」孟子曰：「觀水有術，必觀其瀾。」又曰：「源泉混混，不舍晝夜。」明道不除窗前草，欲觀其意思與自家一般，又養小魚，欲觀其自得意，皆是於活處觀看。故曰：「觀我生，觀其生。」又曰：「復其見天地之心。」學者能如是觀理，胸襟不患不開闊，氣象不患不和平[20]。

作為一個現代性知識危機的受害者和受益者，我當然冀望於上述美夢能夠成真；但即使排開所有其他方面的疑問，我們至少繞不開如下問題：在一個所謂的現代性無孔不入的時代，在知識的孵化機和金錢號稱「萬萬能」的歲月，在現代性帶來了廣泛的污染因而根本就看不見鳶飛魚躍、黃河早已化為臭水溝的日月，我們還有能力把漏掉的具象重新給拔拉回來嗎？即使把具象給重新索了回來，當真能解決知識的危機？歸根到底，就像最硬的知識的「肯定性無意識」教導我們的那樣，「那些充滿著汗氣、煙草味以及松明火光的聲音和形影」又能值幾個小錢？那「一大堆有聲有色的情況」，能成為研究生畢業典禮上大紅大紫的學位證書嗎？

---

[20] 羅大經《鶴林玉露》乙編卷三「活處觀理」條。

　　為此，原本準備寫成「小說」卻最終寫成了「理論」的《暗示》
（參閱《暗示》「前言」），只好現身說法，即在論述中不時加入大劑
量的敘事，試圖以鮮活的具象聊補論述的乾癟。毫無疑問，添加劑的
作用在此是巨大的，因為它的確為《暗示》給出的關於具象與知識、
關於具象與知識危機之間的知識以具象性的支持，附帶還為《暗示》
贏得了廣泛的可讀性，也延續了韓少功行雲流水般的一貫筆法。在
此，敘事意味著直接面對活生生的具象，誠如明道先生所謂的「觀我
生，觀其生」；因此，敘事在《暗示》中決不僅僅具備方法論上的意
義，更具有本體論維度上的價值。不過，這個問題不用我再加細述了，
因為已經有人說起過[21]；我倒是更願意在無可如何之間開個善意的玩
笑，並敬請韓先生原諒：在這樣一種至為嚴峻的時刻，在論述中不時
加入大劑量的敘事，倒也不失為一種特殊的自我安慰。此時此刻，我
還一併認為，本著《暗示》的主旨而牢記杜威（John Dewey）的教導
或許是值得的：「想像力是善的主要工具。……藝術較之於任何道德
體系都更道德。因為所有的道德體系都傾向於將現狀神聖化。從遠古
開始，人類的道德先知從來都是詩人，雖然詩人從來都是通過自由詩
篇或偶然性來言說的。」[22]

　　我素無賣弄深沉的資本和資格，引述杜威的話也無意給自己壯
膽；我在這裏能夠貢獻的疑問僅僅針對《暗示》給出的解救之道：
免除知識危機及其兩種主要表現形式帶來的災難，只能依靠那些善於
利用語言造象的詩人的想像力？在柏拉圖（Plato）的腦海中，這夥人
可是典型的說謊者，而在我們的孔子那裏，除《詩經》之外的所有詩
作不都有可能是「詩有邪」嗎？讓我們更進一步：即使是直接面對具
象、重新將具象拔拉進早已空心化了的語言即知識當中，歸根到底又
能如何？

---

[21] 關於這個問題的詳細論述，請參閱吳俊《〈暗示〉的文體意識形態》，《當代作
家評論》，2003 年第 3 期。
[22] John Dewey, Art as Experience (New York: Capricorn Books, 1958), p.348.

解救之道？日常生活？

即使沒有詩人們的嘔心瀝血，即使沒有藝術家們實施的造象活動，具象始終存在於我們的日常生活之中，並且自始至終都是距離我們最近的事物——恰如弗雷澤（J.G.Frazer）在《金枝》中所說；儘管語言的空心化以及語言的空心化導致的知識危機在當今世界愈演愈烈，對我們的日常生活也愈來愈構成嚴重的傷害，但言與象的徹底隔絕——正如《暗示》所擔心的那樣——並不是一件容易的事情。「行草不成風斷雁，一江煙雨正黃昏。」（惟儼法師語）無論如何，知識強迫症畢竟不是大多數人的職業或頑症，頂多只是大多數人視野中的盲區；一年中有半年時間蟄居鄉間的韓少功屢屢稱道的農民兄弟們的健康性智慧，實際上來源於言與象的始終共存——那很可能是因為農民兄弟們距離土地和大自然最近。對此，《暗示》和它的主人一道心知肚明：

> 言詞有表層的含義，有深層的含義，當深層的含義不可明言時，就構成了言詞所寓含的親歷性隱象，像長長的影子尾隨於言詞之後，是隨時可供檢索的體驗和情感，是言詞個人化聯想和理解的空間。相同「明言」之下，可以有相同的「隱象」，這是因為多數人的初始條件大致接近，在衣食、疾病、婚育、家庭等方面也有彼此差不多的經驗⋯⋯相同「明言」之下，必有「隱象」的千差萬別，包括深隱和淺隱的差別，富隱和貧隱的差別，隱此和隱彼的差別⋯⋯時間長了，言詞的隱象已經積澱為本能，進入呼吸、血液、體溫一類生理反應。親歷過政治冤案的人，對「專案」「立場」「批判」等言詞會有常人難以理解的本能厭惡。（《暗示》，第303-304頁）

韓少功說得夠清楚也夠明白的了。他還以上面引用過的文字為基礎，順勢推導出一個在社會語言學維度上十分有趣的結論：語言在它

的使用者那裏，始終具有一種「泛成語現象」。所謂語言的「泛成語現象」，說的是每一個語詞之下的隱象在不同的人那裏，因其經歷的不同而面孔各異，因而雖然我們在一些特定場合看起來說的是同一件事物，使用的是同一個語詞，但在某些極端的時刻，所指卻可能判若天壤、差如雲泥。需要韓先生原諒的是，我暫時不想再順著《暗示》的思路說下去了；我想說的是：即使給已經空心化的語言輸入具象，給知識危機（無論是危機的哪種表現方式）輔以具象之金石良藥，從語言的「泛成語現象」之角度看起來，具象對語言的空心化和知識的危機終歸療效有限——因為具象（隱象）在不同的人那裏始終具有不同的涵義。即使是《暗示》也不得不承認，或許正因為這個緣故，我們的日常生活中充滿了對話的危機、對話的困難；韓少功還由此責怪哈貝馬斯（J.Habermas）一類思想家的交往行為理論，充滿了過多的沙龍氣和書齋氣，於真正的對話、有效的對話實無大補。坦率地說，如果運思只到這步田地，韓少功對知識危機的解救之道怕是大有問題，也將成效有限。不過，只要通讀《暗示》我們就會明白，韓少功不會輕易讓自己陷入迷局，他總是要盡可能地擺脫險境，走上通衢：

> 人的大腦像一個資料庫，從來都是「言」「象」混裝，二者互為目錄、索引、摘要以及注解，形成一種陰陽互補的智慧生態。獲得一象，總是就有相關言語在腦海就位；獲得一言，總是就有相關具象潛入心田……生活實像是任何抽象理性最終落實之處和驗收之處。所謂正常人，就是調動有序從而實現言象平衡聯動的人。所謂智慧者，就是「讀萬卷書」以獲得言的豐足，又「行萬里路」以獲得象的富積，從而雙雙出眾左右逢源的人，對現實世界——特別是人文世界建立了資訊的高效控制。（《暗示》，第330頁）

這是遍佈《暗示》的諸多精彩段落中的一個，實在是充滿了左右逢源的對仗性智慧；這個段落或許正好構成了我們理解《暗示》的良苦用心最重要的渠道之一。放在本文的境域內，我願意說，韓少功通過上引精彩的小段落，提出了一種對知識危機（尤其是知識危機的第

二種表現形式即病態的知識）更進一步的解救之道：一切希望都來源於日常生活的堅強支持；生活才是知識危機的有效解毒劑。「讀萬卷書」和「行萬里路」的聯手與合和，在《暗示》的潛意識深處，或許正是日常生活的本來涵義；用日常生活來驗證各種知識，在《暗示》的念想中，最起碼可以讓知識不至於在危險的道路上越滑越遠。看起來這是一種至為理想也至為質樸的解決方案。幾百年前，歌德早就說過一句人盡皆知的話：「理論是灰色的，生命之樹常青。」彷彿英雄所見略同一般，對於歌德的名言，《暗示》還有更為細緻而深遠的發揮：「語言運用要取得有效性和安全性，不能與生活實踐有任何須臾的疏離，不能不隨時接受公共實踐的核對、校正、充實、彌補、滋養以及啟動，不能沒有大範圍和多方位的具象感覺以做依託──在人文理性領域尤其是這樣。」（《暗示》，第 364 頁）

如果一定要嘗試著給生活一個定義，我們不妨順著《暗示》的既有思路放膽冒言：所謂生活，不過是言與象的合和；只不過言與象的合和方式異常複雜，花樣多端得超過了我們的想像。經由這種複雜的、花樣多端的組合方式，在《暗示》那裏，最終構成了一大堆以至於在數量上無窮的「有聲有色的情況」，並由此組建出了那個叫做生活的尤物。更值得注意的是，雖然生活按照《暗示》的主張由言、象合和而成，生活卻不單獨等於它們之中的任何一個；言、象以及由言、象合和而成的結果即生活，是三種不同的東西──正如我們說人是由諸多器官和組織協同構成，但任何一個人都決不等同於任何一個器官或組織。因此，如果說韓少功的現代性批判（其實也就是知識批判）的第一步，是重新索回被言詞有意漏掉的具象，並以具象使言詞充滿肉感，更為關鍵的第二步，則是將象牢牢地與生活捆綁在一起、與言緊密地鑲嵌在同一個黑匣子裏。生活、言、象在此構成了一個堅硬的鐵三角；借用數學貢獻出的比喻來說，這無疑是一個最穩定的結構，因而也可能是一個最安全的結構。我們似乎可以把解除知識危機的主要甚至全部希望，寄放在這個鐵三角上。但韓少功還是先我們一步注意到了：不是說有了這個鐵三角，我們就一定能實現對現實世界的有

效控制，而是說，如果喪失了這個鐵三角，我們根本就不要指望能對現實世界——尤其是人文世界——會有任何像樣的控制。鐵三角只是有效掌控現實世界的必要條件。由此，我們將再一次跟隨韓少功返回到「漏掉」以及「漏掉」的語義。

還是響應《暗示》的號召做具象化的分析吧。讓我們從人人都熟悉的卡拉 OK 開始。稍微有點記性的人都知道，卡拉 OK 是 20 世紀 90 年代中國大地上最為顯眼的新生事物之一。也就是在同一時期，作為最硬和最為病態的知識，金錢萬能論再一次在中國大地上以前所未有的硬度，囂張、亢奮了起來。秉承著最硬的知識悠長地召喚，卡拉 OK 廳裏經常人滿為患；眼見有利可圖，音像商人趁機包裝了大量合乎時代要求和需求的音像帶子。據《暗示》舉證說，有一個教唱中國革命歌曲《血染的風采》的帶子，畫面不是硝煙，不是戰士們的血淚，也不是紅旗和其他神聖、威武和悲壯的造型，而是各種泳裝女子擺出的各種性感姿勢：一忽兒美女出浴，一忽兒玉腿齊飛，一忽兒飛吻送饊，一忽兒雙乳疊出……都旨在具象化地表現英雄戰士衛國盡忠的歌詞。（《暗示》，第 201 頁）很明顯，此時此刻的卡拉 OK 雖然有言、有象，看起來也言象搭配、言象混裝，卻根本上是亂點鴛鴦譜：那些略帶點「那個」的畫面，無論如何也無法與神聖的革命歌詞相匹配。按照《暗示》的觀點，這裏顯然漏掉了某種至關重要的東西：音像檢查部門只看歌詞是否符合教義，卻不問畫面是否有傷風化，也不問畫面的有傷風化是否有意無意消解了革命歌詞的神聖本義，更不問符合教義的歌詞是否和有傷風化的畫面相匹配——據說這都是些次要的問題。韓少功對此有一個一針見血的評論：那些漏掉畫面之隱義只重視言詞之顯義的檢查官，完全是些不可救藥的戀文狂；至於不懷好意的西方觀察家還以為這邊廂依然革命意識形態照舊，因而提出了好些要打擊這邊廂的義憤填膺的口號，正不可救藥地表現出了一個超級戀文狂的喜劇性嘴臉。（《暗示》，第 202 頁）韓少功的評論自然準確到位；為了與本文的論旨相配合，我還想補充一點：漏掉在這裏更深入、更真實的語義顯然是滲入、是對革命意識形態的戲謔性介入，

剛好與我們此前嘮叨多時和多次的「漏掉」大異其趣。更有意思的是，檢查部門可能會漏掉有點「那個」的畫面對神聖歌詞的滲入，身處卡拉 OK 廳之中的人民群眾，卻從來不會漏掉有些「那個」的畫面──他們對滲入持熱烈歡迎的態度，因而趁機把自己滲入到了某種解構性的氛圍當中──，更不會影響他們在 OK 廳裏把紅太陽、紅旗、青松和天安門唱得哭爹叫娘；他們從言、象、生活構成的鐵三角中，飽饗了因為檢查部門的無能而漏掉、卻又分明是滲入進來的略帶幾分「那個」的畫面生產出的泡沫快樂，並且在此之中，還附帶性地培養出了特殊的美學和倫理學。據《暗示》揭發，我們的木老爺就是一邊在卡拉 OK 廳大唱紅色歌曲，一邊美美地泡了陳女士、陳女士的女兒、陳女士的女兒的表姐。

但願這個具象化的小例子，能夠道明此前此後兩個「漏掉」的不同涵義、作用與功能；但願這個例證，還能清楚地說明我想說明的問題：只有處於鐵三角之中，只有牢牢地依附於鐵三角，依照《暗示》的看法，我等草民才有可能從知識危機和語言空心化中全身而退，附帶還能有效掌控我們天天必須面對的現實世界。不過，話又說回來，此處的「漏掉」頂多只能算作知識危機的幽默版本。理由很簡單：對於有關方面來說，它漏掉了有些「那個」的畫面，因而算是失去了對現實世界的有效控制，因為有關方面不知出於什麼原因始終游離於鐵三角之外；而對於老木一類追趕時代潮流的優秀分子，則算是牢牢掌握了對世界的控制權，因為老木等人始終存在於鐵三角之內。他提倡聲色犬馬的生活。

查理斯‧泰勒認為，現代性時期的自由和自主性，使我們這些飽受知識崇拜之苦的小民在迫不得已之間，只好把我們集中在我們自己身上；但與此同時，真實性理想又要求我們發現和弄清我們自己的同一性。接下來，泰勒說了一段與我們此處的論旨較有關聯的話：

> 但是，這個運動有兩個重要的不同面，一個涉及方式（manner），另一個涉及行動的質料（matter）或內容（content）。我們可以

用真實性理想來闡述這一點。從第一個層次上講，它顯然與信奉某個生活目的或形式的方式有關。真實性顯然是自我指示的：這必須是我的取向。但是，這並不意味著，在另一個層次上，內容必須是自我指示的：我的目標必須以某個在這些之外的東西為背景，來表達和滿足我的慾望和希求。我可以在上帝那裏、在一項政治事業裏或在對地球的愛護中找到滿足。實際上，上面的論證表明，我們只有在這類事情中才能找到真正的滿足，它們具有獨立於我們或我們的慾望的重要意義[23]。

　　排開種種深奧的、我懂它不起的深意，至少從表面上看，查理斯·泰勒的意思也許較為清楚：在這個充滿了現代性的世界上，即使是對同一個人來說，也存在著不同的自我、不同的生活——我的「所是」始終在受到我心目中高高在上的「應是」的挖苦和打擊，以致於讓我對自己所擁有的生活與身份大為不滿、大為不齒。但此處實在沒有必要詳察泰勒的微言大義；本著一個實用主義者渺小的實用目的，我只想借用查理斯·泰勒的意思，製造出對本文有用的問題：有關方面游離於鐵三角之外，或最多只擁有一個殘缺不全的鐵三角，因而在過著一種非真實的生活、超過了自己之掌控能力的生活，因而喪失了自我的同一性，這或許不假；但老木一類閉眼、咬牙、挺胸、收腹、一個猛子紮進鐵三角的優秀分子，所過的就一定是真實的生活？就一定擁有了自我的真正認同？接下來的問題必然是：日常生活以及鐵三角，當真能充當解除語言空心化和知識危機的解毒劑？如果答案是肯定的，我們對《暗示》自然心悅誠服；如果答案不幸是否定的，我們又該從何處尋求出路？

---

[23] 查理斯·泰勒《現代性之隱憂》，程煉譯，中央編譯出版社，2001 年，第94 頁。

從日常生活開始或結束：一個供批判使用的疑問

從《暗示》的整體思路推測起來，知識危機有兩種表達自身的主要方式。具象在言詞中被漏掉以致於殆盡之後，語言的空心化就先在地生成了。接下來，語言的空心化一方面導致了知識的專業化，進而導致了諸如書呆子一類的瘋癲患者；另一方面，語言的空心化又極有可能導致病態知識的出現。從效用上說，儘管知識的過度專業化與知識的病態化，都能讓人失去對日常生活世界的有效掌控，但程度顯然是不一樣的：前者不過是個人性地對生活世界失去了控制能力（比如韓少功提到的書呆子們的「感覺枯竭」症），後者則以病態的權力為方式大規模地製造災難，進而在貌似牢牢掌握了生活世界之中，最終失去了對生活世界的有效掌控。──如果說那個漏掉了具有「那個」性質之畫面的有關部門，那個遵循各種程度不同的有病的知識發射人體炸彈而又自悔告狀的阿芳，還頗具一些喜劇特徵，希特勒按照知識生產程式發明出的一整套知識的種種做派，則決不是「悲劇」二字能夠概括得了的。

如果我沒有謬解真經，或許正是在這個咽喉要道，《暗示》令人遺憾地放棄了一個本該直面的難題。既然知識（無論是健康的還是有病的）來源於具象，來源於對具象的過度闡釋以致於有意將具象漏掉殆盡，人在使用知識時又註定會生產出諸多生活實象（作為具象的一種），這不剛好說明知識和具象之間存在著一種循環關係麼？不能說《暗示》居然沒有觀察出這一點（那顯然是不可能的），而是說，它不願意輕易同意知識（也無論是健康的還是病態的）直接等同於造象活動。（參閱《暗示》，第 161 頁）《暗示》這麼下結論當然正確；不過，如果我們說，任何自覺的造象活動都必須自覺地運用某種特定的知識，估計也不會錯。如果在知識和具象之間確實存在著上述性質的循環關係，那麼，用日常生活去充任知識危機的解毒劑，並希圖由此一舉解決知識危機帶來的戰爭、冷漠、貧困、仇恨等諸多嚴重之極的

問題，是否可能？如果上述言詞顯得過於晦澀不清，讓我們換一種口吻和提問方式：有病的知識固然來源於人對具象的惡意性漏掉，但有病的知識通過我們的行動得到表彰因而製造出「一大堆有聲有色的情況」時，這些「有聲有色的情況」是否也會是病態的？如果情況屬實，我們還能指望這些有病的日常生活（在日常生活中總有一部分是有病的）去解除知識的危機嗎？

　　書呆子型的個人性知識危機的受害者不用說了；有眼睛的人都不難獲知，在有病的知識生產出來的病態生活（它肯定是言與象的高度合和！）中，我們總是傾向於用戰爭解決戰爭（所謂人若犯我，我必犯人），用冷漠抵抗冷漠（誠所謂投桃報李），以仇恨應對仇恨（此所謂以牙還牙），而面對廣泛的貧困，我們擁有巨大權力的病態知識或不那麼病態的知識，卻絕難找到稍微有用一些的解決方案。我相信黑色的非洲、棕紅色的拉丁美洲、黃色的中國西部那些孤苦無告者孤苦無告的哭聲，正完滿地證明著、證明了這一結論……

　　這或許才是我們時代遭遇到的真正的危機，它是另一種性質的、程度更加嚴重的知識危機，因為我們將所有可能的答案一路打量過來，覺得每一種解決方案要麼可疑，要麼乾脆就不能成立。難道我們真的可以相信波譜爾的思路，以為在關於生活世界的知識中也存在著一種試錯法？的確，這種試錯法在邏輯上很可能如波譜爾保證的那樣通暢無比，對生活世界上的諸色人等卻又無疑是殘酷的。我們完全可以站在我們這些小百姓的立場上問：試錯的盡頭在何處？憑什麼要試錯？為誰試錯？我們獲取任何一點健康的生活知識，難道必須用一段段病態的生活失誤來達成？面對這一切，我願意以一個成色十足的神秘主義者的口吻說，這差不多就是我們人類之為人類的根本宿命之所在。

　　《暗示》放棄了這一本該得到直面的難題的原因或許正在這裏：不是想放棄，而是找不到令人滿意的答案——儘管韓少功為了應對嚴重的事態，還是力所能及地給出了階段性的答案。面對更深的問題和危機，韓少功再一次放棄了占卜打卦的企圖。對於《暗示》這一充滿

自知之明之無上風度的做派，作為一個身處知識之海中的小知識份子，我心情複雜而又無言以對。但我仍然要高度評價《暗示》在思考上的深度，而不是高度評價它給出的答案。它給我的啟迪和思想恩澤也讓我記憶良深。我極願意用一句庸俗到了人盡皆知的讚辭，來結束這篇過於嘮叨、過於冗長的文章：提出深刻的問題遠比給出一般性的答案更為重要，也更為有力。

2005 年 6 月 22-27 日，北京豐益橋。

方言以及方言的流變

一、

　　據說，中國已經迫不急待地要「走向世界」了，這當然是所謂「小氣候」與「大氣候」合謀上演的一場「威武的壯劇」——誠如韓少功的鄉黨、詩人昌耀說的那樣。[1]「小氣候」麼，當然是指我們自己，正如《古今小說‧陳御史巧勘金釵鈿》裏那位半路上想進茅房的「裏急」之人金孝——「裏急」者，「裏」邊「急」也，憋尿之謂也。「大氣候」呢，正是「落後就要挨打」的別名，「趕超世界先進水平」的綽號，誠如錢鍾書在《走向未來叢書‧序》裏說的，也是外邊的人「推門，敲門，撞門，甚至破門跳窗進來」的渾名。一時間，「與世界接軌」、「走向世界」……的口號此起彼伏，的是熱鬧。孔子曾有「大同世界」的構想，「大道之行也，天下為公」，「故外戶而不閉，是謂大同。」[2]西人也有所謂「理想國」和「烏托邦」。不知是否受了這些玩意的啟發，本世紀初竟有熱心人炮製起「世界語」以代替所有其他語種，這宏願竟未能化成現實，實在讓人遺憾。中國又何曾落後，錢玄同輩「五四」前後不也早就叫喊著要廢除漢字改用拼音文字了麼？直到想把漢語看成「離婚的前妻」（歐陽江河《英漢之間》語），可惜也流產了。錢玄同算得上秦始皇「書同文、車同軌」的後起知己。「語言是存在的家」（海德格爾）；「語言的界限就是一個人世界的界限」（維特根斯坦）。西方人終於發現，世界的一體化原來只有、只須在語言上打主意，而

---

[1]　昌耀《圖像儀式‧小引》，載《星星詩刊》，1992 年第 2 期。

[2]　《禮記‧禮運》。

兩小時後中國人也聽明白了（這果真是一個「全球化的世界」）。君不見，VCD、雀巢、麥氏、肯德雞、麥克唐納、NBA……甚至陳瑪麗、張燕妮、李大衛……已經成為越來越多的人的徽記和商標了麼？

「文化保守主義者」[3]韓少功對此問題大約了然於胸。世界的一體化，意味著本有特徵的消失，方言的死亡，差異的壽終正寢，意味著操場上連長嘴裏喊出的「一二一」，以及鮮活的感性縮減為乾巴巴的、號稱為理性的方程式以及電腦鍵盤上的符碼。卡夫卡曾這關憂心如焚地寫道：「建造巴比倫之塔，但不爬上去，那麼也許會得到允許的。」[4]作為對「世界一體化」的某種抗議，韓少功杜撰了一個想像中的「馬橋弓」。他供認：「馬橋是我虛構的一個地方」，「我是依據上述這些詞目來虛構的。因此，與其說是這些詞目是馬橋的產物，倒不如說馬橋在更大程度上是這些詞的產物。」[5]我們大概可以說，馬橋是方言的馬橋；馬橋就是方言，是方言的時空。它是對特殊性、差異性的某種捍衛。

在馬橋的時空中，有很多稀奇古怪的說法，比如「醒」，其實就是「笨」。「你這個醒崽！」並不是指你特別聰明，值得你的爹媽慶倖，而剛好相反：你這個笨蛋。比如不說「死」而說「散發」。王羲之曾沉痛地說：「死生亦大矣，豈不痛哉！」從對死的稱謂中我們甚至可以看出某個人的群落對死亡所持的態度或觀念。《俱舍論》卷五說，「名，謂作『想』」。《同光記》卷五也說，「名」有「想」的意思，「信」有「隨義、歸義、赴義、召義」的意味，我們常「隨音聲歸赴召於境，呼召色等」，正如同曹孟德說「前有梅林」，手下兵士當即「滿口生津」，「渴意頓消」。語言之用大矣哉！而死亡是人生的大問題，貝多芬曾說「不知道死亡的人真是可憐蟲」。可人人都諱言死，即使有了基督教預設的天堂。現代人對死有了許多新的認識，從生理學上說，死不是心跳的中斷，而是全部細胞的停止活動；從哲學上說，死不是屍骨

---

[3]　語出魯樞元《韓少功小說的精神存在》，載《文學評論》，1994 年第 6 期。
[4]　《卡夫卡隨筆集》，海天出版社，1995 年，第 5 頁。
[5]　韓少功《馬橋詞典·後記》，作家出版社，1996 年。

的毀滅，而是連姓名也同歸於腐朽。但這一切觀念對馬橋又有何用呢？馬橋人只說「散發」。的確只是散發。保守、封閉、愚昧的馬橋人無意間（真的是無意間嗎？）說出了一個真理：一個人散發了，也就是組成他（她）的所有元素都分解了。曹孟德詩謂：「騰蛇乘霧，終為土灰」；《聖經》則云：「你來自塵土，當復歸於塵土」；赫拉克利特則稱：「上坡路和下坡路是同一條道路」。都是此謂。然而，問題是，關於死的「真理」（假如它確實存在），真是馬橋人「無意間」說出的麼？「三毛」是一頭牛的名字，它犯了錯誤（不過是否犯了錯誤並沒有徵求三毛的意見），所以馬橋人準備殺死它。殺它之前，主人悲傷地給它餵足了食物，想讓它做個飽鬼，也算是對得起它勤勞的一生。馬橋人復查的娘還淚水漣漣，即便如此，他們還是找到了要三毛「散發」的理由：首先，歷數它歷史上的污點，以證明它該死；其次，力勸它早「散發」早投胎，沒准還能變成人哩。三毛是否心安理得引頸就死，我們不知道；但馬橋人對三毛的「散發」顯然在心理上有了些平衡，卻是再明白不過的了。整日裏直接與土地、天空、山川、樹木……打交道、對話的馬橋人，用散發為自己找到了死的理由，並不是瞎貓碰見死耗子式的真理。韓少功就「散發」這個「詞條」說：「比如血肉腐爛變成泥土和流水……或者被蟲豸噬咬」，「在某棵老楓樹下徘徊，我們知道這裏寓含著生命，無數前人的生命……只是我們不知道他們的名字。」這當然是作者的自說自話，但也許正是馬橋人潛意識中的想法。《韓非‧解老》說：「生盡之謂死，」這句「聖哲」明言並不比馬橋人的「散發」顯得有何高明；倒是《易‧繫辭上》所謂「是故知幽明之故，原始反終，故知死生之說」與「散發」的豐富內蘊差堪匹配。

我們對方言已經越來越陌生了。在這個一切都在被簡化、被「縮減」的時代，要走入一個方言的世界，對我們來說該是談何容易。面對方言，我們如同釋誅弘《竹窗隨筆》裏那兩個鄉黨「千里久別，忽然邂逅，相對作鄉語隱語，旁人聽之，無義無味」。這一切都意味著什麼呢？我們不妨說，馬橋就是一個方言的晶體，馬橋人團結在它的

周圍，但它又是一個不透明的晶體，只有真正走進去的人，它才顯示出含義。是的，方言就是「隱語」。在它的內部，是一個「不知有漢，無論魏晉」的時空。在這個另一種意義上的桃花源城，人們只知道四季，不知道年月。韓少功不無調侃然而又是相當準確地寫道，關於1948 年這個年份，馬橋人並不知道，甚至毫無意識。在他們回憶的時空中，卻有許多「鄉語」、「隱語」來指代：長沙大會戰那年；茂公當維持會長那年；張家坊竹子開花那年；光復在龍家灘發蒙那年；馬文傑招安那年。但這一切指代有大多數是錯誤的。他們把時間張冠李戴，胡亂給 1948 年找乾爹。我們從韓少功不無幽默的敘述中明白了：馬橋人使用的計時方法不是我們通常所使用的方法，時間在馬橋也不是按它在我們身邊流逝的速度那樣流逝。時間，誠如馬爾克斯《百年孤獨》裏說的，它在某些家族、某些人身上是停滯的。海德格爾告訴我們：「此在所由出發之域就是時間。我們必須把時間擺明為對存在的一切領悟及對存在的每解釋的境域。」假如我們聽從了海氏的話，我們會清晰地看出，馬橋人對時間最明顯的意識、最準確的意識只是生和死。生和死（散發）是他們心目中最偉大的兩個紀元，所以他們看重後代（比如兆矮子想借下鄉知青的種），看重墳墓，而並不看重時間本身。

與此相反的是，馬橋人對空間有著強烈的意識。在馬橋的方言中——按照韓少功幽默的敘述——，指稱代詞「他」還有另一種說法：「渠」。不過，「他」指遠方的人，而「渠」指近處的人。前者相當於那個他，後者相當於這個他。他們把馬橋以外的所有地方都稱作「夷邊」（即「他」），很有些儒家「華夷」之辨的迂腐和保守，甚至還有一些「馬橋中心主義」的味道。中國人稱華夏神州為「天下」，理當萬國（萬夷）來朝；基督教稱地球為宇宙中心，理應眾星旋繞。其實都是同一個「中心主義」。正因為這樣，馬橋人羅伯在地區專署（也就是馬橋人所謂的「夷邊」、「他」）養馬的時候，因為看不慣沿街的高樓大廈，患上了馬橋特產病症「暈街」，於是誓死要辭去「公家人」的身份重返馬橋，正如同前清遺老嘴硬地說西夷的武器（術）雖然屬

害，但道德倫理（道）不如中國，於是義無反顧地一頭紮進中國偉大的孔孟文化中一樣。「暈街」一定是韓少功特殊發現中相當深刻的一種：「暈街」把「夷邊」這個詞條的內涵真正填滿了，也把「他」這個詞目給渾圓、充實了。正如從城裏返回未莊的阿Q說的：城裏（「夷邊」）人（「他」）居然把長凳稱為「條凳」，而且煎魚要用蔥絲。未莊人真要到了孰忍孰不可忍的地步！因此，「暈街」的馬橋人恨上了一切來自「夷邊」的東西：他們痛恨「科學」，把停在路邊的汽車──科學的產物──揍了個半死，就是最有說服力的例證。因此，我們不妨大膽地說，馬橋其實就是未莊，方言隔絕了它與「夷邊」的交往，人們團結在方言的周圍，以方言為核心，是不是也意味著保守、落後呢？換句話來說，韓少功當真只是想用《馬橋詞典》來保留方言，為方言樹碑立傳麼？萌萌說《馬橋詞典》是「語言的尋根」，[6]道理是顯而易見的。但尋根不是去尋找「古人」、「先王」、「古之君子」、「古之賢者」等辭彙組成的世界，而是既要看清方言充滿活力的歡娛，也要看清方言醜陋的面貌。韓少功在南帆所謂「詩意的中斷處」，[7]打出了熱嘲冷諷、故意混淆讚揚與批判視聽的牌子，套用米蘭·昆德拉的說法，韓氏真正領會了自賽凡提斯以來才發現的現代式幽默。因此，尋根，的確是萌萌所說的最後「尋到了語言上」，可也同樣刨出了方言的祖墳：它的棺材裏並沒有什麼像樣的貨色。

二、

　　「不是地域而是時代，不是空間而是時間，正在造就出各種新的語言群落。」[8]韓少功一語破的。君不見，「天下第一賤種」阿Q不是也高喊「革命」了麼？馬橋的方言晶體被打破了，因為新時代的曙光照進了方言。方言不是時代的對手。其實，誰又不在時代面前被揍得

6　萌萌《語言的尋根》，《當代作家評論》，1996年第5期。
7　南帆《歷史的警覺》，載《當代作家評論》，1994年第6期。
8　《馬橋詞典·題記》。

鼻青臉腫呢？馬橋人的嘴裏也吐出了許多新鮮的辭彙，如同未莊的阿Q 嘴裏的「革命」：「毛主席說，今年的油菜長得好；」「毛主席說，要節約糧食，但也不能天天吃漿；」「毛主席說，地主分子不老實就要把他們吊起來；」「毛主席說，兆矮子不搞計劃生育，生娃崽只講數量不講質量；」「毛主席說，哪個往豬糞裏滲水，查出來就扣他的口穀糧」……曾幾何時，痛恨「夷邊」的馬橋方言，對「夷邊」語言的美好感情吝嗇得連蛔蟲也不敢寄生、眼皮也捨不得多眨一下的馬橋方言，也摻入了時代的腸腸肚肚、絲絲縷縷。時代，它裏挾著大量自身的語言，進入了馬橋這樣的村莊。是誰給了時代話語的權威？誰能擔保它一定能給方言帶來新的幸福？從韓少功幽默的敘述中，我們看到，時代語言在馬橋方言面前雖然耀武揚威，卻無可奈何地改換了面貌；或者說馬橋方言披上了時代語言的外衣。究竟是時代語言戰勝了方言，還是方言居然同化了時代語言？雙方都露出了嘲諷對方的微笑，證明失敗或勝利在各自那裏都是虛似的。對此，韓少功肯定知道，但不說。

荒唐的三耳朵（馬橋一個可愛的後生）在時代語言面前分明是失敗了：他認定自己不是兆青——馬橋的另一個子孫——的兒子，一定要讓母親說出自己的親爹在什麼地方，並不懼怕母親的眼淚、兆青同志的拳腳相向。最後，被逼無奈的三耳朵找到了支部書記本義同志，他認為，「作為一個黨的幹部」，本義「肯定瞭解真實情況」。在切入正題之前，三耳朵先說：

> 本義叔，你是曉得的，現在全國革命的形勢都一片大好，在黨中央的領導下，一切牛鬼蛇神都現了原形，假的就是假的，真的就是真的，革命的真理愈辯愈明，革命群眾的眼睛越擦越亮。上個月，我們公社也召開了黨代會……

支部書記本義同志聽不慣，讓他「有屁快放」。但本義忘了自己也正是那個三耳朵；他在羅伯的追悼會上不也蠻有興趣說過類似的話麼？——三耳朵和本義在時代語言面前明顯地敗退了，他們滔滔不

絕、口若懸河，其實正是失語的先在階段的別名。劉應卿《應諧錄‧續說郛》講了一個「失語」之人的故事：「齊奄家畜一貓，自奇之，號施人曰『虎貓』。客說之曰：『虎誠猛，不如龍之神也。請更名曰『龍貓』。又客說之曰：『龍固神於虎也，龍升天須浮雲，雲其風尚於龍乎？不如名之曰雲。』又客說之曰：『雲靄蔽天，風倏散之，雲固不敵風也，請更名曰風』。又客說之曰：『大風飆起，維屏以牆，斯足蔽矣。風其牆何？名之曰牆即可。』」這個姓齊的倒楣蛋在外來語言（外人、「夷邊」）面前終於喪失了自己的語言，患上了三耳朵、本義一樣的失語症。他們只有到了說完套話切入正題時，他們的方言才發揮出威力；且聽本義罵三耳朵：

> 說什麼？你要我說什麼？啊？瘌蛤蟆也想坐龍床，這個事情也好辦。你是要個當團長的爹呢還是要個當局長的爹？你說，我就帶你去找來！

罵得多麼好啊。如果說，《馬橋詞典》裏的政治時代語言還只是與方言「秋色平分」的話，那麼，到了「改革開放」之後，經濟時代的語言則顯示出了更為巨大的威力，方言真的全面、徹底、乾淨地潰退了。進入二十世紀九十年代，馬橋使用頻率最高的詞是「電視」、「塗料」、「減肥」、「操作」、「倪萍」、「勁舞」、「101國道」、「生猛」、「彩票」、「砌長城」、「打屁車（摩托）」……語言果然是生活的一種方式，其界限也的確是人的世界的界限──維特根斯坦一點也沒有弄錯。語言變了，方言蛻化為經濟時代的用語，人當然也變作了經濟時代的人，《馬橋詞典》裏的瘋女人水水不是已經開始幫人摸彩票了麼？據說她的手氣出奇的好。改變最凶的當然是新一代的馬橋人。魁元是馬橋的後輩，是經濟時代的語言哺育起來的新人。他喜歡馬橋祖輩們痛恨的「夷邊」，他來到了「夷邊」，進了一家城裏的工程隊當小工，但幾天後他便不幹了。他既不「暈街」，也不恨「科學」，但他怕曬。他本來就是因為怕下地幹活遭曬才來「夷邊」的，誰知道夷邊「更曬」。老輩的馬橋人把這種行徑貶之為「懶」，但魁元卻把它當成了佩在胸膛上的勳

章。──貶意的「懶」終於「進化」為褒意的「懶」。錢鍾書不是揭發麼，早已有人公開叫器：是懶人創造了科學！馬橋人當年痛恨科學，「懶」就是罪證之一，現代輪到魁元來發明科學的「懶」了。真是「人面不知何處去，桃花依舊笑春風」。只不知魁元能否發明「科學」？

　　馬橋的方言自有它醜陋的一面，但也確有它鮮活的一面；而且，後者並不能作為前者臉上的雪花膏、珍珠霜，也不是為前者美容的手術刀。在政治時代裏，馬橋方言成了一個勉強能與政治語言抗衡的尤物，而在經濟時代，馬橋方言則完全徹底地向經濟時代的語言投降了。也許，更準確的說法是：方言最終蛻變（抑或進化）為一個時代的「共語」，而不再是「獨語」（即方言本身）。韓少功說：「馬橋是一個我虛構的地方，雖然我借用一些自己熟悉的生活，但這本書更多是想像和假定，是我依據上述詞目來虛構的。」至此，我們總算明白了，為什麼馬橋只是韓少功觀念的產物了吧？是啊，你又能在什麼地方去找到現實生活中的馬橋呢？「虛幻的花園裏有真實的癩蛤蟆」（imaginary gardend with realtoads）。[9]難道整個天下不正是、曾經都是馬橋麼？

三、

　　整整十年前，韓少功寫出了著名的《爸爸爸》。主人公丙崽不知是一堆狗屎呢，還是一座偶像？他是個永遠也長不大，永遠穿著開襠褲，永遠只會說兩句話──「爸爸」、「媽媽」──的小老頭丙崽。已經有很多人解釋了丙崽。有的說「丙崽的象徵意義實在是人類命運的某種畸形狀態」，[10]也有人稱丙崽與阿Q一樣是民族劣根性的標本。[11]這些都不無道理。清人譚獻曾說：「甚且作者之用心未必然，而讀者

---

[9]　Marianne Moore:Poetry, G.Moor, The Pengun Book of American Verse, 1979, P346.

[10]　李慶西《說〈爸爸爸〉》，載《讀書》，1986年第3期。

[11]　參閱劉再復《論丙崽》，載《光明日報・文學與藝術》，第372期。

之心何必不然。」[12]古曰「詩無達詁」，也是此意。我想再加一條：丙崽是一個民族失語的象徵，是《馬橋詞典》要表達的中心內蘊的一個合乎邏輯的產物。傳統是可以改變的。在《傳統與個人才能》一文中，艾略特說，天才的作家會改變已逝的歷史，使從前的觀念隊伍重新排隊；對單個作家而論，難道會有什麼二致嗎——如果我們把一個作家的全部創作經歷也當作一個歷史系統來看待的話。是的，從邏輯的觀點看，不是《爸爸爸》在先，而是《馬橋詞典》在前。《馬橋詞典》裏的魁元遲早要成為《爸爸爸》中的丙崽。他的懶，他的被經濟時代語言所養大的腦袋和腸胃不可能讓他去發明科學，只會喪失視聽；不是進化，而是退化為一個小老頭丙崽。這是時代話語對方言的勝利，同時也是它的失敗。如同理性要導致非理性，比法學上提到的著名的「囚徒悖論」；科學要導致反科學，比如二十世紀一部分人對科學戕害人性的大加撻伐；勝利也可能導致失敗。面對這一切，你想不想長歎一聲呢？

丙崽的兩句話——「爸爸」、「媽媽」，「莫非是陰陽兩卦？」《爸爸爸》驚奇地然而也是幽默地說。我們都聽說了，「一陰一陽之謂道，」「道生一，一生二，二生三，三生萬物；」「太極生兩儀，兩儀生四象，四象生八卦」……種種跡象表明，陰陽（二，兩儀）是中國人看待天地創生之始的簡化形式。陰陽生出了萬物，生出了繽紛繁複的方言；而為了世界的一體化，為了交流的方便，我們又從紛紜雜複的方言中，簡化出陰陽二卦——「×媽媽」、「爸爸爸」，妄圖以此「元語言」性質的「不變」而窮盡生活世界的「萬變」。赫拉克利特的「一切是一，一是一切」在此有了別一種的意義。難道還有比這種被米蘭・昆德拉稱之為「縮減的旋渦」更可怕的事件麼？

米蘭・昆德拉曾指出過現代小說的「失名」。他問：拉伯雷《巨人傳》裏的巴奴什是姓還是名？卡夫卡《審判》的主人公約瑟夫・K是誰？想想吧，我們的生活中有過多少個重姓重名！重姓重名的出

---

[12] 《〈復堂類稿・復堂詞錄〉序》。

現，反映的是人們思維的趨同，興奮點的同一，希望的雷同，當然也是時代號角的反光。從社會學的眼光來看，這正是所謂「世界一體化」的表徵。當有一千個「李四」出現，我們該怎樣稱呼他們呢？唯一的方式也許只有喊李四 I，李四 II，李四 III……直到李四 N。因為眾多的李四都不願意自動去另換一個名字，因為「李四」這個名號所透露出的對未來的希望不允許他們這麼做。因此，共語，正是失語。我們都看見了，那就是丙崽。

丙崽因而成為一部機器。「打冤」死人死怕了的雞頭寨，不「返身而誠，反求諸已」的雞頭寨人，把這部機器當成了仙人，跪倒在這個陰陽二卦面前，妄圖讓這部機器給他們指出成功的路向。但只會兩句話的丙崽、丙相公、丙仙、丙大爺卻用他的陰陽二卦欺騙了他的雞頭寨同胞——他們聽了他的陰陽二卦的暗示，死的人反而更多了。隱喻的內涵也許正在這裏：語言是交流的手段，更是人生的態度，用簡化（失語）的語言去對付繁複的生活、械鬥，去對付並未失語的敵人，你還能指望搞清楚決戰的部署、戰略、戰術嗎？這是掩耳盜鈴的新型戰術：它指望對方也在用陰陽二卦指導戰局。

正如韓少功所議論的：「一塊語言空白，就是人類認識自身的一次放棄，一個敗績，也標示出某種巨大的危險所在。」丙崽永遠失去了對世界的控制。雞頭寨，丙崽的世界，實際就是馬橋方言在「發展」流變中的必然取向。遺憾的是，我們的歷史據說正是在「必然」性中發展的。恩格斯就曾斬釘截鐵地說過：必然性終結的地方，正是歷史完蛋的時候。然而，世界也在悖反的方式中前進：為了世界的同一，為了我們的「幸福」——倒不如說為了我們相互間清晰地交流、交往——，我們必須要捨棄方言；而為了幸福，我們又必須要保持方言，最起碼要保持方言中鮮活的成分——因為這樣做能給我們帶來鮮活的個人話語空間——，因而勢必要拋棄同一性。這個矛盾該如何解決呢？難道進步一定要以整齊劃一為代價，一定要以失語為賭注？詩人曼傑斯塔姆的夫人說：「在我們這個時代，雖然為數不少的苦難的人生道路，是按整齊劃一、荒謬絕倫的模式剪裁出來的，但命運究竟不是

一種神秘的力量,而是在內在因素和時代主潮面前所派生的異數。」[13]
這毋寧是說,唯有以我們鮮活的生命力去消解這個悖論,才可能使幸
福、世界的同一和方言並行不悖地聯在一起(?)。可是,生命(力)
又是什麼玩意?它有能力做到這一切麼?韓少功很可能也不知道。他
揭露出方言的醜陋嘴臉和排它性,不正好表明方言本身的無恥麼?我
們需要用來「獨語」的鮮活的方言又在何處?懷疑主義分子韓少功並
不提供答案,他只在十年前端出了丙崽讓我們看。「行到水窮處,坐
看雲起時。」此時此刻,假如我們把「沙恭達羅」篡改為我們希望中
出現的新的「獨語」式的方言,那麼,歌德的《題〈沙恭達羅〉》也
許就可以為我們的疑問、我們的希望、我們的沒有希望的希望收尾:

> 假如我要把春天的花朵、秋天的果實
> 將那些嫵媚動人、豐腴滋養的東西
> 將蒼穹與大地,用一個字來概括
> 沙恭達羅啊,那就要提到你,
> 一切就得到了表示。

1996 年 12 月,上海。

---

[13] 民‧古米廖夫等《復活的聖火》,劉文飛等譯,廣州出版社,1996 年,第 3 頁。

歷史以及歷史的花腔化

一、「花腔」釋義

「花腔」無疑是李洱的長篇小說《花腔》最重要的辭彙，也就是說，它是極具包孕性的辭彙，是被作者有意挑選出來充當對整部小說具有統攝作用的象徵性辭彙——依靠「花腔」一詞的自為運作，李洱甚至開出了對整部長篇小說有著特殊意味的幾乎全部藝術空間。

每一個語詞都是自成體系的，誠如米哈伊爾・巴赫金所說，每一個辭彙都是一個小小的、競技性的語義場或語義世界。[1]恩斯特・凱西爾針對 M.米勒（F.Max Muller）的「有神論」語言觀，以幸災樂禍複兼斬釘截鐵的口吻說：「語詞的巫術功能消失了，代之而起的是語詞的語義功能。」[2]不過，事情並沒有凱西爾想像的那麼簡單、那麼美好，當語詞真正的、原始意義上的「巫術功能」消失後，代之而起的卻是堪稱另一種意義上的「巫術功能」：辭彙的語義空間看起來很小，其實又很大；看起來很大，其實又很小。而辭彙語義空間大小的變化，幾乎完全取決於這個辭彙面對的具體事境的大小；辭彙語義空間在大小上的變化，有一種類似於六祖惠能「逢懷則止，逢會則藏」的特徵，[3]套用北海若的句式我們也許可以說：因其所大而大之，則「辭彙」莫不大；因其所小而小之，則「辭彙」莫不小。[4]辭彙能隨

---

[1] 巴赫金《馬克思主義與語言哲學》，參見凱特琳娜・克拉克、邁克爾・霍奎斯特《米哈伊爾・巴赫金》，語冰譯，中國人民大學出版社，1992 年，第 269 頁。

[2] 凱西爾《人論》，甘陽譯，上海譯文出版社，1985 年，第 142 頁。

[3] 《壇經・行由品第一》。

[4] 《莊子・秋水》：「因其所大而大之，則萬物莫不大；因其所小而小之，則萬

195

著它所面對的事境空間在容積上的變化，改變自身語義空間的大小：在被它包納和框架的事境需要它大的時候，它能陡然增大，在需要它小的時候，它不由分說地小了起來。它具有金箍棒在孫悟空手裏按照需求能大能小、可大可小的能力。

每一個語詞都傾向於是一根彈力近乎無限的彈簧、一具柔韌性近乎無限的腰肢。在極端處，它甚至傾向於將惠施所謂「至大無外」的「大一」空間、「至小無內」的「小一」空間，轉化為這個辭彙所具有的本己性空間。[5]這當然不是凱西爾指斥的所謂「詩語聲音能夠推動月亮」（carmina vel coelo possunt deducere lunam）的「巫術」靈光，[6]而是辭彙在漫長的演進過程中，合乎人類心理渴求需要和認知需要的一般化結果。[7]但是，在正常情況下（而不是在其極端處），每一個語詞其實都有內外兩個部分（「至大無外」、「至小無內」只是語義空間在大小上的兩個端點），如同一個人既有外部的整體形象，又有內部的五臟六腑。李洱從眾多以至於無窮的辭彙中單單挑出「花腔」，分別從辭彙的內部涵義和外部涵義來看，其實大有深意。

在李洱創造出的整一性語境中，「花腔」一詞的外部涵義是：說謊，扯淡，有意掩蓋真相，但「花腔」也有它力不及「七寸」的時候──它並不是隨時隨地、每時每刻都能成功的。它也有自身掩飾不住的「練門」。花腔顯然是一種十分精緻的、需要通過專門訓練才能學會的話語方式。按照小說中那位女歌手的話說，「花腔是一種帶有裝飾音的詠歎調，沒有幾年功夫，是學不來的。」為了證明這一點，李洱旋即通過第一個出場的敘事人白聖韜的講述，命令那位自稱「在馬克思的故鄉德國待過，在那裏學過花腔」而轉投革命聖地延安的女歌手亮了幾嗓子，雖然她的唱腔按照白聖韜的耳朵的看法「跟叫驢差不離」，「還抖來抖去的，」但確實是「一詠三歎」，餘音繞梁。千萬不

物莫不小。」
[5] 對「大一」、「小一」的論述請參見《莊子・天下》。
[6] 凱西爾《人論》，第142頁。
[7] 參閱皮亞傑《結構主義》，倪連生等譯，商務印書館，1996年，第52-67頁。

要以為此處的「花腔」只是一種音樂調門，在李洱普遍而持久的小說語境中，它影射的、顯露的恰恰是一種表徵謊言的話語方式。——謊言在絕大多數情況下，總是既動聽又能給說謊者帶來好處的，所以它值得我們長時間地認真學習、細心體會。

正因為花腔的不易掌握，所以它才顯得異常昂貴和功能巨大。小說的主角兼第二個出場的敘事人阿慶儘管耍盡了花腔，出於種種原因，仍要對前來調查他的反革命行徑的「革命委員會」成員保證：「俺有個長處，就是不耍花腔」，正是看中了花腔的巨大作用（或曰好處）；另一個敘事人白聖韜也要向抓住他的國民黨中將范繼槐（此人是小說中第三個出場的敘事人）保證，自己一貫就是「有甚說甚」，雖然他明知道後者並不全信他滔滔不絕的扯淡，但白聖韜肯定能夠猜出一貫擅長花腔的九段高手范繼槐，分辨得清他的話哪些是真的，哪些是假的——「惺惺相惜」和「心照不宣」的內涵在「花腔」的唆使下，被調笑式地發揚光大了。而為了逼真，白聖韜還不得不在真假之間努力保持一種平衡，以便使他的話語流聽上去更加真實可信：這分明就是花腔的昂貴性最主要的涵義了。

但李洱的小說恰恰是借用了「花腔」一詞的外部形象，直指它內部的五臟六腑：李洱的真實目的之一，是想搞清楚或者想說清楚歷史的花腔特性（或稱「歷史的花腔化」）。[8]因為在李洱看來——整部《花腔》都在幫助李洱向我們作出這樣的暗示——，歷史的本來涵義之一就是說謊，就是耍花腔，雖然它也偶爾露出一點真相，那也不過是像那個聰明的白聖韜一樣，僅僅是出於對平衡的考慮；而如果沒有花腔的深層參與，歷史就是不可能的。畢竟歷史從來就不僅僅是「現象學」意義上的（即柯文所謂的「事件的歷史」），它更是「闡釋學」意義上的（這也是我們始終需要歷史的重要原因之一）。而闡釋，正如我們可以想見的那樣，從根本上就意味著花腔，或者闡釋天然就需要花腔

---

[8] 當然，李洱最真實的目的，恰恰是想在「花腔」導致的真與假相攪雜的矛盾運作中，描敘一個知識份子型的革命者的「心路史」。而這，首先需要歷史的花腔特性的幫襯。詳論見下。

的幫襯才能夠穩穩站立（也就是柯文所謂的「神話的歷史」了），[9]畢竟我們對任何過往事件的解釋，都是出於眼前的需要，或為了給當下事境作旁證（這就是施萊格爾和克羅齊所謂「任何歷史都是一部當代史」的涵義了）。正如小說的敘事人之一范繼槐所說：「幹我們這一行的，最忌諱的就是醉酒。酒後吐真言嘛，還有什麼比真話更危險的呢？」酒和醉酒是花腔的天敵之一，而真話也正好是歷史最大的冤家對頭。因為按照馬克思的看法，酒有能力讓最嚴肅、最堅定的革命者都喪失方向感，[10]而喪失方向感恰恰是革命和革命者的巨大真實和最大隱私──我們的生活與人生隨時都在為此作證、都隨時準備為此作證。很顯然，這是酒自身的醉，是酒自身的「醉後吐真言」。

在小說敘述開始後不久，李洱就從容地、然而也是很隱蔽地亮出了底牌：對於我們中國人來說，撒謊、扯淡、有意掩蓋真相，不僅是一個學習過程，更是一個自覺運用的過程，因為花腔早已是我們的本能了，早已是我們血液、肉體甚至遺傳的一部分。白聖韜對那位自稱在德國學過花腔的女歌手的反問幫助小說道出了要的：「花腔？花腔不就是花言巧語麼，還用得著去德國學習？巧言令色，國人之本也。」因此，剩下來的問題無疑是：對於花腔，我們最主要的任務就是將它完美地運用在生活中與歷史中。所謂學習過程，就是學會完美地使用它以創造歷史。因為歷史促成自身的「老一套勝利」（蒙田語）最常用的技巧就是它。至於我們是如何習得花腔的，李洱對此顯然是不屑一顧，或者乾脆有意將它掩蓋和忽略了。

在其極端處，即從「至大無外」的「大一」空間來說，「花腔」一詞的語義空間對應的是歷史、歷史的寫法（即集體性的「大歷史」）；從「至小無內」的「小一」空間來說，「花腔」的語義空間對應的是個人、個人對往事的言說（即個人性的「小歷史」）。但無論是歷史、

---

[9]　參閱柯文（Paul A.Cohen）《歷史三調：作為事件、經歷和神話的義和團》，杜繼東譯，江蘇人民出版社，2000 年，第 2-12 頁。

[10]　參閱馬克思《評謝魯與德拉奧德》，《馬克思恩格斯全集》第七卷，人民出版社，1999 年，第 321 頁。

歷史的寫法，還是個人、個人對往事的言說，從來都是有目的的行為。而花腔作為一種特殊的話語方式，它的「至大無外」、「至小無內」也從極端處證明了，歷史（不論是集體性的「大歷史」還是個人性的「小歷史」）從來都包裹著一層厚厚的紗衣，這層紗衣就是由花腔編纂的「言語織體」所構成。在這裏，「花腔」就是傳說中那條能夠永無休止地、能夠無窮無盡地吐出細絲的春蠶；當然，這是永遠都不會老去的蠶，從人類撥開烏雲看見青天那一刻直到現在，它的年歲既沒有絲毫增加，也沒有絲毫減縮。它永遠保持現狀，有如聖·奧古斯丁曾大聲頌揚過的「不變而變化一切，無新無故而更新一切」的「我主」。[11] 長期以來，我們就是在這樣的話語方式編織而成的歷史「事實」網路之中長大成人的，聰明的李洱當然沒有必要在小說中就我們如何習得花腔浪費口舌了：他只是替代性地向我們展示了「花腔」露出海面的那塊「冰山」——實際上，整部長篇小說就是對那塊「冰山」的演義。

因此，「花腔」一詞被李洱挑中，並賦予它極大的包孕性，的確是意味深長的，也肯定是蓄謀已久的。[12]小說家李洱在具體的敘事中，始終牢牢地命令「花腔」的內外涵義相互牽制、爭鬥、交叉互補，命令花腔的語義空間不失時機地隨時準備變大或變小，以期恰如其分地承載不同的「歷史」事境內容，最後終於從「大一」空間和「小一」空間兩個方面（即「花腔」語義空間的兩個端點）不斷相互迎面向中間合圍，構成了整部小說既錯綜複雜又井然有序的藝術空間。小說中三個敘事人（即白聖韜、阿慶和范繼槐）在不同時段裏的講述，尤其是分別向不同傾聽者保證「有甚說甚」、「哄你是狗」、「彼此彼此」，就已經非常雄辯地證明了：個人、個人對往事的言說與追懷（即「花腔」語義的「小一」空間所包納的「小歷史」），在何種程度上構成了我們習見的歷史和對歷史的寫法（即「花腔」語義的「大一」空間所包納的「大歷史」）。這歸根結底訴說的是歷史的「老一套勝利法」。

11　聖·奧古斯丁《懺悔錄》，周煦良譯第一卷，商務印書館，1996 年，第 5 頁。
12　參閱李洱《花腔·卷首語》，人民文學出版社，2001 年，第 1-2 頁。

花腔一詞所具有的內部涵義與外部涵義、「大一」空間與「小一」空間共同作用，終於構成了整部小說的特殊語境。而這，正是「花腔」一詞自為運作最真實也最根本的涵義。

有兩點是特別值得注意的。首先是花腔的聲音性質（「花腔」的語言性質是不言而喻的）。誠如小說中那位女歌手所說，花腔是一種帶有「裝飾音」的「詠歎調」。因此，花腔是對聲音的有意扭曲、變形和修改──它讓聲音變得曲曲折折、繞來繞去；它反對聲音的線性傳播，它只有到了最後關頭才在五彩繽紛中釋放出「帶有裝飾音」的「詠歎調」，但又決不釋放完發出聲音的那張底牌或王牌。底牌或王牌始終攥在「花腔」它老人家手中，從來都秘不示人。這直接構成了歷史的神秘性和「權勢」，也由此構成了歷史對我等的巨大威懾力。很顯然，花腔就是聲音上的修辭學：它修改了自然的聲音，它的每一個變了形的聲音的波段，都對應了相應的情感成色和人存身其中的充滿了動作的時間段落。聲音的修辭學在李洱這裏最終意味著：歷史是誇張的，是後人對某一個過往事件故意性的有聲行為。它就是為了給真相製造「噪音」。但在製造出來的噪音中包含了對歷史中人的許多嚴格要求：讓他們死或者活，讓他們快樂或者痛苦，都被嘈雜的聲音明確而嚴正地提了出來。

第二是「花腔」的戲謔性。李洱在小說中有一種抿著嘴淺笑、偷笑和皮笑肉不笑的內斂式幽默。而這種幽默歸根結底就來源於「花腔」的戲謔性。花腔的戲謔性是指：儘管作者和所有敘事人都明知歷史就是要花腔、自己對往事的敘說就是要花腔，歷史早就有將自己花腔化的潛在渴望──即是說，歷史的真相是難以獲得的，但所有敘事人都保證自己「有甚說甚」、「哄你是狗」，作者本人也煞有介事地去追逐所謂的真相。真相和真相的不可獲得與難以獲得之間的差價、追逐真相的巨大努力與得到的真相戰利品之間的差價，正是戲謔性的由來，卻也剛好附帶性地構成了小說的「狂歡化」特質。──將「不可能的轉化為可能的」向來就有兩種結果：要麼是悲壯的，要麼就是搞笑的。李洱顯然在更大程度上傾向於後者。但這同樣是「花腔」自為運作的基本後果。小說中的敘事人之一阿慶代替李洱一語道破了個中要的：

「人民是歷史的母親。雖然誰也沒有見過人民的二奶長啥樣，可歷史還是人民生出來的。」

二、講述

《花腔》的主體構架是三個敘事人白聖韜、阿慶（趙耀慶）、范繼槐分別在抗戰年代（1943 年）、「文革」期間（1970 年）和二十世紀末（2000 年）向不同的人的「口述紀實」。所有人的陳述都圍繞著二里崗戰鬥中「死」於日本鬼子槍彈之下的共產黨人葛任展開。雖然葛任被延安的報紙報導為「以身殉國」、「英勇戰死」，但實際上他並沒有死，而是非常幸運地隻身一人逃到了一個名叫大荒山的小地方擔任小學教師，一邊養病（肺結核），一邊潛心寫作自傳《行走的影子》，當然也一邊等死。——小說暗示道，儘管葛任有很多機會逃走以避免來自國共兩方面的追殺，但他最終還是選擇了死在此處。葛任是一位著名詩人、翻譯家，但首要身份卻是革命家。他曾東渡日本留學，北上蘇聯學習馬列主義，拜見過托洛茨基，聆聽過列寧的演講，即小說中一個小角色（但不是小人物）所謂「如果葛任活到今天（即二十世紀末——引者注），他恐怕就是見過列寧的唯一一人了」。三個敘事人都與葛任有著千絲萬縷的關係。雖然白聖韜是延安的鋤奸科捉拿（？）或解救（？）葛任的特派員，阿慶和范繼槐是國民黨軍統說降葛任的欽差，但三個互相猜忌的敘述人（他們互相懷疑另外兩方想致葛任於死地）都想放葛任一馬，但最後還是只好以「愛」的名義殺了他。這個錯綜複雜的過程在三個人的「口述紀實」中被充分顯露了出來。

講述是李洱採用的主體敘事方式。這當然不是李洱的發明（從小說文體的角度來看就更不是了），在更大程度上，李洱倒主要是聽從了「花腔」自為運作的本己要求和「花腔」的內在律令：「花腔」就是想看看那些歷史事件的親歷者在他們的講述中，如何撒謊、扯淡、有意掩蓋真相，如何像埃里克‧霍布斯鮑姆所謂的患上了「撒謊綜合症」。更重要的是，講述也使這段歷史充分地聲音化了，而不僅僅是

語言化或者文字化了：「花腔」始終具有將自己聲音化的潛在渴望——恰如我剛才所說。歷史的聲音化意味著，每個人口中吐出的言辭泡沫，看起來都是對一件發生過的事情的真實陳述；我們似乎也只有從被聲音包裹起來的親歷者的陳述中，才能準確知道歷史事件的真相，而不只是從文字化和語言化的歷史中——比如記載了該歷史事件的書本中——去尋找真相。歷史的聲音化傾向於不信任歷史的語言／文字化，正如朱利安·巴恩斯在《福樓拜的鸚鵡》中借主人公之口所說：「書籍告訴人們：她為什麼做這件事；生活告訴人們：她做了這件事。書籍是向你解釋事情的前因後果，生活就是事情本身。」聲音化的歷史相信只有它自己才距離事情本身最近。按照柯文的看法，聲音化的歷史是活體的歷史，是有見證人的歷史，更是親歷者的歷史；歷史的聲音化在相當大的程度上，就是確立「個人時間座標」來講述已經發生過的事件[13]。因此，歷史的聲音化歸根結底意味著：聲音化的歷史的真實性不言而喻。它的內在音色是：難道還有比親歷者和見證人的講述，更配授之以「真實」和「真相」的光榮名號嗎？《樂記》說：「是故審聲以知音，審音以知樂，審樂以知政。」[14]放在此處的語境，我們滿可以再追加一句：通過審視聲音我們還可以知道什麼是歷史，尤其是所謂真正的歷史：這肯定就是歷史的聲音化的最大自信了。白聖韜宣稱自己的講述是「有甚說甚」，阿慶自稱「哄你是狗」，范繼槐更是信誓旦旦：「我說的都是實話，大實話，」並且是「出於對歷史負責的精神」，還號稱要把「這段歷史留給後人」。凡斯種種，大可看作對歷史的聲音化的內涵的上佳注釋。

李洱確實像個「詭詐」的歷史學家一樣，在小說敘事中，高度利用了歷史的聲音化來獲得歷史的真相（不過，在大多數情況下這當然是值得打引號的真相了），最起碼他「解決」了一個重要問題：葛任作為革命者、苦悶者、失敗者的一生，尤其是作為知識份子型的革命

---

[13] 參閱柯文（Paul A.Cohen）《歷史三調：作為事件、經歷和神話的義和團》，第3頁，第59頁。

[14] 《樂記·樂本篇》。

家尷尬的一生，在講述中得到了最大程度的展示或「再現」。三個敘事人的講述在對葛任生平的描敘上，也確實起到了承前啟後的敘事學作用。從他們的講述中，在他們有聲的言辭中，我們拼貼出了一副葛任之為葛任的全景圖：一個堅定而又動搖的革命家，一個確信而又充滿懷疑主義的知識份子，一個勝利了的失敗者，一個失敗了的勝利者，一個死於涵義曖昧不清的「愛」的刀劍下的悲劇性人物。——而歸根結底，這個複雜的人物是被包裹在層層聲音組成的多重紗衣之中的，對後人來說，在絕大多數情況下，他甚至就是聲音的產物。而這，才是小說家李洱的真正目的之一。

像一大把馬克思所謂正試圖對利潤蠢蠢欲動的資本，李洱為了達到為自己設置的目的，既躍躍欲試地賦予了講述（即歷史的聲音化）過分的可信度，又興高采烈地高度透支了這種可信度——長篇小說《花腔》的主體構架就是非常機智、非常幽默地建立在這上邊的。從這個角度看，我們似乎不能輕易認為三個敘事人「有甚說甚」、「哄你是狗」和「本著對歷史負責的精神」的信誓旦旦，沒有透露出絲毫真實的訊息，而「花腔」在它力不及「七寸」時偶爾透露出來的值得打引號的真相，也為真實訊息的出現提供了支援。

但「花腔」的自為運作和本質定義，從一開始就給這些講述者的講述，打上了喜劇色彩和狂歡色彩：它讓他們盡可能多的出夠了洋相。他們越是信誓旦旦，他們距離真實性就可能越遠；距離真實性越遠，就使得講述和真相之間的差距越大。這就是說，歷史的聲音化並不是它暗示的那樣必然表徵真實，借用孫子和文子的話說就是：「聲不過五，五聲之變，不可聽也。」[15]聲音也是可以做假的——難道謊言不首先是一種動聽的、悅耳的、撩人心志的聲音嗎？而這，直接傳達了花腔導致的戲謔性的喜劇效果。

伯高‧派特里奇（Burgo Parttridge）從近乎於力的作用力和反作用力規律的角度精闢地說過：「任何節制都會帶來某種緊張狀態，……

---

[15] 《孫子‧勢篇》，《文子‧道原》。

於是，各式各樣的緊張狀態就導致了一種釋放，即狂歡。」[16]但歷史
──尤其是早已花腔化了的歷史──並不懂得什麼叫節制，它天然就
呈現出了狂歡色彩，它天生就是個縱欲狂，它向來都在用滔滔不絕的
腔調戲弄我們，它渾身上下都是奔湧不息的力必多，只是我們將它誤
以為是節制的、理性的，並美其名曰「客觀的歷史規律」。「客觀的歷
史規律」是人的思維出於各種目的，強加給歷史事件的觀念虛構物，
並不是實存的事件或事件的狀態。所以，真正看清楚了這個問題的
人，在對歷史的陳述上，傾向於採取和伯高・派特里奇相反的思路：
正因為歷史是狂歡的、縱欲的、非理性的，所以要在敘述中給它充分
節育。李洱一方面動用了「花腔」的聲音特性和戲謔特性，另一方面，
又限制了聲音特性和戲謔特性在自身跑道上的漫無邊際，牢牢將它們
限制在小說敘事的境域之內。但這並不是什麼「歷史規律」所致（再
說一次，歷史的客觀規律只存在於觀念和思維中，不存在於事實中），
而是小說寫作者與「花腔」的整體語義之間相互搏鬥、相互妥協的結
果。這是一個不斷與詞語商量從而反歷史狂歡化的艱苦過程，是對伯
高・派特里奇觀點的反向介入。

　　在李洱的小說中，花腔的「大一」空間和「小一」空間的矛盾運
作、內部涵義與外部涵義的交叉互補，始終讓三個敘事人的講述呈現
出了相互重疊、延續、交叉、互否的特性，他們的講述顯然有把似乎
已經很明白的歷史之水攪渾的嫌疑。這其實就是歷史的狂歡化特性所
致，也是「花腔」的戲謔性的附帶後果之一，更是「花腔」的基本語
義（即外部涵義表徵的說謊與內部涵義表徵的歷史的花腔化）在得到
限制、得到充分節育之後的產物。在這裏，個人性的小歷史的有意失
真，直接導致了集體性的大歷史的必然攪假。──在這兩者之間，幾
乎有著形式邏輯上的高度謹嚴性。歷史的聲音化在對真實性的陳述
上，露出了它可疑的尾巴，雖然這種種特徵早已包含在「花腔」一詞
的語義空間之內，但李洱翻手為雲、覆手為雨的敘事，在不斷隨敘事

---

[16] 伯高・派特里奇《狂歡史》，劉心勇等譯，上海人民出版社，1992 年，第 1 頁。

需要改換「花腔」語義空間大小的寫作行動中，在長時間對此忽而遮掩忽而顯露的過程中，似乎有意讓人難以分辨。但這不恰好曲曲折折顯透了歷史的某些「真相」嗎？說到底，歷史就是迷霧，它只是偶爾露出真相，但又不針對任何懶漢或沒有眼力的人。而這，仍然是對歷史的狂歡化進行辛勤「節育」之後，逼迫歷史吐露出來的珍貴部分。

李洱選取的講述方式證明了：歷史是聲音最大的消費者，也是聲音最大的浪費者。歷史總是首先傾向於選取聲音的縱欲術，作為自我表達的重要方式。聲音比文字和語言更早來到對歷史進行陳述的境域之中，這幾乎已經是不爭的事實了。雅克・阿達利（Jacques Attali）就說過：「不是色彩和形式，而是聲音和對它們的編排塑成了社會（當然也塑成了「歷史」——引者）。與噪音同生的是混亂和與之相對的世界。……在噪音裏我們可讀出生命的符碼、人際關係。」「當人以特殊工具塑成噪音，當噪音入侵人類的時間，當噪音變成聲音之時，它成為目的與權勢之源。」[17]這完全可以看作「花腔」的聲音縱欲術的目的性的最好說明。李洱的高明或者「狡詐」之處正在於：儘管他明知道歷史的狂歡化在聲音上的效果就是無邊無際的噪音（「花腔」的聲音特性也為噪音的出現提供了躍躍欲試的支援），但動用花腔一詞的「大一」空間和「小一」空間的矛盾運作對聲音的限制，始終使聲音在「大一」、「小一」兩個端點之間遊弋，按照自身需求迫使花腔的語義空間增大或者變小，它像一個被打劫出來或被營救出來的特寫鏡頭，既使歷史所具有的「權勢」特徵更加醒目，也使歷史對聲音的浪費更為驚心動魄。但李洱繁複的小說敘事還是較為徹底地道明瞭：這種「權勢」始終或主要是寄居在聲音中，它安坐在聲音的中心，直彷彿它倒成了聲音的源頭而不是相反。——一般說來，歷史也確實具有這種鳩占鵲巢、喧賓奪主和偷雞摸狗的能力。

這毋寧是說，李洱選擇的主體敘事方式（即講述）最終把聲音給歷史化了。彷彿親歷者的講述就是歷史本身。最起碼從小說敘事學的

---

[17] 雅克・阿達利《噪音：音樂的政治經濟學》，宋素鳳等譯，上海世紀出版集團，2000 年，第 5 頁。

角度看，小說家兼「歷史學家」的李洱似乎有必要這麼做：因為他的目的是想考證一個懷疑主義的知識份子型的革命家的心路史。這種心路史必須要建立在相對真實的基礎上。心路史歸根結底是心靈的「闡釋學」，但它必須首先是心靈的「現象學」。雅克·德里達說：「為了很好地瞭解聲音的能力寓居何處，形而上學、哲學、作為在場的『存在的規定』憑什麼而成為控制對象──存在技術的聲音的時代，為了很好瞭解技術和音素的統一，那就應該思考對象的對象性。理想對象是諸種對象性中最具對象性的對象，」而「對象的理想性只是相對一個非經驗的意識而言的存在，它只能在一種因素中被表述，這種因素的現象性並沒有世俗的形式。聲音就是這種因素的名字。」[18]按照德里達的看法，並把德里達的看法放在此處的語境裏，使我們似乎可以下一個判斷：聲音的歷史化中蘊涵的真實性、歷史的聲音化的「在場」特性，在李洱看來，似乎可以幫助小說完成這一重要目的。

　　三個敘事人的講述既是聲音化的小歷史，也是歷史化的小聲音。之所以是聲音化的小歷史，是由於它僅僅是親歷者的個人性講述（即花腔的「小一」空間所包納的內容），而親歷者本人並不知道自己參與的歷史事件將會對大歷史（即花腔的「大一」空間所包納的內容）構成何種意義。親歷者並沒有先見之明，對於未來，哪怕只是半小時之後的「未來」，任何親歷者都是《聖經》挖苦過的那位「瞎子」，[19]誠如小說家羅伯特·大衛在《奇蹟大觀》中寫道的：「梅林常常發出奇怪的笑聲。」「他笑躺在糞堆上悲歎自己命運不好的乞丐；他笑那個不厭其煩挑選鞋子的紈絝青年。他笑是因為他知道糞堆裏面有一隻金杯，能使那個乞丐變成富人；他笑是因為他知道那個愛吹毛求疵的青年在新鞋的鞋底變髒以前將與別人大吵一架。他笑是因為他知道接下來會發生什麼事。」[20]而真正窺見全局的只有「花腔」和「花腔」在

---

[18]　德里達《聲音與現象：胡塞爾現象學中的符號問題導論》，杜小真譯，商務印書館，1999 年，第 95-96 頁。

[19]　參閱《聖經·路加福音》6：39。

[20]　參閱柯文（Paul A. Cohen）《歷史三調：作為事件、經歷和神話的義和團》，第49 頁。

李洱的語境中獲得的重要涵義，在此，花腔就等同於梅林。和那個洞穿過去與未來的梅林一樣，「花腔」決不把自己知道的事件的來龍去脈及其未來走向，合盤托向每一個具體的人（比如白聖韜），它只調笑他們，支配他們，只讓他們在「小一」空間之內來回穿梭，讓他們自以為「小一」就是他們的整個世界和整個歷史，有如柏拉圖描繪過的那位既自負又可憐的「洞穴人」——因此，三個講述人的講述歸根結底只能是聲音化的小歷史，也只配稱作小歷史。

而三個敘事人的講述之所以是歷史化的小聲音，是因為講述者的聲音只是一面之詞，暫且還沒有得到旁證或得到證偽。這同樣基於那個等同於梅林的「花腔」：它拒絕對講述者的聲音的真偽提出指控，對他們在語調上的過於誇張和言辭上的驚人浪費三緘其口，也暫且認為對於歷史來說講述者的聲音就是「在場」的。它調笑式地鼓勵他們說下去，直到完成「花腔」給他們派定的任務——過渡消費聲音和浪費聲音，由此將聲音的縱欲術發揚光大，以等待李洱或李洱新派來的敘事人為他們節育。這既推動了小說敘事（因為它呼喚出了新的敘事人，並由此呼喚出了相應的敘事），也揭示了歷史的花腔化的某些真相。——很明顯，聲音化的小歷史和歷史化的小聲音同樣意味著對聲音的浪費和噪音性質。

但三個敘事人在講述過程中呈現出的不同型號的小歷史，並不必然構成大歷史：「小一」的集合並不必然等同於「大一」。對李洱和《花腔》來說，「大歷史」的到來，還需要另外的參與者。

三、考證

這個參與者就是《花腔》中的「我」（也許該人差不多約等於李洱本人）；「我」是小說的第四敘事人。這個敘事人在小說中關係重大。與另外三個敘事人不一樣，「我」的主要敘事學任務，就是調出所有能夠找到的關於葛任的「檔案」——包括另外三個人的口述紀實、對有關當事人的採訪記錄、記載了相關事件的舊報舊刊、相關人士的回

憶錄等──，全景式地偵察出和拼貼出葛任的心路史。這就是說，第四敘事人充當的是偵探的角色，這個偵探需要的是真相，需要的是一個知識份子型的革命家的心路史真相。和波德賴爾筆下的巴黎的業餘偵探家很不一樣，第四敘事人是葛任心靈和靈魂的偵探，但又決不是醫生：他只負責甄別、記錄，但拒絕提供對靈魂有效的處方。該偵探才是「拼貼」的主語，而另外三個敘事人則是「拼貼」的賓語。正因為白聖韜、阿慶和范繼槐是賓語，是被拼貼的對象，所以才會在總攬全局的「花腔」的操縱下出盡了洋相，被等同於梅林的「花腔」調笑了許久而不自知。順便說一句，這正好暗合了花腔的戲謔特性，也構成了李洱小說語境中抿著嘴淺笑的幽默質地。而正是第四敘事人的出現，才使得葛任的生平、葛任的生平中顯露出來的心路史成為全景式的。──由於他的出現，「花腔」的語義空間等待已久的「大歷史」才成為可能。

第四敘事人在小說語境中首先是「花腔」的象徵，因為他和「花腔」一樣在總攬全局，知道事情的來龍去脈，也知道所謂事情的來龍去脈都是「花腔」自為運作的結果。正是在這個意義上，第四敘事人等同於羅伯特‧大衛筆下那位全知全能、未卜先知的梅林。其次，第四敘事人又是「花腔」的堅決反對者，因為作為偵探，他要的是真相，可「花腔」並不能直接提供他所需要的東西。花腔在歷史的權勢的幫助下，始終在有目的地修改過往事件，讓歷史真相處於海德格爾所謂的「迷霧」之中。因為「花腔」的外部涵義表徵著說謊，扯淡，有意掩蓋真相；「花腔」的內部涵義在李洱的語境中，恰好顯露了歷史的花腔化（即歷史的花腔特性），它本身就意味著失真。「花腔」的內部涵義包含著「花腔」語義的「大一」空間和「小一」空間，以及這兩個端點之間的所有不同容積的空間；而兩個端點恰恰分別對應的是個人性的「小歷史」和集體性的「大歷史」。由於「花腔」外部涵義的說謊嘴臉，或直接或間接地導致了內部涵義的有意失真，所以也就為「大一」空間包納的「大歷史」和「小一」空間包納的「小歷史」天然打上了假像的烙印。這顯然意味著：無論是個人性的「小歷史」，

還是集體性的「大歷史」，假像都是先在的。這才是聲音化的歷史的「在場」性在小說中獲得的根本涵義。海德格爾說：「迷霧乃是歷史的本質空間。在迷霧中，歷史性的本質因素迷失於類似於存在的東西中。因此之故，這種歷史性地出現的東西就必然被曲解。」[21]在此，很顯然，第四敘事人的敘事目的與「花腔」一詞的語義天然發生了對立，所以第四敘事人成為「花腔」的反對者也是先在的。

有趣的是，第四敘事人最後卻又毋庸置疑地變成了「花腔」的同盟，因為既然對所有過往事件的陳述都是「花腔」自為運作的結果，所謂的真相也必然包含在「花腔」之中（從花腔這邊來說，這恰恰是它力不及「七寸」的地方，也正是它的「練門」之所在），所以第四敘事人只有和「花腔」本身結為同盟，以便深入瞭解它的脾性、它自為運作的方式、它的句法構成、它的聲音形式，才能分辨出它不經意間的「酒後吐真言」。誠如我們所知，「花腔」本身也有醉的時候。「花腔」自身的醉正是歷史狂歡化和戲謔性的聲音表徵。第四敘事人在此分明採用了一種類似於深入虎穴、與虎謀皮、與狼共舞的伎倆，因為歷史的花腔化早已昭告了天下：真相只有在假像中獲得。第四敘事人深知這是危險的：他要麼在假像中攫取合乎目的的戰利品得勝而還，要麼深陷於假像的泥潭之中無力自拔；但第四敘事人更知道堡壘最容易從內部攻破。佛陀對須菩提說：「……如來說有我者，即非有我；而凡夫之人，以為有我。須菩提，凡夫者，如來說即非凡夫，是名凡夫。」為了進一步開導須菩提者流，佛陀隨即還增說了一偈：「若以色見我，以音聲求我，是人行邪道，不能見如來。」[22]與此類似，第四敘事人要想見到「真相」，有如志在修佛的「凡人」想見到如來，必須要透過「花腔」帶來的迷霧重重的「色」、「音聲」去尋找，甚至涉險進入「色」、「音聲」之中。這中間的困難當然可想而知。

為達到目的，第四敘事人「我」在萬般無奈之下做起了考證工作。他號稱掌握了一大堆資料。他既是檔案保管員，又是偵探。但這個集

---

[21] 海德格爾《林中路》，孫周興譯，上海譯文出版社，1997 年，第 345 頁。
[22] 《金剛經》。

檔案保管員和偵探於一身的人，正是吉爾・德勒茲（Gilles Deleuze）所謂的新質保管員。德勒茲將這一名號免費贈送給了老友蜜雪兒・福柯。他認為福柯之所以是福柯，關鍵就在於他發明了一整套重新看待檔案的思維和陳述方式。德勒茲大聲稱頌說：「他（福柯）將沉醉於一種對角線圖之中。」[23]李洱通過「花腔」一詞的自為運作，唆使他的第四敘事人也找到了重新看待檔案的方式，像那個狡猾而又幸運的福柯一樣，李洱的第四敘事人也有他將要醉心沉入的「對角線圖」。毫無疑問，在小說中，這個「對角線圖」就是李洱式的「考證」。

李洱式的考證顯然是盜用了實證主義式的考證之名的「考證」。它冒用了乾嘉學派的考證方式。第四敘事人杜撰了大量檔案：既有有聲的，又有無聲的。順便說一句，第四敘事人杜撰檔案的行為並不「卑鄙」，倒恰好是模仿了歷史的花腔化的一貫行徑：難道二十四史真的就是過往事件的羅列史而沒有絲毫（？）杜撰成分？──杜撰正是歷史「老一套勝利法」必備的工具之一，但歸根到底是歷史的權勢的勝利，是某種殘忍的歷史倫理敘事的勝利。在具體操作中，第四敘事人力圖引用無聲的文字記載（即歷史的文字化），去印證或者證偽那些已被聲音化了的歷史。他既調笑式地讓聲音化的歷史現出了原形，也發掘出了聲音化的歷史中的真實成分。儘管歷史的聲音化和歷史的聲音本身就意味著噪音，噪音一如阿達利所說確實對應的是混亂的世界，但噪音之中也無疑包納了一鱗半爪的所謂真實（儘管它仍然是混亂的，儘管花腔在它力不及「七寸」時掩蓋不住的真相仍然處於混亂之中）。李洱式的考證就是首先引證各種無聲的檔案資料，去為歷史的聲音縱欲術節育，以便讓它有限度地閉嘴，然後迫使它「醉後吐真言」。這當然是一個艱難的「去偽存真」的過程，也是李洱在「花腔」的敦促下，為自己找到的「對角線圖」。在此，「對角線圖」作為一種重新看待檔案的思維與陳述方式，完全在講述中被行動化、動作化了，它不再是一種靜止不動的觀念，或者不僅僅是一種觀念。

---

[23] 參閱德勒茲《福柯・褶子》（中譯本），湖南文藝出版社，2001年，第7-8頁。

它跑動起來了，它要在跑動中與那些檔案們發生新型的、不可分割的關係。

但第四敘事人作為「花腔」的盟友，始終處於清醒之中：他始終明白無聲的檔案也是「花腔」自為運作的結果之一。所以，在小說語境中，出盡了洋相的不僅是聲音化的歷史，同時也是文字化的歷史。這同樣要歸功於第四敘事人對無聲的檔案（即文字化的歷史記載）進行的考證。這最明顯不過地意味著：文字也有它的縱欲術。但那無疑是更有目的的縱欲術：它想讓時間懷孕、生產，最後在浩若煙海的文字記載中，隆重生下一個讓所有當事人幾乎完全不認識的「歷史」「事實」。朱淑真說：「筆頭去取千萬端，後世遭它恣意瞞。」[24]差不多就有這個意思在內。而在李洱「杜撰」出的小說語境中，文字的縱欲術同樣來自於「花腔」一詞的自為運作，因為「花腔」的內部涵義表徵的是整個歷史的花腔化（或歷史的花腔特性），該花腔化並不單單針對歷史的聲音化的花腔性質。按照 K.詹京斯（Keith Jenkins）的觀點，歷史僅僅是「一種語言的虛構物，是一種敘事散文體的論述」。[25]有這樣精闢的言論壯膽，我們幾乎完全可以下結論說：「語言的虛構物」正是「花腔」的本來涵義之一。所以「花腔」的內部涵義表徵的歷史的花腔化，也天然要針對歷史的文字化透露出來的花腔嘴臉。在這裏，第四敘事人將考證的手術刀，毫不遲疑地對準了歷史的文字化的下部：他也要為語言的縱欲術的輸精管接紮、節育了。

第四敘事人始終將自己和自己的考證穿插在另外三個敘事人的講述之中，他讓無聲的檔案和有聲的檔案連在了一起。在「花腔」的自為運作下，李洱唆使第四敘事人的考證方式，最終帶出了歷史的聲音化和歷史的文字化相互間狗咬狗的有趣局面。這剛好部分暗合了「花腔」本有的戲謔特性。更重要的是，歷史的聲音化和歷史的文字化之間的搏鬥、交鋒，終於使小說的真正主人公葛任的心路史全景圖

24　朱淑真《讀史》。

25　K‧詹京斯《評什麼是歷史：從卡爾、艾爾頓到羅迪、懷特》，轉引自葛兆光《中國思想史》（第二卷），復旦大學出版社，2001 年，第 51 頁。

一步步完整起來了。這既是考證的目的、偵探的渴望，也是所謂「大歷史」的由來。

但絕對的真相依然是不可獲得的。「花腔」的語義空間的確是一根彈力近乎無限的彈簧，一具柔韌性近乎無限的腰肢，在李洱的操策下，在需要它小的時候，它規規矩矩地小了──比如需要它以文字化的歷史去校正聲音化的歷史的時候；在需要它大的時候，它也毫不遲疑地大了──比如在第四敘事人的敘事穿插在「講述」的過程中，來展示「大歷史」的時候。但「花腔」的天然說謊特性，使它無論在語義空間按照需要變大的時候還是變小的時候，都脫不了假像的內在神色。這使得第四敘事人緊鑼密鼓忙活了大半天，仍然在最後發出了深深的哀歎：「真實其實是一個虛幻的概念。」這正合鍾鳴所言：「人們留在地面上的是哲學、幻影和恐懼，而埋在地下的，卻是真理和考古。」[26]

四、愛與死

葛任在二里崗戰鬥後拖著病體殘軀隻身一人逃往大荒山，在一所小學中暫時安住了下來。但他還是很快暴露了行蹤：在他從延安出發奔赴二里崗之前，應一位在香港辦報的老友的盛情約稿，寄去了他多年前寫成的一首詩（即《蠶豆花》）的修改稿，由於郵路不暢，發表時已在二里崗戰鬥之後、葛任被認為「死難」之際。敏銳的國共兩方都從《蠶豆花》發表的時間上，嗅出了葛任可能還活著的蛛絲馬跡，也都隨即作出了迅速的反應：三個身負追殺葛任或者說降葛任重任的敘事人，分別從重慶和延安出發奔赴大荒山。他們風塵僕僕的腳步聲在他們對事件的講述中清晰可聞，直彷彿匆匆的腳步也構成了歷史的聲音化的一部分。

延安方面想致葛任於死地──既然他已經被報導為「英勇就義」、「以身殉國」，他就是不想死也由不得他了；重慶方面則想將其

---

[26] 鍾鳴《徒步者隨錄》，東方出版中心，1997年，第7頁。

說降——既然他是共產黨的重要人物，既然他並沒有殺身成仁、引頸取義，一旦說降成功，不僅於黨國大有用處，也夠長期敵對的共產黨喝一壺了。雙方的算盤都打得叮噹作響，目的不可謂不明確，計畫也不可謂不周詳，但都在某一方面失算了：他們派去的人都與葛任有著很深的關係；他們可能沒有想到，這些執行任務的特派員和欽差們，都在為如何放葛任一馬殫精竭慮。

這個錯綜複雜的過程在小說有意味的藝術空間中，顯然有意識地涉及到了「愛」。延安方面認為，葛任只有死才能保住名節，現在殺死他也只能理解為被愛所驅使。一個叫竇思忠的袖珍領導人在向白聖韜交代任務時，說得再明白不過了：

> （我們）都深愛著葛任。哎，他當時若是就義，便是民族英雄。可如今他甚麼也不是了。他若是回到延安，定會以叛徒論處。要曉得，大多數人都認為，在急風驟雨、你死我活的鬥爭面前，一個人不是英雄，就是狗熊。總會有人認為，倘若他沒有通敵，他又怎能生還呢？……不殺掉，他也將打成托派，被清理出革命隊伍。即使組織上寬大為懷，給他留了條活路，他亦是生不如死。……我們都是菩薩心腸，可為了保護他的名節，我們只能殺掉他。……如果我們還像往常那樣深愛著他，那麼除了讓他銷聲匿跡，沒有別的好辦法。

這真是擲地有聲的愛的宣言。這是愛的聲音化，似乎與歷史的聲音化無關，實際上又太相關了。因為愛這個人才去殺掉這個人，卻又要為此進行長篇大論、滔滔不絕的解釋或辯護，正是歷史的聲音化的本義之一，也是歷史的聲音縱欲術的引論之一，更是歷史的狂歡化被隨意利用的結果之一——歷史的狂歡化被加以利用的方式幾乎是無窮的，既然它本身就是非理性的、沒有明確方向的，正說明它有可能處處都是「正確」的方向。甚至這種用聲音包裹起來的解釋或辯護，也已經直接構成了歷史的聲音化的一部分。這非常清楚地表明瞭：在死亡面前，一切語言的縱欲術和聲音的縱欲術並沒有失效，儘管切切

實實的死亡本身並不需要這些嘈雜和饒舌。但對死亡的辯護和解釋的目的依然很明確：它要讓人安然地甚至是快樂地引頸就死。因為這就是愛，是「花腔」的自為運作賦予「愛」的內在律令。它的無可辯駁的理由早已被充分地、滔滔不絕地聲音化了。

而重慶方面則認為，只要說降葛任，就可以給共產黨難堪，也就可以為「攘外必先安內」之達成添磚加瓦。這樣做也是為了民族大義。而這同樣是出於愛的考慮：犧牲了葛任在共產黨那裏至高無上的神聖名節，卻又為民族解放大業貢獻了力量，在國民黨眼中，這兩者之間的差價葛任看來是不費什麼成本就能白白賺到手了，說到底還是便宜了葛任；如果說降不成，那就只好將他殺了。在重慶方面看來，這也是愛的意思：不讓葛任為共產黨效力，也就使黨國少了一大敵人──我們早就聽說了，國民黨始終認為只有它自己才能代表國家和民族，它從一開始就拍著自己的胸膛說過：兄弟我歷來都是贊成「天下為公」的。在這種情況下殺了葛任，意味著迫使葛任犧牲自己成全民族，盡可以讓他留名青史，這不是愛他又是什麼呢？可是儘管如此，我們還是不妨來看看阿多爾諾在《啟蒙辯證法》中為此類行徑下過的一個判斷：「只要有人被當作犧牲品，只要犧牲包含了集體與個人之間的對立，客觀上犧牲中就包含了欺詐。」[27]儘管阿多爾諾老兄的看法恰可謂誅心之論，但古往今來的文明史早已證明了：他的擔憂並沒有任何實效，因為歷史的操作者必須最大限度地利用歷史的狂歡化、馴服歷史的狂歡化以使它走上「正確」的方向來為自己服務──而葛任不過是這中間並無新意的又一例罷了。

總之，在愛的籠罩下，在犧牲的廣泛籲請下，葛任肯定不會有任何活路了，除非他答應逃離這個由各種型號的「愛」編織起來的是非窩。所以國共兩方在這次行動中，都不約而同地給葛任取了一個相同的代號：0 號。意思是沒有、不存在──有關這一點小說寫得很清楚。因此，葛任的死早就是預定的了。愛與死在這裏也終於像一對幸福的

---

[27] 轉引自耿占春《改變世界與改變語言》，社科文獻出版社，2000 年，第 267 頁。

情侶一樣手挽手地聯在了一起。在小說語境中，死是愛的結果，但同時又是愛的條件：沒有死，愛就無從體現。這真是一個類似於「闡釋學循環」的怪圈，但也是一個能夠讓人潸然淚下或仰天長歎的笑話。有趣的是，以愛的名義讓葛任徹底變為一個 have nothing，在國共雙方看來，不僅僅是出於對集體（即集體性的「大歷史」）的考慮，更是出於對葛任本人（即個人性的「小歷史」）的愛護。不過，問題倒在於，葛任對此有何意見呢？這就不必考慮了。他們以愛的名義早已替他想好了。他只須接受就行了。

　　三個敘事人出於對葛任的私人交情，都想放了葛任：白聖韜不惜降了軍統特派員范繼槐中將，因為他終於看出了後者也有放掉葛任的心思，因為放了葛任他姓白的回到延安畢竟只有死路一條；阿慶為此還殺了他的同僚——另一個也想救葛任而不為阿慶所知的軍統特務楊鳳良。應該說，這三個人對葛任的愛基本上都是針對葛任本人（即愛的私人化），並不惜冒著背叛國共兩黨的神聖旨意的危險。但已是病體殘軀的葛任拒絕了他們的好意。他似乎早已心灰意冷，不再作生還的打算。「無端歌哭因長夜，婆尾陰陽剩此時。」[28]他的朋友們在萬般無奈之下，也只好殺了他。有趣的是，他們都沒有親自動手（當然也不能或不忍親自動手），而是借一個日本人川井——也是葛任的朋友——完成了這項艱巨的工作。更加有趣的是，選用這種方式，據說也是出於愛。按照范繼槐的講述，情況是這樣的：

> 現在斃掉他，其實也是在成全他。既然他說國民黨一定要倒臺，共產黨一定要勝利，那我殺了他，他不就成為烈士了嗎？……不，我不能親自動手。……最好是川井來把這件事給辦了。這樣一來不管誰贏誰輸，不管歷史由誰來寫，民族英雄這個桂冠葛任都戴定了。哎，知我者，謂我心憂，不知我者，謂我何求。天地良心，我是因為熱愛葛任才這麼做的呀。

---

[28] 譚嗣同《感懷》。

誰勝利，歷史就屬於誰，這當然不言而喻。W.本雅明就曾多次說過，歷史向來只和勝利者共鳴，只願意和勝利者的心相印；但無論誰勝利，民族大義都是攥在這個勝利者手中用以解釋勝利合理性、必然性的重要籌碼，於是殺死葛任的歷史理由就更加充分了，他被「零」處理的合法性也就更加堅固了。很顯然，歷史的狂歡化特性在這裏的作用暴露無遺，如同在漆黑的大地上星星的意義昭然若揭：那些歷史的勝利者自以為馴服了歷史的狂歡化，沒想到他們僅僅是被歷史的狂歡化特性當作長槍使用了一把；不過，讓歷史的狂歡化特性倍感難堪的是，歷史的勝利者確實是勝利了：他們也利用了歷史的狂歡化特性成就了自身，他們強行把歷史的狂歡化特性又一次強行拉到了於己有利的一邊，至少是在殺死葛任這件事情上。

李洱一邊動用講述（即歷史的聲音化），也一邊動用第四敘事人的「考證」，將愛與死緊緊聯繫在了一起。由於「花腔」一詞自為運作帶出來的歷史的花腔化，讓人感到愛與死互為因果式地聯為一體，既過滑稽又太過嚴肅。以歷史的名義來看待一切事情，生與死也就被置於歷史的鏈條上，生與死的意義也被置於歷史的網路中；在一切以歷史點了頭才能作數的境域內，愛作為生與死之間相互轉換、相互過渡的中間環節或核心內涵，也就順理成章了。這就是說，愛也最終被歷史化了，愛成了一個具體的、歷史性的概念，喪失了它本來應該具有的絕對性，容不得解釋上的半點閃失。但由於歷史的花腔化或花腔特徵，已被歷史化了的愛也天然打上了花腔的嘴臉。它看起來在邏輯上無懈可擊，卻經不起來自心靈的真正推敲。E.雲格爾（Eberhard Jungel）堅定地說：「死必須嚴格限制在那個界限：沒有任何人有權設置它，因為沒有任何人能夠取消它。」[29]很顯然，雲格爾的看法未必邏輯嚴密，但它合乎我們「凡夫」的內心。我等草民從來就不願意歷史的、具體的愛導致的死無端降臨到我等頭上。但歷史的花腔化和花腔化了的愛，卻往往傾向於拒絕來自心靈的拷量。不用說，它們當然有自己的道理。

---

[29] E・雲格爾《死論》，林克譯，三聯書店，1995年，第121頁。

　　為此，李洱在小說中為愛的涵義有意設置了驚心動魄的一幕。葛任的爺爺非常寵愛一隻名叫咪咪的小貓，其寵愛程度甚至超過了對孫子葛任的愛。但這位老人在臨死前，將咪咪熬成了一鍋湯喝了下去。他認為那是對貓最好的愛。第四敘事人引用相關檔案對此大發議論：愛也會帶來災難，愛就是殉葬！而這，放在小說的語境中，正可看作是歷史的花腔化帶來的有關愛與死的倫理學。這種修辭學為「愛就是殉葬」提供了合法性上的論證，也讓那種在愛與死之間建立起來的類似於「闡釋學循環」的玩意，頃刻之間擁有了膽豪氣壯的正當性。愛與死的倫理學從根本上證明了歷史的花腔化和歷史的狂歡化帶來的殘忍，但歷史的花腔化和被歷史的勝利者馴服了的歷史的狂歡化，卻往往將這種殘忍看作了「必然性」，這就是所謂歷史的車輪不可阻擋的真實意思。出於亞里斯多德所謂「必然性不聽勸說」的硬性原因，對於這樣的龐然大物，我們又能說什麼，還能說什麼呢？但在此我們依然可以站在「凡夫」的立場問一句：歷史的車輪的確「必然性」地滾滾向前了，但憑什麼偏偏讓我為它做出犧牲？誰給了它這樣的權力？更加重要的是，誰知道歷史的滾滾車輪最終會駛向何方？人們真的有足夠的力量隨心所欲地調控歷史的狂歡化特性，讓歷史的車輪奔向命定的目的地嗎？

　　正是歷史的花腔化帶出了小說語境中的歷史倫理敘事。歷史倫理敘事意味著：必須以歷史必然性的名義來判斷一個人的死法，也必須要從有關愛與死的倫理學的角度來判斷愛與死的意義。儘管死亡是最大的平均主義者，但每一個人的死法卻又各個不同；對於任何一個身處歷史倫理敘事網路之中的人，他們的死也沒有任何自由可言：他的生與死只能接受歷史倫理敘事的裁判，何時死、怎樣死也由此得到了規定和派生出了嚴正的意義與超人的價值。值得注意的倒是，第一，在這個行進過程中，歷史的「權勢」特徵始終就包裹在聲音化和語言化的境域之內。第二，歷史的花腔化跟歷史的權勢有相當大的、「邏輯」謹嚴的關聯：為了達到或獲得歷史倫理敘事的嚴正性，撒謊就是主要方式之一，也是最有效的方式之一。當然，歷史倫理敘事也有它

自身的愛：在極端處，比如在李洱營造出的小說藝術空間中，它宣稱愛與死是一對聯體的雙胞胎，砍去一半，另一半就不能獨活。在小說中，我們看得很清楚，歷史倫理敘事定義下的「愛」最終體現出了猙獰的嘴臉，但它又是以答應你「青史留名」的允諾來自我完成的。這當然矛盾得讓人難以在二者之間做出選擇，因為那遠不是一個「魚與熊掌」的問題，因為已經聲音化（甚至語言文字化）了的歷史的「權勢」無可逃避。但它似乎又是必然的，難以改變的，一如顧維諾所說：「凡必然之物，都令人痛苦。」[30]

不過，歷史倫理敘事恐怕是徹底遺忘了，死人是不可能稱頌歷史的花腔化的，哪怕歷史的花腔化確實偉大得有如上帝。正如《聖經》所言：「陰間不能稱謝你（即上帝──引者），死亡不能頌揚你，下坑的人不能盼望你的誠實。只有活人，活人必稱謝你，像我今日稱謝你一樣。」[31]要是所有人都在愛與死的倫理學、歷史的花腔化與歷史倫理敘事的要求下死無葬身之地，還剩下誰去稱頌它們呢？可以想見，滾滾向前的歷史列車也終將空無一人。而歷史的花腔化與歷史倫理敘事在寂寞無聊中，難道會像卡夫卡所說的魔鬼們那樣互相爭鬥，[32]以致於為了解決寂寞和孤獨，為了滿足它們各自好鬥的品性，也為了「花腔」語義的圓滿實現，去重新定義在愛與死的倫理學的關照下必死的魔鬼同志嗎？在這裏，W.布萊克對於某種殘忍的「愛」發出的睿智之言，無疑值得我們深思：

> 我們願意放棄愛
> 根除地獄的森林

---

[30] 參見舍斯托夫《雅典與耶路撒冷：宗教哲學論》，張濱譯，浙江人民出版社，2000 年，第 3 頁。

[31] 《聖經・舊約・以塞亞書》38：18-19。

[32] 卡夫卡在 1912 年 7 月 9 日的日記中寫道：「只有成群的魔鬼才能構成我們塵世的不幸。它們為什麼不互相殺光，只剩下一個呢？或者它們為什麼不隸屬於一個偉大的魔鬼呢？」《卡夫卡全集》，第 6 卷，河北教育出版社，1997 年，第 227 頁。

這樣，我們必能回來看見

快樂的永恆世界。

五、小說中的時空形式

　　講述以聲音化的歷史為方式，訴說了一個錯綜複雜的有關追捕與反追捕的故事。它的時空形式相對來說較為簡單：白聖韜從延安出發經察哈爾、武漢到達大荒山，阿慶、范繼槐經重慶到達大荒山，最後三人匯合在一起，互相猜忌、明爭暗鬥和各自機關算盡，最後在愛與死的倫理學的參與下，在歷史倫理敘事的嚴正要求下，在痛苦中結果了葛任的性命。整個過程持續了一個月左右。考證以引述文字／語言化的歷史為方式，從所有可能的角度勾勒出了葛任的生平。它是通過對「對角線圖」的醉心沉入，通過對聲音的縱欲術的節育，也通過第四敘事人對語言的縱欲術的節育，在「花腔」語義空間大小的不斷變換中，對追捕與反追捕真相的解剖、印證、證偽和清理。和講述寄居的時空形式比起來，考證的時空形式要複雜得多。從時間方面來看，它牽扯到了從葛任出生直到死去及至死後的漫長段落，當然，也包括這些時間段落裏不斷推演的各種事件；從空間方面來看，它涉及到了世界上的許多角落：葛任到過的地方、與葛任有關的人到過的地方、與葛任有關的人到過的和葛任有關的地方，也都包括在這中間了。

　　時空形式不僅是人的生命形式，也不單是生命存活的形式，在小說中，更有象徵意義：正是小說中具體的時空形式賦予了「花腔」用以推演自身、完成自身的時空舞臺。「花腔」對歷史的重要性、對李洱小說中諸多人等的重要性，通過上面的論述，我們也許早有耳聞。作為語詞，「花腔」當然有它自身的空間形式，但花腔的語義空間並不能單獨存在，因為在缺少具體事境的情況下，它缺少必要的時間形式。沒有時間形式的語義空間是抽象的空間，是飽具形而上學性質的空間，是正待開發的空間，或者它僅僅是靜止的空間，更是處於密謀

狀態的空間，是正在等著俟機而動的空間。它是不是空間的那種空間。它必須要找到意欲框架的具體的歷史事境內容，從而找到具體的時間形式，才能調整自身的空間焦距，並最終催生出既適合事境大小需要又能讓自身語義空間顯現出來的具體空間。這有點類似於海德格爾所說的「存在」的「顯現」和「澄明」的過程。實際上，在晚期海德格爾那裏，語詞在很大的程度上就是存在的意思。正如一切事情、事物都處於時間之中，正是面對具體的歷史事境內容時，花腔的語義空間才獲得了自身的時間性。這是任何一個語詞行動起來、「顯現」出來並讓我們看見的最內在標誌。也正是在此基礎上，我們才說作為語詞的花腔的自為運作創生了李洱的小說藝術空間。李洱在更大程度上僅僅是聽懂了、聽從了來自花腔自為運作的基本律令。

實際上，無論是在講述中，還是在考證中，花腔的語義空間都獲得了時間性，因為小說的敘事始終面對的是具體的、活生生的事件與情節。在講述和考證的敘事學功能的推演下，花腔的語義空間隨著時間的變化，也在不斷合乎自身與事境大小需要地變大或者變小。時間性的到來給花腔的語義空間增添了廣泛的具體性。而李洱的小說之所以能有如此這般的時空形式，也恰好是建立在滿足「花腔」語義空間對自身變化的渴望上。李洱構造出如此複雜的、存在於講述和考證之中的具體的時空形式，也恰到好處地實現了「花腔」語義空間的要求：後者需要既細緻入微而又無所不包、無所不至的時空形式。

小說的時空形式以其本有的具體性（比如白聖韜從延安經由察哈爾、武漢到達大荒山的過程），在使「花腔」語義獲得具體性與行動起來、「顯現」出來的過程中，也在花腔對於歷史的形而上學的作用下，使自身形而上學化了。小說中的時空形式始終具有象徵意義，在李洱這裏，該象徵意義無疑是從「花腔」處獲得的。這是一個至關重要的問題。「花腔」的內部涵義表徵的歷史的花腔化本身就意味著形而上學，它需要行動起來的、具體的時空形式「分有」它的涵義，沾染它的光芒，從而讓歷史的花腔特性肉身化並獲得具體內容以及跳蕩的、搏動的五臟六腑，也就是說，當「花腔」一旦獲得時間性，馬上

就會在脫去形上性質的外套的過程中，把這件衣服披在具體的時空形式之上，有如鹽一遇到水在毀滅自己的過程中也把水給弄鹹了。它讓具體的時空形式和時空形式中包納的事境內容、歷史事件「分有」了它形上光芒，從而為小說中具體入微的事件打上了抽象色彩。這毋寧意味著，時空形式在具體中始終有著抽象的一面，而這，為李洱的小說帶來了重大後果：它直接對應了、也部分地催生了小說中反覆顯露的歷史倫理敘事和愛與死的倫理學的抽象性。這是李洱為了他的小說更有概括作用，也更具有「公式」般的解釋能力，在聽取了「花腔」語義的內在要求後專門為小說發明的至關重要的內在氣質。——儘管這一點很難被我們發現。

小說中的時空形式在考證和講述中，伴隨著「花腔」的自為運作，也給了愛與死的倫理學和歷史倫理敘事存身的後花園。愛與死的倫理學和歷史倫理敘事同樣需要具體的時空形式才能使自己充分地肉身化。在空間方面來說，愛與死的倫理學和歷史倫理敘事有了施展才能的廣袤舞臺，從重慶到延安，從東京到莫斯科，從大荒山到巴黎……無處不有愛與死的倫理學和歷史倫理敘事的影子，它們命令一切人在任何可能的地方幹它們需要一切人幹的一切事，它們保證一切人做的一切事都有堅定的合法性、正當性，無論是殺死葛任，還是為了葛任殺死其他人（比如楊鳳良及其一家老小），無論是讓葛任死於共產黨人手下，還是死於國民黨人或日本人手下。當然，在李洱翻手為雲覆手為雨的具有調笑性質的空間形式中（無論是抽象的還是具象的），歷史的狂歡化和花腔帶來的戲謔性也被空間化了，畢竟歷史的花腔化和花腔帶來的戲謔性也必須要有它們能夠存身的具體空間。這當然是空間形式的具象性了。

海德格爾說：「在空間現象中所能找到的內世存在者的存在規定性不是其首要的存在論規定性：既不是唯一首要的，也不是諸首要規定性之一。」[33]把海兄的話誤讀式地置入此處的語境裏，毋寧就是說，

---

[33] 海德格爾《存在與時間》，陳嘉映等譯，三聯書店，1987，第 139 頁。

在「花腔」語義賦予空間形式的抽象性的幫助下，歷史倫理敘事和愛與死的倫理學也獲得了抽象性。它意味著，無論在任何地方，高居我們頭上的可能不是康德所謂的「宇宙星辰」，存在於我們內心的也不是什麼「道德律令」，而是靜止的、隨時準備與之抱成一團的愛與死的倫理學和歷史倫理敘事。它們永恆不動，但又在永恆不動中隨時準備行動，隨時準備向某一個惡時辰撲去。

從時間角度說，愛與死的倫理學和歷史倫理敘事更加具有堅定性。它們從具體的時間段落獲得了對自身具體的、歷史的定義。它們由此從時間的角度給了自身絕對的必然性。這種必然性的內在音色是：一切都是具體的時間段落中的具體事件給予了它們合理性。——因為人最不可抗拒的東西並不是毀滅，而是時間；甚至毀滅本身在絕大多數情況下，也只是一個時間概念。因此，或許正是時間而不是空間給予了「民族大義」以幌子的特性，也給予了為民族大業而死獲得的「民族英雄」桂冠以戲謔性。葛任死後幾十年人們對他的評價幾起幾落：「文革」中他是叛徒，「改革開放」中他成了英雄，就既說明了「花腔」天然需要最大（或最小）的時間段落，也說明了語言縱欲術（在第四敘事人的引證和考證中）和聲音的縱欲術（在阿慶的講述中）依然還在發揮作用，更說明了時間導致出的必然性在戲謔之中包含的殘忍。時間能讓一個已死的人依照時間的需求不斷改頭換面來到我們中間，以適應我們所寄居的時間段中包納的愛與死的倫理學和歷史倫理敘事的當下規定性——這剛好和彼德·達米安（Petres Damiani）在中世紀宣稱「上帝能讓夠使曾經發生的事成為不曾發生的」相反。這正是小說家李洱的深刻之處，也是《花腔》的傑出性最顯明的證據之一。

建立什麼樣的時空形式和怎樣建立這種時空形式，往往能顯示一個作家才能上的大小，也是判斷一部小說成功與否的指標之一。不是說時空形式錯綜複雜、時空形式廣袤無邊作品就是成功的，而是說，對時空形式的理解、對時空形式在何種程度上規定了主人公對自身行為的理解，尤其是時空形式在具體性中顯露出了何種抽象性（即形而

上學化），該抽象性在如何運作和被運作，它具有何種程度的概括能力，才是構成一部作品成功的要素。李洱通過「花腔」一詞的自為運作，通過作者本人不斷與「花腔」的語義進行長時間的協商，強行賦予了「花腔」的語義空間以如此這般的時間性，在使它被迫跑動起來之際，也迫使它乖乖帶出了歷史的花腔化、歷史的狂歡化、歷史倫理敘事和愛與死的倫理學的具體性、肉身化形式以及它們各自的殘忍性。這種種東西並非只存在於一時一地，在李洱的敘事中，它們還存在於過去和可以預計的未來。它有濃厚的形而上學特徵。因此，在這裏我們可以說，李洱的小說並非只是發明了一套和小說語境相適應的時空形式，同時這套時空形式因了它的形上色彩，更具有總結作用和解釋作用。應該說，這並非每一個作家——甚至每一個優秀的作家——都能做到。

六、知識份子的心路史

上述種種，都被李洱具體地置入了講述和考證組成的敘事框架之中。三個敘事人承前啟後的講述，基本道明瞭葛任逃往大荒山直至被「愛」殺死的全過程；第四敘事人通過考證、對「對角線圖」的醉心沉入，補充和解說了葛任從生到死的幾乎所有重要事件，尤有甚者，還訴說了葛任死後在時間構成的「必然性」中所獲得的來自於「必然性」的褒貶。更為重要的是，通過講述顯露出來的聲音化的愛與死，通過考證最終得到的有關愛的內涵的含混與曖昧，[34]都水乳交融地統攝在了一個相互交叉而又整一的敘事框架中。上述幾項相加，有關葛任心路史的全景圖（「大歷史」）終於出現了。

很顯然，講述的敘事學功能是：它基本上道明瞭私人性的愛對歷史的狂歡化和花腔的反抗，尤其是對歷史倫理敘事在具體的時空形式

---

[34] 《花腔》的結尾在談到為什麼川井沒有把葛任死於大荒山的消息傳播開去時，范繼槐搶著說：「他跟我們一樣，也是因為愛嘛。」第四敘事人議論道：「這句話很入耳，但有些籠統。所以至今我還不知道，范老所說的『我們』是誰，『愛』的對象又是誰。」

中贏得的具體定義的反抗。所謂私人性的愛，在小說語境中，就是對死的反抗，就是幫助另一個在愛與死的倫理學的裁判下必死之人逃離黃泉之路。考證的敘事學功能是：它基本上道明瞭葛任為什麼要拒絕這種私人性質的愛，為什麼要在自我矛盾中，選擇對歷史的花腔化、歷史的狂歡化和歷史倫理敘事的臣服。

愛與死的倫理學在這裏和私人性的愛發生了深刻的矛盾。前者處處以歷史必然性為準則，而後者則以類似於馬丁・布伯所謂「我與你」之間的親善關係為基準。前者傾向於無情，按照《聖經》的口氣就是「死是罪的工價」；[35]後者則貌似多情，即 E.雲格爾所說：「死的本質是無關係。為了抵制趨於無關係之致命傾向，履行應盡的義務，最好的方式始終是創造新的關係。」[36]放在小說語境中，這兩者之間的衝突（即無情和多情之間的衝突，無關係和新的關係之間的衝突）就更加嚴重了。它的特殊性在於，作為私人性的愛的享用者——葛任——還是一位知識份子型的革命家，而革命家的身份不允許他只單方面接受和享用私人性的愛。在中國二十世紀前半葉救亡圖存的廣袤語境中，葛任成為一個革命家是有充分歷史依據的。[37]但一個走遍了世界許多地方的知識份子，和革命之間有著深刻的矛盾。葛任在內心深處始終是個自由主義者、個人主義者（第四敘事人引證各種檔案多次暗示過這一點），而革命則始終以集體的名義來限制個人主義，以革命紀律來消除自由主義。這兩者之間的衝突構成了知識份子型的革命家苦悶的內心。在中國，知識份子始終與革命之間有著深刻的矛盾。在說到似乎有著同樣經歷的瞿秋白時，李澤厚先生這樣寫道：「瞿秋白在二、三十年代便典型地最早呈現了這種具有近代教養的中國知識者，在真正的血火革命中的種種不適應的複雜心態。從《餓鄉紀程》到《多餘的話》，由一個純然知識青年到指揮鬥爭、領導革命，在殘

---

[35] 《聖經・新約・羅馬人書》，6：23。

[36] 雲格爾《死論》，第 121 頁。

[37] 有關這一問題，請參閱青年魯迅的深刻而又充滿激情的論述，見《墳・文化偏至論》、《墳・摩羅詩力說》等文。

酷的階級鬥爭和黨內鬥爭中，瞿秋白深深感到力不勝任，……深深感到自己雖然嚮往革命、參見革命、領導過革命，臨終也終於不過是一個『中國的多餘的人』。」[38]據小說介紹，葛任寫過一首題作《蠶豆花》的小詩，在其藝術空間中，就明顯包含著類似於瞿秋白所遇到過的問題，其中有如下句子：

> 誰曾經是我，
> 誰是我鏡中的一生，
> 是窯洞中的紅色火苗，
> 還是蠶豆花瓣那飄飛的影子？
>
> 誰於暗中叮嚀我，
> 誰從人群走向我，
> 誰讓鏡子碎成一片片，
> 讓一個我變成了那無數個我？

很明顯，這完全是個人的心聲。在革命眼中，這種個人主義的傷感、迷惘、懷疑、自我分裂甚至隱隱的頹廢，都是值得唾棄和鞭撻的。革命似乎天然要以消滅個人主義為職事，至少在完成革命目標的行進過程中就是如此。對於葛任來說，作為一個知識份子，他把自己終於能倖免於難逃離二里崗、逃離延安「窯洞中的紅色火苗」當作天賜良機，他正好可以寫他的自傳《行走的影子》，在回憶中打發最後的歲月；作為一個革命家，他把自己平靜的、逃離革命語境的純個人生活視作可恥行徑。他兩者都不想放棄。而這直接構成了葛任明知道自己可以逃走（在私人性的愛的幫助下），但依然選擇了對「花腔」語義在具體時空形式的幫助下獲得的歷史倫理敘事的臣服。這肯定不能簡單地歸之為自戕，更不能簡約化地理解為置生死於度外。在這裏，和那個瞿秋白一樣，還有著更為深刻的內心隱情。

---

[38]　李澤厚《中國現代思想史論》，東方出版社，1987 年，第 239 頁。

　　由於葛任的特殊身份，既然他享用了私人性的愛，也就得享受私人性的愛和愛與死的倫理學之間的衝突。這種衝突在李洱幽默的敘述中顯得驚心動魄。──李洱的敘述表明了：說到底葛任就是這兩者之間激烈衝突的犧牲品或靡粉。由於愛與死的倫理學在「花腔」語義那裏贏得了亞里斯多德所謂「不可商量」的必然性，葛任的犧牲品和靡粉的身份也就具有了相當的必然性。但它仍然要以葛任內心的極端矛盾、極端苦悶為代價和成本。

　　葛任不願意離開大荒山，寧願安然就死，接受犧牲者的身份認證還有另外的原因。那就是他的肺結核。從古至今，有許多關於人的傳說，有許多關於人的故事、關於人的靈魂的傳奇。而在這些故事中，按照路易斯・湯瑪斯（Lewis Thomas）的看法，佔據中心地位的人類兩難處境幾乎從來就是疾病。[39]身體肯定是我們思想甚至一切最主要的疆界，一個知道自己的身體因為疾病離毀滅已經不遠，那他就完全有可能不把生死太當一回事。也就是說，這個身體不會給愛與死的倫理學、私人性的愛、革命、個人主義以及歷史倫理敘事提供太多的機會了。考慮到葛任的傷感、懷疑，這一點幾乎是不言而喻的，那麼，即使充當某種衝突的犧牲品，又有什麼大不了的呢？而葛任真的準備破罐破摔了嗎？

　　第四敘事人引用相關檔案對此有過明確描敘：葛任說，他既不願意回延安，更不願意投降國民黨，哪怕老蔣允諾他組織新黨，並在政府內給他的新黨五個席位。他只想休息。睡覺是小休息，死亡是大休息，他想大休息。瞿秋白臨死前的詩句放在這裏，正能體現葛任「大休息」的本意：「夜思千重戀舊遊，他生未卜此生休。行人莫問當年事，海燕飛時獨依樓。」但饒是如此，作為革命家的葛任並沒有選擇平靜的死去，而是選擇了讓別人殺死。這在苦悶的知識份子型的革命家那裏，放在小說和二十世紀中國革命的雙重語境中，有著雙重涵

---

[39] 參見路易斯・湯瑪斯《水母與蝸牛》，李紹明譯，湖南科學技術出版社，1997年，第37頁。

義：讓別人殺死既滿足了傷感的個人主義者「大休息」的願望，也滿足了革命的歷史倫理敘事對革命者的權威性，從而讓革命者為革命做出了最後的貢獻。葛任由此兩方都不虧欠了。他贏得了尊嚴和平靜。

千萬不要忘記「花腔」語義中還包含著真實的一面（這就是第四敘事人為什麼要和它結為同盟的原因）。這完全可以看作「花腔」的聰明之處和可愛之處；當然，說它是花腔自身的「醉後吐真言」也未嘗不可。正是因為這一點，講述和考證才有了可能，大歷史的出現才有了可能，葛任的心路史全景圖的昂然現身也才有了可能。至少歷史的花腔化（也包括歷史的狂歡化、歷史倫理敘事和愛與死的倫理學）本身是真實的，講述和考證對歷史的花腔化本身進行敘述，也就是強迫「歷史」講出了它如何被「花腔化」或如何自我花腔化的真相。正是在此基礎上，葛任作為知識份子型的革命家才能在歷史的聲音化和歷史的文字化中現出「本相」。

在本文的語境中，大歷史的涵義既是集體性的歷史，也是集體性地講述和考證道出來的有關葛任的全景圖。葛任的心路史不僅僅是他自己的個人史，也是集體性的歷史。由於「花腔」語義的「小一」空間包納的小歷史在三個講述人和第四敘事人的敘事運作下，不斷相互補充、完善，也在相互補充、完善中不斷將「小一」空間迎面向「花腔」語義的「大一」空間推進，尤其是第四敘事人拉出了葛任死後幾十年間歷史倫理敘事不斷改變對葛任的看法或評價，更加證明了：「大一」空間包納的大歷史不僅是葛任的個人史，也是葛任存身於其中的整個時空形式的歷史。從空間上說，它廣袤無邊，從時間上說，它綿延近百年。葛任就是這個時空中被作者有意挑選出來的一個點，但他始終是這個時空的中心點。從這個意義上說，葛任的心路史全景圖就是大歷史本身，尤其是考慮到李洱小說中的時空形式具有的概括、總結與解釋作用，葛任的心路史全景圖成為大歷史就更容易理解了。但這同樣是對「花腔」語義空間渴望行動起來、「顯現」出來的呼應。

儘管如此，我們還是有理由說，葛任在小說中並不是實存的，他確實像他的自傳的題目所宣稱的那樣，只是一具「行走的影子」。他

在更大程度上，只是聲音化和文字化的產物，是聲音的縱欲術和文字的縱欲術的產物。他只存在於講述和考證所寄居的時空形式之中。我們只有透過講述和考證的重重迷霧才能窺見他。他就坐落在聲音和文字的中心。他是「花腔」自為運作的產物，是「花腔」為了顯示自身有能力強行拉一個人入夥的產物——直彷彿葛任的出場、現身，只是為了證明歷史的花腔化自身的真實，也為了歷史的花腔化向人們顯示它究竟有多大的能量，在如何以「必然性」的名義對我們施行戲謔性的統治。葛任的影子身份充分證明了：如果我們不掃蕩歷史的花腔化（儘管它千百年來的確是實存的「事物」），我們每一個人，也包括那些大人物，都可能最終只剩下影子，並不具備實體的性質，只能存身於「他者」對我們的講述和考證寄居的具體然而又是虛擬的時空形式中，只存在於文字的縱欲術和聲音的縱欲術之中，儘管這樣也能構成花腔化的大歷史。

七、普通話，方言

歷史的花腔化需要聲音的縱欲術和語言的縱欲術來體現，李洱也恰如其分地找到了歷史的花腔化所需要的一般話語方式。我將這種一般性的話語方式稱之為普通話。普通話是指在特定的歷史階段，飽具權力、權勢色彩的可通行、可公度的話語流，類似於赫伯特·馬爾庫塞所謂「全面管理的語言」。[40]它既具有滔滔不絕的語勢（以保證自己理由在握、道理在手），也具有高度的擠壓力——對其他話語方式將形成極大的威懾，以期保證自己的無限權威性。普通話就是歷史的花腔化在聲音和文字方面的表現，它合乎歷史的花腔化在語調、聲音和「語法」方面的要求。在李洱的小說中，這種普通話包括兩個組成部分：革命話語和小說所包納的時空形式中不同時代、不同空間中的時

---

[40] 參閱赫伯特·馬爾庫塞《單向度的人：發達工業社會意識形態研究》，劉繼譯，上海譯文出版社，1989年，第78-94頁。

尚話語。李洱的幽默在於，他經常有意識地命令三個敘事人——尤其是阿慶和范繼槐——在講述中故意搞語言方面的「拉郎配」：阿慶在講述死於 1943 年的葛任時，經常把「文革」語言套在葛任身上（比如「狠鬥私字一閃念」、「毛主席說」），范繼槐在 2000 年向人講述葛任時，也將 90 年代的時髦辭彙套到葛任身上（比如「酷」、「哇噻」、「崔永元」、「實話實說」）。這樣做不僅僅是幽默的需要，也曲曲折折暗示了：普通話是如何掌握群眾的，如何讓群眾一開口說話就下意識地使用了普通話暗含的權力，來為自己壯膽。這正如羅蘭‧巴爾特幽默之言所謂：語言「既不反動，也不進步，它只不過是法西斯，因為法西斯不是阻止人說話，而是強迫人說話。」[41]不過，這歸根結底和歷史的花腔化，尤其是歷史的狂歡化有關。

　　普通話最大的功能是促成了歷史的花腔化，並最終創造了歷史。因為那種被稱之為「歷史」的東西，並不是過往事件的排列史，而是過往事件在聲音和語言文字中的敘述史。按照羅蘭‧巴爾特的看法，幾乎所有的年表、編年史、彙編表現出的實在的「過去」，都是沒有意義的，意義只存在於「組織完好的、流動性的話語中」，歷史就在這種聲音化或文字化中，才有了超越「固定」、「事實」的豐富性。[42]在李洱小說的時空形式中，這當然具體地涉及到了歷史倫理敘事和愛與死的倫理學。實際上，後兩者既是「創造歷史」的仲介、橋樑，也是創造歷史的必要技術和巴爾特所謂的「寫法」：歷史倫理敘事以天縱的「必然性」豪情，要求所有人對它採取臣服的態度；愛與死的倫理學則以它經不起來自心靈推敲的「闡釋學循環」，最終導致了一種無情的哲學，儘管它貌似非常多情。阿慶為了救出葛任，殺死了他的同僚楊鳳良，為免除後患，還一併殺了楊的姘頭以及他們的小孩，並將全部屍體拋入河中。手段之殘忍，連同樣志在搭救葛任的白聖韜也看

[41] 參閱路易—讓‧卡爾蒂《結構與符號——羅蘭巴爾特傳》，車槿山譯，北京大學出版社，1997 年，第 221 頁。
[42] 參閱羅蘭‧巴爾特《歷史的話語》，載《現代西方歷史哲學譯文集》，上海譯文出版社，1984 年，第 92-94 頁。

不下去了。但阿慶在「文革」期間振振有辭地向前來調查葛任的「革命委員會」成員說：

> 你們問白聖韜在幹啥？咳，快別提了。他甚至比不上一條魚，魚還知道吃敵人的肉，啃敵人的筋呢。可他呢，竟然敵友不分，拉著俺的手，問俺知不知道自己在幹啥？屁話！腦袋長在俺肩上，肩膀長在俺身上，俺怎麼會不知道？階級鬥爭，一些階級勝利了，一些階級消滅了，這就是歷史，這就是幾千年的文明史。當俺把那一家三口扔到河裏餵魚的時候，俺其實就是在創造歷史。

這是對普通話表達歷史和創造歷史最生動、最細緻入微的表述，當然也是最驚心動魄的表述。愛與死的倫理學、歷史倫理敘事在其中的作用也清晰可辨：從阿慶滔滔不絕、自鳴得意的講述中，我們看出了語言的縱欲術和聲音的縱欲術在如何構成、折射或體現愛與死的倫理學以及歷史倫理敘事的偉大權威性。但也正是從阿慶的講述中，我們確實窺見到了歷史的花腔化特性：它確實在撒謊，扯淡，有意掩蓋真相。這個被遮掩起來的真相正在於：阿慶的真實身份是打入軍統的共產黨員，他如果救不了葛任，他就只有死路一條；而如果阿慶看了白聖韜從延安帶來的對葛任進行「零」處理的密令的話——白聖韜毀了那封信，因為白聖韜才真正想搭救葛任——，他也就不會這樣創造歷史了，他肯定會改用另一種可以想見的方式來「書寫」歷史。這不正是歷史的狂歡化和人對它有意識地馴服、利用又是什麼呢？

但方言依然存在。方言是純個人的語言，是語言中的個人主義，是表達個人內心最真實的語言。它是竊竊私語式的，甚至是自言自語式的。它在很多時候甚至是拒絕傾聽的。儘管普通話無處不在——因為歷史的花腔化和歷史倫理敘事寄居在可以想見的所有時空形式之中——，但方言也無處不在。據說甚至連蜜蜂的語言中也有方言，當然，先在條件是蜜蜂也有可通用、可公度的普通話。[43]假如說普通話

---

[43] 參閱 Von Frisch《蜜蜂語言中的方言》，載（美）王士元主編《語言與人類交際》，廣西教育出版社，1987 年，第 14-23 頁。

是權勢的、權力的話語，是對歷史「權勢」的最好表達，是看似有序的噪音，方言就是弱者的心靈話語，是最深厚、最個人化情感的秩序化言說。它不是噪音。說到底，即使是強人也有軟弱的時候，即使是強人在製造普通話來製造歷史的時候，作為活生生的個人，他也需要方言來表達自己的內心隱私。如果說普通話是擴張的、外向的、處於中心的，方言無疑就是內心的、收斂的、處於邊緣的。由於歷史的花腔化、歷史倫理敘事的巨大作用和它們天然就具有的「無情」特性，普通話擠壓、威脅方言以期維護自己的權威性與合法性，就很容易得到理解了。

阿慶在講述中耍盡花腔，為了洗刷自己，不惜把一切罪行都推到了早已作古的老熟人宗布身上。當然在完成這一行為的過程中，他充分動用了普通話的巨大威力，充分利用了普通話在訴說歷史事件時的巨大作用，也充分利用了普通話在聽他講述的「革命委員會」成員那裏天然就存在著的「可信度」。但在私心裏，阿慶卻覺得很對不起宗布，儘管他這樣做的另一個目的確實是為了葛任身後的名節。第四敘事人從他掌握的檔案庫中，調出了阿慶藏在枕頭下的日記：

> 今天，審查組的同志們找我，瞭解葛任同志最後的英雄事蹟。⋯⋯我不得不提到了宗（布）。反正宗（布）早就灰飛煙滅，死無對證了，俺發揚痛打落水狗的精神，將他臭罵了一通。宗布，若你地下有知，一定要體諒我。我對不住你，我給你叩頭了。不說那麼多了，因為咱們馬上就要見面了，我會當面（向你）賠罪的，我會割耳朵（為你）下酒的。我會讓你知道，這都是為了葛任好⋯⋯到了那邊我就啥也不怕了。吃飯吃稠，怕它算球，吃飯吃稀，怕它算 X⋯⋯

這顯然是方言在暗中對抗普通話的有效方式之一，它既讓我們看到了歷史的花腔化在大勝利中的小失敗，也讓我們窺見了私人性的愛，在怎樣暗暗對抗愛與死的倫理學的巨大威力。順便說一句，阿慶之所以要把日記本藏在枕頭下，正說明了方言在某些時候——尤其是

在普通話大力擠壓和排斥方言的時候——是拒絕傾聽的。這和周倫佑在《談談革命》一詩中所謂「英雄臨死前振臂高呼：／『毛主席萬歲！日記本在枕頭底下』！」顯然大不一樣。因為後一種掩藏在枕頭底下的日記本記載的恰好是普通話，是帶有方言體溫卻渴望走出枕頭底下的普通話。是被方言包裹住的小小的野心。

在李洱的小說中，體現普通話對方言的擠壓最顯著的例子，是對葛任內心隱情的拒斥。作為一個知識份子，葛任似乎天然需要有較之庸眾更為廣闊的私人話語空間（即方言）。他逃往大荒山，遠離革命陣地其實就是為了給自己贏得這一空間，他在那裏潛心寫作《行走的影子》，回憶自己的一生，以打發最後的日子。可以說，那段時間才是葛任最幸福的時光。但作為一個頗有經驗的革命家，他懂得普通話和普通話化代表的歷史倫理敘事遲早要找上他，要讓他為此作出犧牲，並創造出普通話的語義空間所要求的歷史。是的，他肯定懂得「以天之高，而不敢舉首，以地之厚，而不敢投足，……以六合之大，匹夫之微，而一身無所容焉」的淒涼涵義。[44]葛任的死，不僅是歷史倫理敘事和愛與死的倫理學所致，也是方言與普通話之間的對抗所致。葛任的自傳《行走的影子》最後被范繼槐以保護葛任名節的名義化為灰燼，正可謂普通話對於方言的權威性的鮮明「意象」。

假如說講述中使用的主體方式是普通話，講述的時空形式是普通話化了的時空形式，在具有集體性的同時，也具有概括、總結和解釋能力的抽象性（即一切時空都是普通話化了的時空，和「普天之下莫非王土」性質相若），考證就是想動用對「對角線圖」的醉心沉入，逼迫歷史具有方言化的時空形式，也就是說，最終將葛任的心路史全景圖從普通話的時空形式中層層剝離出來。很顯然，小說在這方面失敗了，但這方面的失敗，恰好合乎邏輯地、深刻地證明了小說本身的成功。

---

[44] 荀悅《漢紀》卷二五。

　　葛任死了，進入了他所謂的「大休息」境地，徹底拋棄了普通話和方言對他的分裂性裁判，也放棄了歷史倫理敘事、愛與死的倫理學和私人性的愛對他的爭奪。值得注意的是，即使是在「大休息」之後，有關他的歷史的花腔化仍然還在繼續進行。李洱的長篇小說就是這方面最近的範本。對於葛任和葛任所代表的每一個人的歷史的花腔化，還得進行下去，至少我們現在還看不出有絲毫止歇的跡象。

2002 年 1 月 1-13 日，北京豐益橋。

記憶與虛構

一天，某社會科學院副研究員候選人孫建華，意外收到了一個匿名女人的來信。在那封信中，該女人親熱地稱他為「建華」，並向建華同志激動地、義憤填膺地陳述了她近來的荒唐生活，目的是為了指斥男人都不是什麼好東西，也表明了她之所以給孫建華寫信，只因為他還算得上一個難得的例外。在孫建華看來，信中還不乏直露的、肉色的、挑逗性的場面描寫。這搞得副研究員候選人有些心猿意馬。不過，很遺憾，孫建華完全不記得這個女人了，儘管他也曾設想，自己「很可能和這個女人有過交往，說不定還在一起睡過」，但這又能怎樣呢？雖然他把依稀還能記得的、曾經和他有過交往的女人都在記憶的篩子裏過了一遍，仍然沒能搞明白該女人究竟是哪路狐仙。最後，孫建華只聽見「從某個地方傳來一陣銼刀的刮磨聲。他逃進了房間。在隱隱綽綽的昏暗中，他期待著捕捉那個聲源。他再一次沒能如願以償，因為他沒有料到那個聲音就發自他的腦殼，就像源於夢境的最深處……」

這就是李洱的短篇小說《錯誤》的基本內容（或基本寓意）。在這篇精短的小說中，出現得最多的辭彙是「遺忘」、「忘記」、「記不起」……它或以「遺忘」這個抽象但又含義明確的原形現身，或以「遺忘」的外延、所指營造出的普遍氛圍而得到暗示。實際上，那些出現在孫建華腦殼中的女人、和女人有關的事件，正好是「遺忘」的真實面貌，如同銼刀發出的一陣近乎虛無的刮磨聲；也剛好就是「記不起」的別名，卻又有著鮮活的形象。但是毫無疑問，相對於記憶來說，那是殘廢了的形象，是記憶的屍首的顯明標誌。

對於每一個人，原真的生活事件始終都是即時即地的；從現象學的維度觀察，它的發生之時其實就是它的終結之際，正如同你在數「1」的同時，「1」已經過去了。對於每一個具體的生活事件，記憶只是一個記憶體；從記憶的功能上說，它保證了事件的原真性（這當然只是理想狀態；這個理想狀態之所以往往並不存在，其原因馬上就要說到），它給了已經發生的生活事件的影像一個幽暗的骨灰盒。不管出於什麼心理或眼前的何種目的，當人們想把發生過的事件從記憶體裏調出來細加品味時，完成這一過程的心理機制與心理動作就是回憶。在回憶中，事件再也不是現象學層次上的原生事件了；事件的原真性由於回憶有目的的能動作用，遭到了扭曲、變形，甚至偏離了記憶中的原貌。回憶始終具有修改記憶的天然癖好。列維－施特勞斯（Claude Levi-Strauss）說：「有些屬於遙遠過去的小細節，現在突聳如山峰，而我自己生命裏整層整層的過去卻消逝無跡。一些看起來毫不相關的事件，發生於不同的地方，來源於自己不同的時期，都互相接觸交錯，突然結晶成某種紀念物，好像是建築師所精心設計出來的，遠比我自己個人生命史更見智慧。」[1]回憶的重大作用之一，就是如此這般地對有著記憶體性質的、現象學層次上的記憶進行塗改，將曾經毫無意義、毫不相關的原真生活事件堆積為「紀念物」，以符合回憶者此時此刻的心理需要。回憶就是對記憶中的事件進行有目的的挑選──畢竟並不是每一個發生過的事件，都對此時此刻的回憶它老人家此時此刻的脾胃。這一過程，仿照列維－施特勞斯在另一處的話，我們似乎可以說：由於回憶曾經經歷過事件的如此全面性，如此突然的環境改變，使它染上了一種長久不愈的無根性，最後，回憶沒有辦法在任何過往的原真性生活事件中適得其所──很遺憾，它走不回包裹原真生活事件的記憶容器了。更有甚者，即使是回憶置身於純粹的、原真狀態的記憶之中，由於回憶的天然癖好，它在其心理上也已經成為殘廢──它始終想塗改記憶，以獲得眼前的滿足。

---

[1] 列維－施特勞斯《憂鬱的熱帶》，王志明譯，北京三聯書店，2000 年，第 39 頁。

　　不過，孫建華同志的情形與此剛好相反（但與回憶扭曲記憶的功能並不矛盾）：他動用回憶功能，目的卻在於找到真實的記憶、原真狀態的生活事件，以便搞清那個女人的來歷。他當然失敗了，因為回憶是建立在有對象的回憶物（即儲存在記憶中的原真生活事件）之上的；但《錯誤》已經暗示我們：不斷重複的生活事件已經讓記憶體破碎——面對生活事件，記憶似乎已經大面積地失效了。這裏正好用得上博爾赫斯睿智的詩句：「日子崩潰，而戰鬥／扭曲，勝利是別人的。」（博爾赫斯《猜測的詩》）不管是床上的戰鬥還是床下的戰鬥，勝利都不在副研究員候選人一邊。

　　T.S.艾略特嘴硬地說：「你說我在重複／從前說過的東西／我將再說／我將重提。」大智若艾略特者，為什麼要像一個嘮叨的老太婆一般嘴碎呢？排除種種其他可能的原因，就是由於生活在不斷重複著它的法定內容時，始終在一寸一寸地、矢志不渝地損磨人的記憶。重複的確一如艾略特所暗示的，始終是我們凡人生活的基本特徵和主旋律。即使是詩歌巨匠艾略特本人，按照中國當代詩人孫文波在某首詩中的「描述」，也不過是一位「忠於職守的銀行職員／天天埋首於一摞摞報表。」（孫文波《研究報告》）重複是現實生活主旋律上的基本音符，它反過來構成了我們對周邊生活從「熟視無睹」到「麻木不仁」這一漫長過程所昭示的真正內涵。孫建華之所以直到小說結尾也沒有搞清楚匿名女人是誰，按照李洱的暗示，很可能就是因為他獵艷頻繁，從而變得麻木了。米蘭・昆德拉表述過這樣一個意思：女人和女人的差別只有百萬分之一。而為了保持對女人的新鮮感，昆德拉的主人公湯瑪斯於是辛苦地、拼命地在不同女人身上追逐那可憐的百萬分之一（昆德拉《生命中不能承受之輕》）。這當然是我們這個時代新的朝聖方式了。百萬分之一的不同就是我們時代的上帝或者聖杯。可以想見，對於我們的朋友孫建華——因為在本質上我們和他是一丘之貉——，想讓他記住這個百萬分之一，在今天，該多麼困難。他顯然不具備這樣精密的記憶裝置。而一個小孩之所以比他（她）的父母對生活事件有更好的記憶，那僅僅是因為他（她）經歷過的生活的重複性要少得

多，生活對他（她）僅僅是開始，一切都是新的，對他（她）的記憶中樞有足夠的刺激。很顯然，在小孩子那裏，「新」的含量也遠遠超過了百萬分之一；他（她）的回憶較之於父母，也會更少扭曲變形。

　　文殊師利菩薩對舍利佛說：「真實際者不增不減，法界不增不減，眾生界無增減。」[2]按照文殊菩薩的思路（而不是本義），我們也可以說，記憶要以遺忘為前提，因為記憶作為原真生活事件的儲藏器，在我們凡人這裏始終有一定的容量。它不是無限的。它需要不斷騰出空間以供新來者使用。是不斷變幻的生活，是生活的重複性損傷了我們的記憶，打碎了我們的記憶體。也讓我們的朋友孫建華忘記了一個也許很可愛的女人。

　　而在李洱的另一部中篇小說《鬼子進村》中，敘述人「我」詳盡地回憶了童年在農村見到過的下鄉「知識青年」、「知識青年」與當地農民們對彼此行為的驚奇以及「我」對他們不無微妙、複雜的態度。《鬼子進村》採用了儘量讓回憶貼近記憶的敘事方式。它的目的之一就是為了儘量向記憶複歸。在李洱故意性的嘮叨中，那些看起來沉悶的、瑣屑的、無聊的、早已塵埃般飄向了記憶記憶體邊緣的事件得到了呈現。這是一次幽默的、愉快的、由回憶奔向記憶的朝聖之旅。和《錯誤》中記憶的喪失較為相反，《鬼子進村》則是記憶的全面勝利。如果說記憶是人的純粹生理行為，那回憶無疑就是和人的主觀性密切相關的「心理事件」，因為它始終傾向於將記憶引向人們眼下的主觀需要，為我們眼下的行為做旁證。因此，接下來的問題差不多轉化為：對於天生擁有回憶本能的人類，記憶真的會有勝利嗎？真的存在著一種叫做原真性的過往生活事件嗎？更要命的是，它真會原封不動地再一次來到我們眼前？

　　李洱對此似乎心知肚明。在他的小說系譜中，記憶和回憶始終是一個很重要但同時也很可能非常隱蔽的線索。在中篇小說《午後的詩學》裏，李洱很狡黠地描述了主人公費邊和杜莉初次做愛的情景，並

2　《文殊經》。

為它設計了兩個版本。據李洱講，那兩個版本的專利權都屬於費邊：第一個版本裏說，費邊就是在這一天的午後和杜莉上床的；第二個版本裏說，事情是在兩天後才辦妥的。敘述者這樣揭發費邊：當他老兄想要舉例說明自己辦事喜歡速戰速決，就扛出第一個版本；當該人想說明自己辦事喜歡按部就班，悠著點來的時候，他就哄抬出第二個版本。李洱狡獪地寫道，他本人喜歡速戰速決，所以在小說中決定使用第一個版本，並且不考慮費邊的意思究竟如何。這就是說，作者本人並不知道費邊究竟是按照什麼版本將杜莉搞顛的。這當然不能怪小說的炮製者，而是記憶和回憶的矛盾使然。我們於此之中既看到了回憶營造「紀念物」以滿足回憶者回憶目的的需要，也看到了：相對於生活事件的原真性，這種性質的回憶肯定是不大可靠的。事情的真實性是有的，也是唯一的，但回憶需要何種「真實性」取決於眼前的需要。在回憶眼中，真實性決不是唯一的。這可以被稱作回憶獨有的邏輯學。有了這種性質的邏輯學，有了明確目的的回憶，有了生活千篇一律的重複，我們也不能指望，還存在著某種對生活事件具有高保真德行的記憶記憶體。誠如德里達對有了回憶參與其中的記憶發出的一連串疑問：「究竟誰會講故事？敘事是可能的嗎？誰敢說自己知道敘事需要什麼擔保？首先是它要求的記憶嗎？那記憶又是什麼？如果記憶的本質是在存在與法則之間施展詭計，那麼探究存在與記憶的法則會有什麼意義呢？這些問題，如果在語言之外，不居深淵之上將語言付之於轉換或翻譯，就不可能提出來；因為它們需要——從一種語言到另一種語言——一些不可能的便橋，一座棧橋碼頭的不穩定性。」[3]

二、

小說是虛構的產物，小說也只本能地「站在虛構這邊」（歐陽江河語）。「站在虛構這邊」的真實涵義是：在小說文本中，進行價值虛

---

[3] 德里達《多義的記憶》，蔣梓驊譯，中央編譯出版社，1999 年，第 23 頁。

構和情節虛構。前者是指給不斷重複輪迴的、在我們的回憶中有目的地呈現出來的生活事件賦予意義──其實回憶中有目的地呈現出來的生活事件，已本己地被賦予了迥異於原真生活事件應該具備的價值和意義；後者無疑是指小說的情節與生活的情節並沒有什麼直接關係。按照羅蘭‧巴爾特的看法，現實生活在人那裏一直都呈現著三重面貌：真實的、意象的和書寫的。[4]的確，小說作為某種特殊的書寫形式，它並不是我們想像中認為的那樣，必然要與真實的生活發生必然的、直接的關係。實際上，真實的生活事件總是以某種變形進入到小說空間之中，並且使小說空間與生活空間分別成為獨立的世界──但兩者之間也並非沒有往來。[5]華茲華斯說，所謂詩歌，就是在靜謐之中對往事的回憶。在華茲華斯的詩學詞典裏，對記憶中儲存著的原生態的生活內容進行變形、塗改，是這種回憶的固有屬性。

的確，回憶，正如我們早已經知道的，只是對記憶的能動展開，它天然需要對記憶中的事物進行扭曲和修改，以適應眼前即時即地的需要。往事在回憶中成型，這當然是真實的；但更真實的是：往事還要在回憶中長大成人。這個「長大成人」就是意義的凸現，是對儲存在記憶中原生態的、原真的生活事件進行價值賦予。仿照（或者按照）動輒就喜歡把事情上升到神性高度的海德格爾的話說，「長達成人」無疑就是為並無什麼價值和意義的過往生活事件「命名」。正是從這個角度，我們可以看出小說虛構的另一個必要性：它仰仗回憶從記憶中挑選某些有特殊內涵準備的事件，通過語詞的運作，構建一種有價值的、有意義的作品空間；從前那些雜亂無章的、了無意義的原生生活事件變得有秩序和有意義了。這正是海德格爾想說的話：詩（當然也包括小說）就是一種創建，該創建只有通過語言來完成，並且創建物也只能在語言中成型。因此，從根本上說，小說的虛構在更宏闊的

---

[4]　參閱羅蘭‧巴爾特《流行體系：符號學與服飾系統》，敖軍譯，上海人民出版社，2000年，第3-7頁。

[5]　有關這一問題的詳細論述請參閱敬文東《網路時代經典寫作的命運》，載《小說評論》2001年第3期，第38-45頁。

角度上，不僅是要編織一個個莫須有的故事（這當然是小說的基礎、首要任務和基本特徵），[6]更在於給這個故事賦予某種意義。而回憶對記憶體性質的記憶的刪改、塗抹、扭曲，無疑是一種重要手段。這種手段使得意義與價值像花朵一樣呈現，但它無疑是虛構的，是閉著眼睛才能回想和虛構出來的。誠如阿什伯利在回答什麼是詩歌這個問題時所詠頌的：

> ……現在人們
> 將不得不相信這一點
> 就像我們一樣相信它。在學校裏
> 所有的想法都得以疏通：
> 留下來的像是一片曠野。
> 閉上眼睛，
> 你能感覺它存在於幾英里的周圍
> 現在把眼睛睜開在一條
> 細長垂直的窄路上
> 它會帶給我們什麼？幾朵花嗎？

（阿什伯利《什麼是詩歌》）

李洱的小說在相當大的程度上，正是利用了回憶和記憶之間的矛盾關係，為小說空間和小說敘事營造了某種恬淡的、詭秘的、含混的、不確定的氛圍。無論是在《現場》、《導師死了》裏，還是在《鬼子進村》、《午後的詩學》、《葬禮》當中，我們都能或多或少看到這一特質。這一點對於李洱小說的敘事過程並非沒有意義。它既能讓作者在記憶與回憶組成的互相糾纏的矛盾中，推動敘事向前發展，並為小說形成某種虛幻的、充滿霧氣的氛圍；也由此顯透了生活的某種真實：不要輕易相信回憶。在這裏，「不要輕易相信回憶」的確切含

---

[6] E・佛斯特曾說：「小說就是講故事，」「故事雖然是最低下和最簡陋的文學機體，卻是小說這種非常複雜機體的最高要素。」參閱佛斯特《小說面面觀》，馮濤譯，花城出版社，1982年，第21-22頁。

義是：不要無條件地相信小說對生活事件的價值賦予，要對虛構抱以一定的謹慎，儘管小說的確始終在依靠虛構（情節虛構和價值的虛構）為生。

在短篇小說《饒舌的啞巴》中，那位有點神經質的、被小說家取名為費定的現代漢語講師，就是如此這般地讓人費解。他要找一個名叫范梨花的女人（他號稱她是他的夫人），卻又不知道她在什麼地方。意味深長的是，到小說結尾我們也不知道那位范梨花究竟存不存在。小說暗示道，有一個女人看起來很像范梨花，但又被費定給否決了──對於誰是自己的老婆這樣巨大的問題，費定無疑比敘事人「我」更有發言權。這究竟是神經病費定的記憶出了毛病，還是他有意想在「我」面前遮掩什麼？在此，李洱的支吾、掩飾並由此在小說空間內營造出的廣泛迷霧，正是動用了記憶和回憶的矛盾關係使然。德里達說：「如果記憶之外不存在意義，那就至少存在某種悖論。」[7]而在李洱看來，費定神經質地既想讓「我」知道范梨花，又不斷在行動中偷換目的不想讓我知道她的真實蹤跡，這中間也許就存在著某種悖論。沒有意義的記憶讓渴望意義的回憶耕種了一遍，是這種悖論的來源之一。

《故鄉》或許是李洱不太重要的一篇小說，卻剛好能典型地說明記憶與回憶、真實與虛構之間的矛盾關係。小說以主人公閻森誤打誤撞回到已被廢棄的故鄉、遇到自己的小學老師為線索展開敘事。小學老師以她教出了一大批有出息的學生而自豪。但她老人家在遇到閻森從而開啟回憶時，卻經常張冠李戴。她的記憶記憶體已經大面積地失效了。很顯然，喪失記憶在此並不僅僅是個生理問題。李洱的幽默在於，正是在張冠李戴中，小學老師才有了人生的巨大成就感，也體驗到了人生對她而言的巨大意義。儘管她的回憶和保存在記憶記憶體中的原生事件有了巨大反差，但我們不也正好看出，二者的差價不剛好表明回憶對原生事件在價值虛構方面的力量嗎？

---

[7]　德里達《多義的記憶》，中央編譯出版社，1999 年，第 23 頁。

荷爾德林返鄉時大喊道:「不錯！這就是出生之地，／你夢寐以求的近在咫尺，已經與你照面。」(荷爾德林《返鄉——致親人》)儘管海德格爾在解釋這兩句詩歌的時候，將故鄉提升到了神聖和本源的高度，但這又能怎樣呢？荷爾德林該瘋還是瘋了；闊森在滿足了老師的回憶慾望之後(他只是上了年紀的小學老師用於價值虛構的一個偶然起因)，也因為被冤枉盜賣故鄉的猴子而被捕。除此之外，故鄉並沒有給他帶來什麼。儘管他的返鄉只是一個偶然的誤會造成的，根本不是去尋找海德格爾所謂的神聖之維。

的確，凡庸的、無聊的日常生活一如李洱所說，是他小說的主要「素材」。[8]但他在處理這些素材時，明顯為它們賦予了某種可以稱之為「詩意」(請原諒我使用了這樣一個已經讓我不好意思的詞語)的東西。不排除有多種渠道可以達成這一目的，但動用回憶的原始功能也是李洱一個不可忽視的要素。亞里斯多德在《詩學》裏曾經認為，詩比歷史更可信。撇開亞氏對這個命題的解釋，在我們看來，那僅僅是因為詩歌比單純的歷史事件(比如日常生活)更有價值和「詩意」，它給出了歷史符合人類心理目的的某種解釋。但李洱卻一方面動用回憶對記憶的修改功能賦予日常生活意義，另一方面，又誠實地遵從日常生活本身的邏輯，讓記憶對回憶有所限定，沒有讓意義走到神性上去，也沒有如列維－施特勞斯所挖苦的那樣，把「女店員的焦慮」上升為某種搞笑性質的形而上學。

李洱在動用記憶與回憶(虛構)之間的矛盾推動敘事的發展時，始終是節制的、不慌不忙的。因為這位自稱十分重視「日常生活」的作家心裏很清楚，相對於記憶，回憶是一種修辭行為，是對往事製出的傳說。它總是傾向於給記憶中的原真生活事件以無限的拔高，來滿足回憶者的心理渴求。但日常生活的所謂「詩意」本身就是拔高的產物了，我們還能在原來的基礎上再一次將它拔高嗎？更為嚴重的是：我們還有力量承受再一次的拔高嗎？我們只能承受變舊了的、凡庸的、打了多重

---

[8]　參見李洱《破鏡而出·後記》，中國社會科學出版社，2001年，第254頁。

補丁的日常生活，頂多再給它五毫米高的「詩意」。荷爾德林在一個殘篇中精確地告誡過我們：「初生的果實往往不屬於終有一死的人，而是屬於諸神的；只有當果實變得更平凡粗俗，更習以為常，它才歸終有一死的人所有。」我們完全可以猜想，李洱在不露聲色的、略帶幽默的敘事中，對此是否也帶有某種譏諷的意味呢？假如有，那這種譏諷既針對回憶的虛構作用，也把準星投向了動用回憶、妄圖在回憶中獲得價值快感和成就感的人。當然，這些人中，從來就有你，有他，也有我。

三、

從本義上說，記憶是描述性的，是對生活事件的原真儲存；回憶則是闡釋性的，是虛構的。在通常情況下，尤其是在藝術寫作中，人們總是習慣於將記憶移向回憶，讓回憶使過去的日常生活呈現出有價值的一面。因為人們不能忍受自己的過去的蒼白和無意義，因為人類不能忍受自己的歷史的了無價值——如果事情真是這樣，那我們就殘殘了。巴爾扎克將小說看作一個民族的秘史，長期以來我們也正是從這個維度去看待巴爾扎克本人和他的小說，就是一個顯明證據。我們從更多的小說裏看出了這種秉承了人類習性的藝術運動。伊恩·P·瓦特（Lan Watt）說：「小說可能比任何別的文學樣式更多地以生活的鮮明性來彌補藝術上的缺陷。」[9]這當然不假，但有必要補充的是，這種生活的鮮明性在真實的生活中往往並不多見（生活的重複輪迴早已最大程度地消磨了這種鮮明性），它更多地存在於闡釋性的回憶之中。是回憶呈現出了生活的鮮明特徵。在大多數時刻，是具有明確目的的回憶照亮了過往的生活，從而彌補了小說空間的灰暗。

李洱的小說系譜已經向我們表明，他的小說是努力從回憶中搜索記憶的過程，是從闡釋盡力向描述、從價值虛構盡力落實到日常生活的過程。只是在這個過程中，每一個小說空間都天然打上了闡釋和虛

---

[9] 伊恩·P·瓦特《小說的興起》，高原等譯，三聯書店，1992年，第347頁。

構的烙印。和許多渾身腫脹的、動輒把自己手臂上的傷口上升為人類愛滋病的作家們相反，李洱儘量降低了闡釋和虛構的高度。這是小說家李洱的重大功勞之一。阿什伯利在《當一個人把醉鬼放進遊船》中寫道：「整個冬天散發出舊目錄的氣味。」的確，在生活內容不斷重複的過程中，日子舊了，記憶大面積的潰敗了。正是從這個角度，李洱從回憶向記憶的奮力回歸（假如可以稱之為回歸的話），顯示了某種不妥協的精神，是對記憶的反抗，但他的武器也不過是有限地動用了虛構和回憶。但這個武器在李洱那裏是成功的：它使李洱小說空間中的日子除了「舊目錄氣味」還存在著春芽的清香，同時更把無聊的日常生活和它顯透出的「詩意」在互相排斥、相互駁詰中統一在一起。在李洱許多成功的時刻，它們的統一有著水乳交融的面孔。

《現場》通過對幾個殺人、搶劫犯實施搶劫和殺人的陳述，活脫脫是一個記憶和舉證能力不太強的人在嘮嘮叨叨之中力圖修復「現場」的努力。在《現場》中，李洱彷彿使用了某種鏡頭模糊的攝像機，不斷截取現場的一些片段。但是，原始性、記憶性的東西總是處於兩可之中，罪犯的動機也僅限於猜測，唯一明確的只是搶劫確實發生了。李洱在小說中不露聲色的嘮叨，的確是一個啞巴渴望著能通過嘮叨來修改自己啞巴的身份。這是對記憶的修復過程，但它的確是在回憶中展開對記憶的修復。正如德里達那一連串問號提示我們的，誰又能指望這種修復是真實可靠的呢？那個包裹在記憶之中被喚作真實生活事件的，的確是近乎於不存在的東西。因為它已經過去了。清初的屈大均為了抗拒清兵割髮而不得不被迫讚美禿頭：「羨子之禿，不見刀錐；無煩髻結，不用辮垂；不毛之首，有如鼓槌。」[10]李洱的問題是，作為一個小說家，他必須要在禿頭上找到頭髮，要在已經近乎於不存在的過往生活事件中尋找「真實」。這給記憶和回憶之間既相互矛盾又相互依存的辨證關係，留下了施展拳腳的廣闊空間；記憶和回憶如此這般的辨證關係，也很隱蔽地充當了李洱小說敘事的內驅力之一。

---

[10] 屈大均《禿頌》。

李洱辯解過，他的小說是將日常生活當作最主要的主題來處理的。排除其他種種盡人皆知的重要因素，僅限於本文的題旨，我們可以從記憶和虛構之間的永恆矛盾這個側面來得到理解。普希金說，凡是過去的都將留下美好的回憶。這當然是回憶的重大功能之一，但它是在虛構和闡釋中讓往事長大成人因而顯得可愛和有價值的，是無限度地放縱回憶的修辭功能和製造傳說的功能才獲得的戰利品。李洱深知這中間的矯情，他始終將回憶限定在有效的範圍內，並且方向相反：他是經由回憶而走入描述性的記憶之中。這當然是有原因的。

《午後的詩學》從個人文學系譜的角度，合乎邏輯地證明了這一點，彷彿李洱創作這部中篇就是為了說明這一問題。小說描寫了曾經臨空高蹈的詩人費邊與愛好詩歌的杜莉，結為夫婦後一步步滑向凡庸生活的過程。正是在不斷重複的日常生活中，詩歌消失了，曾經美麗、美好的愛情現在具有了縫縫補補的陰險性質，跑步前來的是消磨人記憶和激情的「日子」。與詩人柏樺對「下午的詩學」的看法相反，[11]李洱的「午後的詩學」表明了，如果生活一定要在回憶中被虛構，那它也僅僅是吃過午飯之後的詩學罷了。它不是上午那種充滿朝氣和熱情的詩學。這就是說，李洱始終只在回憶中給予記憶五毫米高的價值虛構，更多的只是日常生活場景的殘片。儘管我們同意藝術起一種發明的作用，但這個發明是有限度的。因為藝術起無限發明作用的時代早就結束了。儘管宣告「貧困時代」來臨的海德格爾曾經教導我們：「詩乃是存在的詞語性創造。所以，持存的東西決不是從消失之物中取得的。簡樸之物決不能直接從混亂物中抓取出來。尺寸並不在無度之物中。……而由於存在和物之本質決不能被計算出來，並且從現存事物那裏推演出來，所以，物

---

[11] 柏樺寫道：「下午（不像上午）是一天中最煩亂、最敏感同時也最富有詩意的一段時間，它自身就孕育著即將來臨的黃昏的神經質的絕望、囉囉嗦嗦的不安、尖銳刺耳的抗議、不顧一切的毀滅衝動，以及下午無事生非的表達欲、懷疑論、恐懼感，這一切都增加了下午性格複雜而神秘的色彩……」（參閱柏樺《左邊：毛澤東時代的抒情詩人》卷一，載《西藏文學》1996 年第 1 期第 76 頁）總之，在柏樺那裏下午是最充滿激情的時刻，下午的詩學是最飽滿的詩學。

之存在和本質必須自由地被創造、建立和捐贈出來。這樣一種自由的捐贈就是創建。」[12]但李洱深知，這種創建是有限度的，往事不能在回憶中無限度地「長大成人」。更重要的是，它只是午後的詩學，它不可能有無限的生命力。午後距離黃昏耽誤不了太陽多少腳力。

日常生活重複、曖昧並且損磨人的記憶，但它卻有著極大的殺傷力。這種殺傷力既是針對價值虛構，也針對人的肉體。《導師死了》可以從這個角度得到理解。敘述人「我」通過對自己導師的死亡過程的回憶，盡力找尋那些還散見在記憶角落力的生活細節，想努力復原導師的原貌。敘事人能回憶起來的，不是導師恢弘的思想，而是導師凡庸的、作為人之為人的那些生活細節。即使如此，整個小說氛圍還是如同罩上了一層霧氣，導師的影子、舉止和思想始終處於朦朧之中。記憶和回憶之間的衝突是組成這一質地的原因之一。儘管德里達將記憶看作是「多義的」，但記憶的多義性在此顯然來自回憶的不斷參與、衝擊和有目的地深入。記憶可能是舊的，回憶卻永遠常青。但李洱沒有讓回憶單獨工作，也因此沒有把導師之死賦予更高的意義。也就是說，高度的虛構和解釋在此幾乎是全面破產了。導師也不過就是死掉了而已。它如此簡單，也正因為簡單，從而更能包含許多入人至深的東西。

《導師死了》明顯有戲擬尼采的名言「上帝死了」的嫌疑。上帝死了當然有複雜的原因，但導師死了的原因也evidently更加複雜。放在李洱迄今為止的小說系譜中，我們可以說，正是日常生活的庸俗但又不斷的重複輪迴，既消滅了導師的肉體，也使人們覺得自己並不需要導師。導師之死如同上帝之死一樣，是真實生活中的真實事件，它不是回憶的產物，但它在李洱式的回憶中被呈現了出來。或者說，這正是回憶應該遵守的邏輯起點，是回憶自身在本時代的大限和內在規定性。摩門教的先知約瑟夫‧史密斯（Joseph Smith）幾乎是在狂吼：「上帝本身曾經就是現在所是的樣子。他是一個被提升的人，他就坐在天庭的寶座上！這就是那個偉大的秘密……我大膽地站在屋頂宣告：上

---

[12] 海德格爾《荷爾德林詩的闡釋》，孫周興譯，商務印書館，2000 年，第 45 頁。

帝根本沒有力量去創造人的精神。上帝本身也不能創造他自己。」[13]與此相類，也沒有任何人可以為他人充當精神導師，即使是在回憶中也不行。李洱誠實地申述了這一點，這當然和許多不同級別的黑馬作家相當不一樣。

記憶和虛構（即回憶、闡釋）之間的矛盾，它們之間的相互扭結，始終在李洱的小說敘述中充當著不可忽略的內驅力。在這兩者之間的不斷對話和駁詰中，小說生成了，但小說對日常生活的沒有把握和不確定也生成了。這一矛盾在李洱的小說中相當重要，因為很可能就是它，給李洱的作品帶來了某種既與原生性的記憶（即過往的生活事件）接壤，又和闡釋性的、虛構的回憶接壤的第三重世界，嶄新的世界。但在李洱那裏，第三重世界建立在對原真性的記憶和虛構性的回憶的雙重否定上。布林迪厄（Pierre Bourdieu）認為，要造出任何一個嶄新的、在場的歷史當中從來沒有出現過的位置，只能通過「雙向否定」（double fefusal）。據布林迪厄解釋說，該雙向否定的深層結構是：我討厭 X，但我同樣討厭 X 的反面（I loathe x ,but I also loathe the opposite of x）。[14]李洱在小說中建立的第三重世界，也具有這樣的性質：記憶已經失效了，包含在它之中的真實世界（第一重世界）不值得信賴；現實生活的巨大力量，使得回憶之中有可能被無限拔高的世界（第二重世界）也不值得信任。有意思的是，李洱的小說正是對此的摹寫，並在不確定中賦予了第三重世界某些結巴感。正如《饒舌的啞巴》中準備回家卻不知道自己已經走到什麼位置的費定發出的疑問：「這是什麼路啊？我們已經走到哪了？」也如同《錯誤》中的孫建華為了尋找銼刀發出的刮磨聲，最後才發現它就在自己的腦殼裏一樣——那是記憶發出的聲音，虛弱，貧窮，對真實性有著一種無可奈何的渴望和籲求。

2001 年 8 月，北京看丹橋。

---

[13] 轉引自哈樂德·布魯姆《批評、正典結構與預言》，吳瓊譯，中國社會科學出版社，2000 年，第 19 頁。

[14] 參閱 Pierre Bourdieu：The field of Cultural Production，Cambridge ,England Polity Press,1993，RAL.

後記

本書是我十幾年來在閱讀小說時的副產品,算不上夠格的學術研究和小說批評,號稱「小說論集」僅僅是為了給自己壯膽——這是首先要給讀者朋友們交待清楚的一件事情。

喜歡聽故事是人的天性,小說剛好滿足了我們的渴望。小說的虛構特性,讓我們有可能在經歷唯一一個人生的同時,經歷各種可能的人生;而在閱讀小說、經歷可能生活時寫下一點感想,對某些人來說似乎是必須的,比如我。倒不是說我這類人的感想如何重要,但把這些感想送給熱愛小說的同好以做交流之用,也許是值得提倡的事情。這情形,有點像我們年輕時相互之間交流愛情心得與戀愛技法一樣自然而然。感想的好壞不是問題,願意交流與否才構成真正的問題。這是我斗膽出版這本書的原因。

本書中的文字,曾結集於我在中國大陸出版的兩本個人文集之中:即《被委以重任的方言》(中國人民大學出版社,2003 年)和《靈魂在下邊》(河南大學出版社,2009 年)。在結集出版之前,它們發表於中國大陸的數家雜誌,我對這些雜誌充滿了感激之情:《當代作家評論》、《小說評論》、《鄭州大學學報》、《勵耘學刊》、《揚子江評論》、《新文學》、《原創》。如今,這些關於小說的感想將在海峽對岸出版,完全得力於「秀威」的慷慨以及「秀威」的主持人蔡登山先生的厚意。我希望我的感想能讓海峽對岸的同胞,瞭解中國大陸小說創作的部分現狀。如能達到這個目標之萬一,如能在臺灣的小說同好那裏起到交流心得的作用,當不負「秀威」的慷慨以及蔡先生的厚意。

2009 年 8 月 19 日,北京魏公村。

語言文學類　PG0453

對存在的勘探與編碼
——敬文東小說論集

作　　者 / 敬文東
主　　編 / 蔡登山
責任編輯 / 林千惠
圖文排版 / 鄭伊庭
封面設計 / 蕭玉蘋

發 行 人 / 宋政坤
法律顧問 / 毛國樑　律師
印製出版 / 秀威資訊科技股份有限公司
　　　　　114 台北市內湖區瑞光路 76 巷 65 號 1 樓
　　　　　電話：+886-2-2796-3638　傳真：+886-2-2796-1377
　　　　　http://www.showwe.com.tw
劃撥帳號 / 19563868　戶名：秀威資訊科技股份有限公司
　　　　　讀者服務信箱：service@showwe.com.tw
展售門市 / 國家書店（松江門市）
　　　　　104 台北市中山區松江路 209 號 1 樓
　　　　　電話：+886-2-2518-0207　傳真：+886-2-2518-0778
網路訂購 / 秀威網路書店：http://www.bodbooks.tw
　　　　　國家網路書店：http://www.govbooks.com.tw
圖書經銷 / 紅螞蟻圖書有限公司
　　　　　114 台北市內湖區舊宗路二段 121 巷 28、32 號 4 樓
　　　　　電話：+886-2-2795-3656　傳真：+886-2-2795-4100

2010 年 12 月 BOD 一版
定價：310 元
版權所有　翻印必究
本書如有缺頁、破損或裝訂錯誤，請寄回更換

國家圖書館出版品預行編目

對存在的勘探與編碼：敬文東小說論集 / 敬文
東著. -- 一版. -- 臺北市 ：秀威資訊科技,
2010.12
　　面 ； 　公分. -- (語言文學類；PG0453)
BOD 版
ISBN 978-986-221-609-5(平裝)

1.中國小說 2.現代文學 3.文學評論 4.文集

820.9708　　　　　　　　　　　　99017427

讀者回函卡

感謝您購買本書，為提升服務品質，請填妥以下資料，將讀者回函卡直接寄回或傳真本公司，收到您的寶貴意見後，我們會收藏記錄及檢討，謝謝！如您需要了解本公司最新出版書目、購書優惠或企劃活動，歡迎您上網查詢或下載相關資料：http:// www.showwe.com.tw

您購買的書名：_____

出生日期：_____年_____月_____日

學歷：□高中 (含) 以下　　□大專　　□研究所 (含) 以上

職業：□製造業　□金融業　□資訊業　□軍警　□傳播業　□自由業
　　　□服務業　□公務員　□教職　　□學生　□家管　□其它_____

購書地點：□網路書店　□實體書店　□書展　□郵購　□贈閱　□其他

您從何得知本書的消息？

　□網路書店　□實體書店　□網路搜尋　□電子報　□書訊　□雜誌
　□傳播媒體　□親友推薦　□網站推薦　□部落格　□其他_____

您對本書的評價：(請填代號　1.非常滿意　2.滿意　3.尚可　4.再改進)

　封面設計____　版面編排____　內容____　文／譯筆____　價格____

讀完書後您覺得：

　□很有收穫　□有收穫　□收穫不多　□沒收穫

對我們的建議：_____

_____

_____

_____

11466
台北市內湖區瑞光路 76 巷 65 號 1 樓

秀威資訊科技股份有限公司　　　收

BOD 數位出版事業部

....

（請沿線對折寄回，謝謝！）

姓　　名：_____　　年齡：_____　　性別：□女　□男

郵遞區號：□□□□□

地　　址：_____

聯絡電話：(日) _____　(夜) _____

E-mail：_____